ИЗ И…

Один… ий инспектор Аман… ным персонажем в «Шепоте за окном»; места действия обеих книг находятся на расстоянии около 100 миль друг от друга. Что побудило вас написать эти две истории в одном вымышленном мире?

События в финале «Шепота за окном» оставляют Аманду, что называется, на произвол судьбы, и я решил использовать одну из тем нового романа – наследие, передаваемое из одного поколения в другое, – чтобы посмотреть, смогу ли я решить ее проблемы.

Осознанные сны играют важную роль в вашей новой книге. Каков ваш личный опыт подобных сновидений?

Осознанные сны… Это когда вы «просыпаетесь», оставаясь при этом во сне. Я был одержим ими в подростковом возрасте и интересовался этой темой, уже будучи взрослым. Главной целью всегда был побег из реальности: возможность контролировать мир и делать в нем все, что угодно. Один из ключевых инструментов – дневник сновидений, который я вел с перерывами на протяжении многих лет. Сейчас для меня осознанное сновидение – не более чем приятный сюрприз… Я больше за ними не гонюсь. Тем не менее мне показалось, что это благодатная почва для романа; что изолированные мальчики-подростки из заурядной общины ухватятся за них как за средство побега. А это может стать по-настоящему зловещим, особенно если один из мальчиков начинает манипулировать другими…

ГЛАВНЫЙ ТРИЛЛЕР ГОДА

Твой друг погиб, другой исчез;
И ты один бредешь сквозь лес,
Сквозь сумрак снов и пляс теней,
И путь тернистый все черней...

Алекс Норт

Тени теней

Москва
2022

УДК 821.111-312.4
ББК 84(4Вел)-44
Н82

Оформление переплета *Will Staehle*

Норт, Алекс.

Н82 Тени теней / Алекс Норт ; [перевод с английского А. Лисочкина]. — Москва : Эксмо, 2022. — 416 с.

ISBN 978-5-04-122346-5

Все вы встречали таких подростков, как Чарли Крабтри. Темное воображение, зловещая улыбка, всегда сам по себе... Кажется, этот парень способен на нечто очень плохое. Именно это и сделал Чарли двадцать пять лет назад — совершил убийство настолько шокирующее, что даже вдохновил ряд подражателей. Сам же Крабтри бесследно исчез... как тень.

Все эти годы Пол Адамс пытался стереть из памяти произошедшее: ведь и убийца, и жертва были его друзьями. Но теперь, когда его мать при смерти, Полу приходится вернуться в родной городок. И тени прошлого начинают оживать...

Сначала происходит одно схожее убийство, потом другое. А потом Пол находит в своем доме странные — и страшные — знаки...

УДК 821.111-312.4
ББК 84(4Вел)-44

ISBN 978-5-04-122346-5

Посвящается Линн и Заку

Пролог

В итоге в отдел полиции меня отвезла мать. Полицейские хотели сами доставить меня туда на заднем сиденье патрульной машины, но получили решительный отказ. Впервые на моей памяти мать вышла из себя. Я, пятнадцатилетний пацан, стоял в кухне, зажатый по бокам двумя здоровенными констеблями, а она перегородила им дверь. Помню, как менялось выражение ее лица, пока они объясняли ей, почему они здесь и о чем хотят со мной побеседовать. Поначалу услышанное вызвало у нее недоумение, вскоре сменившееся чем-то больше похожим на страх, когда она посмотрела на меня и увидела, насколько я растерян и испуган.

И хотя моя мать была женщиной маленькой и хрупкой, что-то в тихой ярости ее голоса и решительности позы заставило этих здоровяков отодвинуться от меня. Пока мы ехали через весь поселок вслед за патрульным автомобилем, я оцепенело застыл на пассажирском сиденье слева от нее, сидящей за рулем.

Когда перед нами показалась старая детская площадка, машина впереди сбавила ход.

— Не смотри! — приказала мне мать.

Но я не смог удержаться. Увидел натянутые вокруг площадки ленты оцепления. Запрудивших улицу полицейских с мрачными лицами. Множество машин, выстроившихся вдоль тротуара, бесшумное вращение синих огней под вечерним солнцем. А еще увидел старую детскую горку-лазалку — примитивное сооружение из стальных труб со множеством горизонтальных перекладин. Вытоптанная земля под ней всегда была уныло-серой, но теперь я заметил, что она запятнана ярко-красными кляксами. Атмосфера вокруг казалась тихой и торжественной, едва ли не благоговейной, как в церкви.

И тут машина впереди окончательно остановилась.

Полицейские хотели, чтобы я хорошенько рассмотрел сцену, за которую, по их убеждению, я был ответственен.

«Надо что-то решать с Чарли...»

Эта мысль не отпускала меня целые месяцы, приведшие к тому дню, и я до сих пор помню беспомощную тоску, которую она всегда вызывала. Мне было всего пятнадцать лет, и это было несправедливо. Казалось, что всю мою жизнь ограничивают и контролируют окружающие меня взрослые, и все же никто из них, похоже, так и не заметил черный цветок, гниющий прямо посреди цветущего сада. Или же они решили, что пусть его — травка по соседству, которую он отравляет, не так уж и важна.

Нельзя было оставлять меня один на один с Чарли...

Теперь я это понимаю.

И все же, когда я сидел тогда в машине, чувство вины, которое они хотели у меня вызвать, затопило меня с головой. Чуть раньше в тот день я бродил по пыльным улицам, щурясь на солнце и потея на летней жаре, и заметил прямо на этой детской площадке Джеймса. Самого старого своего друга. Крошечную одинокую фигурку вдали, неуклюже нахохлившуюся на нижней перекладине лазалки. И хотя мы не разговаривали уже несколько недель, я прекрасно знал, что он там делает — ждет Чарли и Билли.

И я просто прошел мимо.

Несколько полицейских возле горки обернулись на нас, и на миг показалось, будто абсолютная тишина и нацеленные на меня осуждающие взгляды намертво зажали меня со всех сторон.

И тут я вздрогнул, поскольку эту тишину вдруг разорвал какой-то оглушительный звук.

Лишь через секунду я осознал, что мать навалилась на руль, включив сигнал. В этой почти церемониальной обстановке режущий уши рев автомобильного гудка прозвучал богохульственным диссонансом — как чей-то отчаянный крик на похоронах, — но когда я посмотрел на мать, губы у нее были плотно сжаты, а взглядом она яростно сверлила полицейскую машину впереди. Мать не отнимала рук от руля, и звук все не смолкал, разносясь по всему поселку.

Пять секунд.

— Ма.

Десять секунд.

— Ма!

А потом полицейский автомобиль перед нами медленно двинулся с места. Мать убрала руку с сигнала, и вновь воцарилась тишина. Когда она повернулась ко мне, выражение лица у нее почему-то было одновременно и беспомощным, и решительным, словно моя боль была ее собственной и она задалась целью полностью переложить свалившуюся на меня ношу на собственные плечи.

Потому что я — ее сын, и ее дело — присматривать за мной.

— Все будет хорошо, — произнесла она.

Я ничего не ответил. Просто уставился на нее в ответ, проникаясь серьезностью ее голоса и убежденностью у нее на лице, а также испытывая благодарность за то, что рядом есть тот, кто присматривает за мной — пусть даже я сам никогда в этом не признался бы. Благодарность за то, что есть кому позаботиться обо мне. Что есть тот, кто настолько верит в мою невиновность, что даже не видит нужды высказывать это вслух.

Кто пойдет на что угодно, чтобы защитить меня.

После того, что показалось чуть ли не вечностью, мать кивнула каким-то своим мыслям, опять перевела взгляд на дорогу и тронула машину с места. Мы последовали за нашими конвоирами к выезду из поселка, оставив скопление автомобилей с мигалками, провожающих нас взглядом полицейских и запятнанную кровью детскую площадку позади. И слова матери по-прежнему эхом отдавались у меня в голове, когда с узких поселковых улочек мы выехали на двухполосную автомагистраль.

«Все будет хорошо».

Двадцать пять лет прошло с тех пор, но я попрежнему постоянно об этом думаю. Это именно то, что все хорошие родители говорят своим детям. И все же, к чему все это на самом деле сводится? Это лишь то, на что ты надеешься, чего желаешь, оставаясь при этом заложником случая. Это обещание, которое ты не можешь не дать, и то, во что ты изо всех сил должен верить, поскольку что еще остается?

«Все будет хорошо».

Да, я часто об этом думаю.

О том, как каждый хороший родитель это говорит и как часто при этом ошибается.

Часть I

1

В наши дни

В тот день, когда все это началось, детектив Аманда Бек формально была не на службе. Провалялась в кровати допоздна. Разбуженная в ранние часы знакомым кошмаром, все цеплялась за тонкие ниточки сна, сколько могла, и лишь где-то к полудню наконец встала, приняла душ и приготовила кофе. Парнишку прямо в тот момент уже убивали, но никто еще про это не знал.

В середине дня Аманда села в машину и отправилась навестить отца. Ехать было недалеко. Когда она подкатила к Роузвуд-гарденз, там уже стояло несколько машин, но людей не было видно. Вокруг царила полнейшая тишина, пока она шла между цветочными клумбами извилистой тропинкой, ведущей к воротам, а потом двинулась изученным за два с половиной года маршрутом, сворачивая у приметных надгробий, ставших для нее привычными ориентирами.

Странно ли думать о мертвых как о друзьях?

Наверное, да, но какая-то часть ее так и поступала. Она приезжала на кладбище как минимум раз в неделю, а значит, чаще встречалась с лежащими здесь людьми, чем с горсткой тех живых и здравствующих друзей, которые у нее имелись. Аманда мысленно отмечала своих потусторонних знакомых в голове, проходя мимо. Вот могила, которая всегда хорошо ухожена — постоянно свежие цветы. А вон и та, что со старой пустой бутылкой из-под бренди, неустойчиво пристроившейся на камне. Дальше участок, заваленный мягкими игрушками, — детская могила, предполагала Аманда, и подарки, оставленные безутешными родителями, которые так и не сумели до конца расстаться со своим ребенком.

И, наконец, за последним поворотом — могила отца.

Остановившись, она затолкала руки в карманы куртки. Участок отмечал прямоугольный надгробный камень, массивный и незыблемый — такой, каким Аманда помнила отца с самого детства. Было что-то родное в суровой простоте этого камня — в том, как лишь имя и пара дат отмечали прошедшую жизнь. Никакого пафоса, в точности так, как ему и хотелось бы. Дома отец был любящим и заботливым человеком, но всю свою жизнь он прослужил в полиции и даже умер на работе, в собственном кабинете под конец рабочего дня, до самого конца выполняя свой служебный долг. Представлялось правильным отразить эту черту его характера при выборе надгробия. Она нашла то, что выполняло требуемую задачу — и выполняло хорошо, — но держало эмоции в стороне.

«И чтоб никаких цветов на моей могиле, Аманда!»

«Если я ушел — значит, ушел».

Один из множества приказов, которым она послушно следовала.

Но, господи: все равно тоскливо не укладывалось в голове, что его больше нет в этом мире! Ребенком Аманда боялась темноты, и всегда как раз отец приходил на ее зов. Когда он работал в ночную смену, она всегда ощущала тревогу, словно под ее болтающимися в пустоте ногами вдруг не оказывалось страховочной сетки и некому было бы поймать ее, если она упадет. Аманда и сейчас порой испытывала подобное чувство. Где-то в самой глубине головы постоянно копошилась смутная мысль, что что-то не так, что чего-то не хватает, и оставалось лишь надеяться, что со временем это пройдет; но тут она вспоминала, что отца больше нет, и осознание непреложного факта обрушивалось на нее с прежней силой. Если она позовет сейчас, никто не прибежит к ней в ночи.

Аманда плотнее запахнула куртку.

«И не разговаривать со мной, когда меня не станет!»

Еще один приказ. Так что, приходя на его могилу, она просто стояла, погрузившись в собственные мысли. Как и он сам, Аманда не была особо религиозным человеком, так что не видела смысла произносить что-либо вслух. В конце концов, некому было теперь ее услышать — возможность задать друг другу какие-то вопросы осталась в прошлом. Она осталась наедине с коротким жизненным периодом опыта и мудрости, который отец подарил ей, и ей теперь оставалось лишь мысленно просеивать его. Подносить его частички к свету, сдувать с них пыль, проверять, что из всего этого работает и что она может использовать.

Беспристрастно.

Сдержанно.

Прагматически.

Так, каким был он сам, когда дело доходило до его работы. Аманда часто обдумывала совет, который он ей как-то дал: когда видишь что-то действительно страшное, мысленно убери это в прочную коробку. Постоянно держи ее плотно закрытой у себя в голове и открывай лишь затем, чтобы бросить в нее что-нибудь еще. Работу и то, что тебе приходится лицезреть, выполняя ее, нужно любой ценой держать подальше от собственной жизни.

Все это звучало так просто, так четко...

Отец очень гордился тем, что Аманда поступила в полицию, и хотя она всем сердцем скучала по нему, существовала также и некая маленькая часть ее, которая втайне радовалась, что его не было рядом и он не мог знать, что представляла собой ее жизнь эти два последних года. Не мог знать про «коробку ужасов» у нее в голове, которая и секунды не оставалась запертой. Про кошмары, которые снились ей по ночам. Про то, что, как оказалось, она не стала таким полицейским, каким был он сам, — Аманда уже сомневалась, под силу ли ей это вообще.

И хотя она послушно следовала требованию отца не разговаривать с ним, это не останавливало ее от мыслей о нем. Сегодня, как и всегда, Аманда размышляла, насколько он был бы разочарован.

Она уже возвращалась к машине, когда зазвонил ее телефон.

■ ■ ■

Через полчаса Аманда уже опять была в Фезербэнке и шла через пустырь, раскинувшийся на окраине городка.

Она просто ненавидела это место. Ненавидела эти грубые и колючие, опаленные солнцем кусты. Тишину и уединение. То, что даже сам воздух всегда казался здесь каким-то нездоровым, словно окружающая ее местность настолько прогнила и прокисла, что пропитавшую землю отраву можно было ощутить на каком-то первобытном уровне.

— Вот тут его и нашли вроде?

Детектив Джон Дайсон, шагающий рядом с ней, ткнул пальцем в сторону зарослей чахлых, просвечивающих насквозь кустов. Как и все остальное, что ухитрялось расти здесь, они были жесткими, сухими и колючими.

— Угу, — отозвалась Аманда. — Здесь.

«Тут его и нашли».

Только вот для начала тут его потеряли. Два года назад здесь пропал маленький мальчик, который возвращался этой дорогой домой, а потом, несколько недель спустя, его тело бросили в том же самом месте[1]. Дело было поручено ей. События, которые за этим последовали, отправили ее карьеру в некое подобие свободного падения. До этого погибшего мальчишки Аманда представляла себе, как годами будет взбираться по служебной лестнице, намертво заперев ту коробку в го-

---

[1] Упомянутые события описаны в романе А. Норта «Шепот за окном». — *Здесь и далее прим. пер.*

лове, но оказалось, что она совершенно себя не знала.

Дайсон кивнул каким-то своим мыслям.

— Надо было забор тут поставить. Чтоб даже мышь не проскочила.

— Преступления совершают люди, — произнесла Аманда. — Если они перестанут совершать их в одном месте, то просто найдут себе какое-нибудь другое.

— Наверное...

Прозвучало это без особой убежденности, но, похоже, на самом деле подобная тема его мало заботила. Дайсон, как считала Аманда, вообще был малость туповат. В его оправдание стоило заметить, что он, по крайней мере, вроде как и сам это сознавал, и вся его карьера была отмечена полнейшим отсутствием каких-либо амбиций. В свои нынешние пятьдесят с небольшим он просто выполнял предписанные служебным распорядком обязанности, получал зарплату и каждый вечер уходил с работы домой, даже ни разу не обернувшись. Она в чем-то завидовала ему.

Густая линия деревьев, отмечающая край заброшенного карьера, была теперь уже прямо перед ними. Аманда обернулась. Лента ограждения, которую она распорядилась протянуть вокруг пустыря, скрывалась за подлеском, но Аманда ее уже просто чувствовала. И где-то за ней, естественно, невидимые шестеренки предварительного расследования уже начинали набирать обороты.

Они подошли к деревьям.

— Здесь смотри под ноги, — предупредил Дайсон.

— Сам смотри.

Аманда намеренно обогнала его и пошла впереди. Отогнув обвисший кусок хлипкой проволочной сетки, отделяющей пустырь от карьера, поднырнула под нее. Немного в стороне торчал выцветший предупреждающий знак, никак не мешающий местной ребятне исследовать эту территорию. Наверное, он скорее служил даже чем-то вроде приманки — будь она ребенком, наверное, воспринимала бы его именно так. Но Дайсон был прав. Уклон здесь был крутым и коварным, и Аманда сосредоточилась на том, куда ставить ногу, спускаясь впереди. Если она прямо сейчас у коллеги на глазах поскользнется и проедется на заду, то придется просто убить его к чертям, чтобы сохранить лицо.

Стены карьера были опасно крутыми, и спускалась она осторожно. Корни и ветки, добела пропекшиеся на гнетущей летней жаре, свисали вдоль каменистого откоса, как порванные жилы, и Аманда то и дело цеплялась за их шершавые пружинящие завитки, чтобы удержать равновесие. Карьер был метров пятидесяти в глубину, и она испытала облечение, наконец ощутив под ногами ровную почву.

Через секунду подошвы Дайсона ширкнули по камню рядом с ней.

И после этого — ни звука.

Было в этом карьере что-то жутковатое, неземное. Он казался замкнутым и изолированным от всего на свете, и хотя солнце над пустырем попрежнему жарило на всю катушку, здесь температура была заметно ниже. Аманда оглядела россыпи камней и пучки желтоватых кустов, которые росли здесь. Это был натуральный лабиринт.

Лабиринт, дорогу в котором им уже подсказал Эллиот Хик.

— Вон туда, — сказала она.

Раньше в тот день возле расположенного неподалеку дома задержали двух парней-подростков. Один из них, Эллиот Хик, был на грани истерики; второй, Робби Фостер, отстранен и странно спокоен. Каждый сжимал в руках нож и толстую тетрадь, и оба были чуть ли не с головы до ног в крови. Задержанных уже отвезли для допроса в отдел, но Хик успел рассказать старшему опергруппы, что они оба сделали и где искать результаты их действий.

Это совсем недалеко, сообщил он.

Метров сто или около того.

Аманда не спеша пробиралась среди россыпи камней, двигаясь медленно и осторожно. Тишина давила на уши, как где-нибудь под водой, и сердце опасливо сжималось при мысли о том, что они вот-вот увидят. Если Хик сказал правду, естественно. Всегда оставалась вероятность того, что ничего вообще не будет обнаружено. Что все это не более чем какой-нибудь идиотский розыгрыш.

Вытянув руку, Аманда сдвинула вбок пучок колючих веток. Мысль о розыгрыше казалась абсурдной, но была определенно предпочтительней мысли о том, что сейчас она выйдет на открытое пространство и...

Она замерла на месте.

И увидела это.

Выбравшись из-за кустов, Дайсон встал рядом с ней. Дыхание у него немного участилось — хотя непонятно, из-за физической ли нагрузки при спуске и преодоления зарослей или же из-за зрелища, открывшегося теперь перед ними.

— Господи Иисусе, — пробормотал Дайсон.

Полянка имела вид грубого шестиугольника, кочковатого, но в основном плоского и ограниченного со всех сторон деревьями и зарослями кустарника. Уже во всем этом антураже было что-то оккультное, и это первое впечатление еще больше усиливалось совершенно невероятной немой сценой, поставленной здесь.

Тело располагалось метрах в пяти от них, в самом центре. Оно застыло в коленопреклоненной позе, согбенное, как при молитве, тонкие руки откинуты назад и покоятся на земле, как сломанные крылья. Похоже, принадлежало оно мальчишке-подростку. На нем были шорты и футболка, задранная до подмышек, но из-за обилия крови трудно было понять, какого цвета была одежда. Взгляд Аманды пробежался по мертвецу. Голый торс весь истыкан ножом, вытекшая из ран кровь застыла длинными бледно-бурыми мазками. Более глубокая лужа скопилась под головой, которая неловко завалилась набок, едва держась на шее, — лицом, к счастью, в сторону от Аманды.

«Беспристрастно», — напомнила себе она.

«Сдержанно».

«Прагматически».

На миг весь мир совершенно застыл. А потом Аманда увидела кое-что еще и нахмурилась.

— Что это там на земле? — спросила она.

— Блин, да труп какого-то парнишки, Аманда!

Не обращая внимания на Дайсона, она сделала пару осторожных шажков вглубь полянки, стараясь не нарушить обстановку на месте преступления, но отчаянно пытаясь понять смысл того, что видит. На каменистой почве обнаружилась еще кровь, расплывшаяся вокруг тела со всех сторон. Густо-красный круг выглядел слишком ровным, чтобы такое вышло случайно, но лишь когда Аманда подошла к кровавым пятнам вплотную, то окончательно осознала, что они собой представляют.

Уставилась на них, безостановочно двигая глазами.

— Ну, что там? — крикнул Дайсон.

И вновь она не ответила, но на сей раз потому, что просто не совсем понимала, как ответить. Дайсон подошел ближе. Аманда ожидала еще одного изумленного восклицания, еще каких-то попыток хорохориться, но он сохранил молчание, и она поняла, что Дайсон так же потрясен, как и она сама.

Аманда попыталась сосчитать пятна, но было трудно отследить их все до единого. Они наслаивались друг на друга, образуя слившуюся в одно целое пеструю мешанину.

Камень под телом был буквально усеян кровавыми отпечатками ладоней, аккуратно прижатых к земле.

2

Хоспис, в котором умирала моя мать, располагался на территории больницы в Гриттене.

Как по мне — довольно мрачноватое сочетание. На долгом пути по сельским дорожкам я размышлял, почему бы им не поступить по принципу «бог троицу любит» и не пристроить к обоим учреждениям еще и кладбище с ведущим к нему конвейером. Но местность оказалась довольно симпатичной. Сразу за больницей узенькая дорожка лениво отворачивала вбок, огибая тщательно подстриженные газончики, усыпанные яркими цветочными клумбами и усаженные яблонями, а потом переваливала через небольшой мостик с журчащим под ним ручейком. День был жаркий, и я опустил боковое стекло машины. Воздух снаружи был напоен густым запахом свежескошенной травы, а шум бегущей по камням воды словно наполнен жизнерадостным детским смехом — вполне умиротворяющее окружение, чтобы провести в нем последние дни своей жизни.

Через минуту я подъехал к двухэтажному зданию, почерневшие стены которого почти сплошь затягивали густые побеги плюща. Шины захрустели не по обычному гравию, а по укатанной глади из аккуратно обкатанных водой голышей. Когда я вырубил мотор, единственным донесшимся до меня звуком была негромкая трель какой-то птицы, что лишь подчеркивало царящую вокруг полнейшую тишину.

Прикурив сигарету, я еще немного посидел в машине.

Даже сейчас было еще не поздно развернуться и уехать.

На дорогу сюда ушло четыре часа, и все это время я все более ощущал вокруг себя присутствие Гриттена, а порождаемый им подспудный страх усиливался с каждой оставшейся позади милей.

Пусть небо и было ясным и чистым, но казалось, что я въезжаю прямиком в грозу, так что я почти ожидал услышать рокот грома вдали и увидеть вспарывающие небо вспышки молний на горизонте. К тому времени, как моя машина катила убогими улицами и унылыми участками промзоны, мимо рядов дышащих на ладан магазинов, фабрик и хозяйственных дворов, заваленных мусором и битым стеклом, мне было уже так тошно, что стоило больших усилий немедленно не развернуть автомобиль.

Теперь я курил, и мои руки дрожали.

Я не был в Гриттене уже ровно двадцать пять лет.

«Все будет хорошо», — сказал я себе.

Затушив сигарету в пепельнице, выбрался из машины и двинулся ко входу в хоспис. Стеклянные двери разъехались по сторонам, открыв чистую минималистичную приемную со сверкающим черно-белым полом. Назвав свое имя у стойки, я немного подождал, вдыхая запах полироля и дезинфектанта. Помимо позвякивания столовых приборов где-то далеко в стороне, в здании было тихо, как в библиотеке, и мне захотелось откашляться — просто потому, что казалось, этого делать нельзя.

— Мистер Адамс? Сын Дафны?

Я поднял взгляд. Ко мне подходила какая-то женщина. Лет двадцати пяти, невысокая, с бледно-голубыми волосами и множеством пирсинга в ушах, в повседневной одежде. Явно не медсестра или санитарка.

— Да, — отозвался я. — А вы, наверное, Салли?

— Да, это я.

Мы обменялись рукопожатием.

— Зовите меня просто Пол.

— Договорились.

Салли провела меня сначала наверх, а потом опять вниз в какое-то больничного вида отделение с тихими коридорами, по пути поддерживая со мной вежливый разговор.

— Как доехали?

— Нормально.

— Давно не бывали в Гриттене?

Я сказал ей. Она явно поразилась.

— Вот так да! У вас тут еще есть друзья и знакомые?

Вопрос заставил меня подумать о Дженни, и сердце слегка скакнуло. Интересно, подумал я, каково было бы увидеть ее после стольких лет.

— Не знаю, — ответил я.

— Наверное, все дело в расстоянии? — спросила Салли.

— Да, пожалуй.

Она имела в виду географию, но расстояние — это не только дистанция между точками на карте. Да, сегодняшняя автомобильная поездка заняла четыре часа, но этот короткий переход по коридорам хосписа показался мне куда длинней. И хотя четверть века — это довольно объемистый и увесистый отрезок истории, я внутренне поежился. Будто и не было всех этих лет, и то, что случилось здесь, в Гриттене, много лет назад, могло с равным успехом произойти вчера.

«Все будет хорошо».

— Ну что ж, я рада, что вам удалось приехать, — заключила Салли.

— Летом на работе всегда затишье.

— Вы ведь профессор, насколько я понимаю?

— Господи, нет! Да, я преподаю, но не настолько большая шишка.

— Литературное творчество?

— Это одна из дисциплин.

— Дафна очень гордится вами, вы в курсе? Всегда повторяет мне, что в один прекрасный день вы станете знаменитым писателем.

— Я не пишу. — Я немного помедлил. — А она и вправду так говорит?

— Да, именно так.

— Не знал...

Но в последние годы в жизни моей матери вообще было очень много чего, о чем я не знал. Где-то раз в месяц мы могли пообщаться по телефону, но это всегда были короткие разговоры практически ни о чем, в которых она расспрашивала обо мне, а я ей врал, причем сам ни о чем ее не расспрашивал, так что ей врать не приходилось. Она никогда даже не намекнула мне, что что-то не так.

А потом, три дня назад, мне позвонила Салли, социальный работник моей матери. Я и знать про нее не знал. Равно как не знал и том, что мать уже годами страдает от неуклонно прогрессирующей деменции и что более полугода назад ее рак признали неизлечимым. Что в последние недели она настолько ослабла, что ей стало тяжело подниматься по лестнице, и по этой причине ей приходилось почти постоянно обитать на первом этаже своего дома. Что мать категорически отказывалась переселиться туда, где ей будет обеспечен надлежащий уход. Что как-то вечером на этой неделе Салли вошла в дом и нашла ее лежащей без сознания в самом низу лестницы.

Похоже, что либо от тоски, либо потеряв ориентацию, мать сделала попытку подняться на второй этаж, и тело предало ее. Полученная черепно-мозговая травма оказалась пусть и не смертельной, но довольно серьезной, и в результате падения все остальные ее болячки накинулись на нее с новой силой.

Я так многого не знал...

Времени мало, сказала мне тогда Салли. Могу я приехать?

— Дафна в основном спит, — говорила она мне сейчас. — Ей обеспечен паллиативный уход и болеутоляющие, и пока она держится, как может. Но то, как все будет складываться в ближайшие несколько дней... Думаю, она будет засыпать все более часто и на более продолжительные промежутки времени. И со временем...

— Не проснется?

— Совершенно верно. Просто тихо уйдет из жизни.

Я кивнул. Наверное, это была бы хорошая смерть. Поскольку никому ее не избежать, пожалуй, это как раз то, о чем может мечтать любой из нас — тихо уйти во сне. Некоторые убеждены, что и после этого продолжают сниться сны и кошмары, но лично я никогда не разделял эту точку зрения. Мне-то получше большинства остальных известно, что такое происходит в неглубоких стадиях сна, а я всегда надеялся, что смерть — это куда более глубокая стадия.

Мы остановились перед дверью.

— Она в ясном уме? — спросил я.

— Бывает по-всякому. Иногда она узнает людей и вроде понимает, где находится. Но чаще всего все выглядит так, будто ваша мама в каком-то совсем другом месте и времени. — Салли толкнула дверь и понизила голос. — О, вот она, наша лапочка.

Я последовал за ней в комнату, мысленно подготовившись к тому, *что* сейчас увижу. Но это все равно оказалось ударом. К ближайшей стене была придвинута больничная койка — с колесиками на ножках и всякими рычагами, чтобы менять ее положение. Сбоку к ней было приставлено куда больше всякой аппаратуры, чем я ожидал: тележка с целой батареей мониторов и стойки с прозрачными мешками, из которых тянулись трубки к лежащей под простыней фигуре.

К моей матери.

Я пошатнулся. Я не видел ее двадцать пять лет и теперь, когда стоял в дверях, на миг вообразил, будто кто-то сделал ее восковую модель — но гораздо более маленькую и хрупкую, чем тот образ, что сохранился у меня в памяти. Мое сердце часто задергалось в груди. Ее голова с одного бока была забинтована, и та часть лица, которая оставалась на виду, была желтой и неподвижной, со слегка раздвинутыми губами. Практически несмятые простыни лежали так, как их кто-то уложил, едва позволяя различить контуры тела под ними, и на миг я даже засомневался, жива ли она.

Салли оставалась невозмутимой. Она подошла ближе и слегка наклонилась, изучая мониторы. Я уловил легкий аромат цветов в вазе на столе рядом с аппаратурой, но этот запах неприятно перебивался еще каким-то слабым душком — более приторным и нездоровым.

— Можете посидеть с ней, конечно. — Покончив с осмотром, Салли выпрямилась. — Но лучше все-таки ее не тревожить.

— Не буду.

— Вода — на столе, если она проснется и захочет пить. А если возникнут какие-то проблемы, вон кнопка вызова. — Она указала на ограждение кровати.

— Спасибо, — сказал я.

Уходя, Салли закрыла за собой дверь.

И опять тишина.

Хотя и не полная. Окно рядом с кроватью было приоткрыто, и мне было слышно мирное, усыпляющее жужжание газонокосилки, доносящееся откуда-то издалека. И, поверх него, медленные, глубокие вдохи, которые делала моя мать. Между ними повисали долгие отрезки пустых секунд. Опустив на нее взгляд, я впервые заметил розовый цветочный узор на простынях, и при виде их в голове зашевелились призрачные воспоминания. Цветочки были не такие, какие я помнил с детства, но очень похожие. Салли, должно быть, забрала постельное белье из дома, чтобы мать чувствовала себя здесь в более привычной обстановке.

Я огляделся. Почти такая же комнатка была у меня в общежитии на первом курсе университета: маленькая, но уютная, с собственной ванной комнатой в углу, с письменным столом и шкафом у стены напротив кровати... На столе обнаружилась россыпь всякой всячины. Некоторые предметы имели непосредственное отношение к медицине — пустые флаконы, начатые блистеры с таблетками, клочки ваты, — но другие выглядели более обыкновенно, более знакомо. Пара аккуратно сложенных тряпочек. Очки в открытом футляре. Старая свадебная фотография моих родителей — помню, она красовалась на каминной полке, когда я был ребенком, — теперь тоже была здесь, причем поставленная под таким углом, чтобы матери было видно ее с кровати, если она проснется.

Я подошел к столу. Фото было свидетельством радостного события, но хотя мать на нем улыбалась и светилась надеждой, лицо отца выглядело столь же суровым, как и всегда. Это единственное выражение его лица, которое я помню с детства, — было ли оно освещено светом костров, которые он постоянно разводил на заднем дворе, или же пряталось в тени коридора, когда мы расходились в нем, не обменявшись и словом. Он всегда был серьезен и хмур — человек, недовольный абсолютно всем в своей жизни, — и мы оба были только рады избавиться друг от друга, когда я наконец покинул отчий дом. На протяжении всех этих лет нашего телефонного общения мать ни разу и словом о нем не обмолвилась. А когда он умер шесть лет назад, я не стал приезжать в Гриттен на похороны.

Бросив взгляд на стол, я увидел еще кое-что, чего не заметил сразу, — толстую книгу, лежащую обложкой вниз. Она была старой и потрепанной, а корешок слегка покоробился, словно ее некогда чем-то облили, да так и оставили сушиться в раскрытом виде. Моя мать никогда не была особой любительницей чтения: отец всегда относился к художественной литературе презрительно-насмешливо — как, впрочем, и ко мне и моей любви к ней. Наверное, мать приохотилась к чтению после его смерти и как раз эту книгу читала перед происшествием. Еще один отзывчивый поступок со стороны Салли, хотя казалось излишним оптимизмом воображать, что теперь мать ее дочитает.

Перевернув книгу, я увидел красную, злобно ухмыляющуюся физиономию дьявола на обложке и быстро отдернул руку — кончики пальцев кольнуло, как от ожога.

«Люди кошмаров».

— Пол?

Вздрогнув, я обернулся. Мать проснулась. Перевернулась на бок и оперлась на локоть, чуть ли не с подозрением приглядываясь ко мне одним видимым мне глазом. Волосы ее свисали на подушку тонкой седой прядкой.

Мое сердце забилось слишком быстро.

— Да, — тихо отозвался я, пытаясь успокоиться. — Это я, ма.

Она нахмурилась.

— Тебе... нельзя здесь находиться.

Возле кровати стоял стул. Я медленно подошел и опустился на него. Ее взгляд следовал за мной, столь же настороженно-опасливый, как у животного, в любой момент готового удариться в бегство.

— Тебе нельзя здесь находиться, — повторила она.

Еще секунду мать неотрывно смотрела на меня. А потом ее лицо немного смягчилось, она подалась ко мне и заговорщицки прошептала:

— Надеюсь, хоть Айлин сейчас тут нету.

Я беспомощно оглядел комнату.

— И вправду нет, ма.

— Вообще-то не следовало мне этого говорить… Но мы-то с тобой знаем, что она за *гадина*! Бедный Карл! — Вид у нее был опечаленный. — И бедный маленький Джеймс… Мы ведь делаем это только ради него, правда? И сам знаешь, по-моему. Нам ни к чему высказывать это вслух, но ты наверняка понимаешь.

«Все выглядит так, будто она в каком-то совсем другом месте и времени».

И это место и время я сразу узнал.

— Да, ма, — произнес я. — Конечно, понимаю.

Она опять осторожно улеглась на спину и прикрыла глаза, прошептав:

— Тебе нельзя здесь находиться…

— Не хочешь водички? — спросил я.

Какое-то время моя мать никак не реагировала. Просто лежала, размеренно дыша, словно вопросу требовалось время, чтобы пробраться по запутанному лабиринту ее сознания. У меня не было уверенности, что он достигнет конечной точки, но в данный момент я не мог придумать, что сказать еще. И тут она вдруг резко очнулась опять, рывком сев на кровати. Переломившись в поясе, протянула руку и ухватила меня за запястье так быстро, что я не успел отпрянуть.

— *Тебе нельзя здесь находиться!* — выкрикнула она.

— Ма…

— Красные руки, Пол! Красные руки повсюду!

Ее широкие немигающие глаза уставились на меня в совершеннейшем ужасе.

— Ма…

— Красные руки, Пол!

Отпустив меня, она рухнула обратно на подушку. Я встал и, спотыкаясь, немного попятился от нее — на руке у меня остался белый отпечаток от ее стиснутых пальцев, резко выделяющийся на коже. Я представил себе горку-лазалку и землю, запятнанную алым, а ее слова все повторялись и повторялись у меня в голове в такт биению сердца.

«Красные руки, красные руки, красные руки повсюду…»

— Господи, это прямо в доме, Пол!

И тут лицо моей матери мучительно исказилось, и она выкрикнула, обращаясь к потолку — или, может, к чему-то невидимому у нее над головой:

— Прямо в этом чертовом доме!

И в панике, обжегшей все мое тело, я стал лихорадочно нащупывать кнопку вызова.

3

На летних каникулах, когда мне было четырнадцать, мать повезла меня и моего друга Джеймса посмотреть на «Гриттен-парк», нашу новую школу. Прямо с утра мы были уже возле дома Джеймса, и помню, как мать шепнула мне, когда мы подходили к крыльцу:

— Надеюсь, что Айлин нет дома.

Я кивнул. Я тоже на это надеялся. Айлин звали мать Джеймса, но по тому, как она с ним обращалась, вы никогда об этом не догадались бы. В ее глазах Джеймс ничего не делал как следует — если допустить, что она вообще его замечала. Я всегда ее побаивался. От нее вечно несло бренди, и, казалось, курила она просто без перерыва, придерживая руку с сигаретой за локоть и подозрительно наблюдая за тобой — с таким видом, будто ты у нее что-то украл.

Но открыл дверь тем утром Карл.

Карл — это отчим Джеймса, и он мне жуть как нравился. Настоящий отец Джеймса бросил Айлин, еще когда та была беременна. Карл воспитал Джеймса как своего собственного сына. Человек он был простой, кроткий и добрый, и хотя я был рад, что у Джеймса такой отчим, но никак не мог понять, как он в итоге связался с теткой вроде Айлин. Карл и моя мать были близкими друзьями с самого детства, и я подозревал, что для нее это тоже было загадкой. За несколько лет до этого я как-то подслушал разговор между ними. «Знаешь, твоя жизнь могла быть намного лучше», — сказала ему моя мать. После довольно долгого молчания Карл ответил: «Вообще-то не думаю».

Вид у Карла в тот день был усталый, но он тепло улыбнулся нам обоим, прежде чем обернуться и позвать Джеймса, который появился через несколько секунд. На нем были старые треники, потрепанная футболка, на лице — неловкая улыбка. Он всегда был тихоней — застенчивым, робким и беззащитным малым — и отчаянно стремился угодить всему миру, но никогда точно не знал, что тому требуется.

И при этом был моим лучшим другом.

— Ну ладно, пошли, пострелята, — сказала моя мать.

Мы втроем двинулись от дома к двухполосной автомагистрали, соединяющей наш поселок с остальным Гриттеном. Утро было теплое, в густом воздухе клубилась пыль пополам с мошкарой. Металл надземного перехода загромыхал у нас под ногами, когда мы двинулись к грязной автобусной остановке на другой стороне. Внизу безучастно летел нескончаемый поток фургонов и грузовиков, словно выстреливая у нас из-под ног. На улочках нашего поселка машин раз-два и обчелся, и хотя формально это пригород Гриттена, его и не на всякой карте отыщешь. Даже само его название — Гриттен-Вуд — больше наводит на мысли об огромном лесе, на самом краю которого и пристроился поселок[1], чем о том, что здесь могут жить люди.

Наконец через какое-то время вдали показался автобус.

— Билеты купили? — спросила моя мать.

Мы оба кивнули, но я закатил глаза на Джеймса, и он улыбнулся в ответ. С автобусами мы давно уже освоились, а в прошлой учебной четверти успели побывать и в «Гриттен-парк» — после того, как выяснили, что маленькая средняя школа, которую мы посещали до сих пор, должна закрыться. Пусть Джеймс мог в этом и не признаваться, но перспектива оказаться в следующем учебном году в новом, совершенно незнакомом учебном заве-

---

[1] Гриттен-Вуд (*англ.* Gritten Wood) — Гриттенский лес.

дении его откровенно пугала, так что моя мать нашла способ помочь, не ставя его в неловкое положение, а я был только рад ей в этом подыграть.

Ехать было где-то с полчаса. Бóльшая часть Гриттена просто-таки сочилась бедностью, и вид за окнами автобуса был таким тусклым и однообразным, что даже я с трудом отличал пустые участки от занятых. Единственное, чего мне хотелось, это когда-нибудь сбежать отсюда — уехать и никогда не возвращаться, — но было трудно представить, что такое хоть когда-нибудь произойдет. Это место словно обладало каким-то магическим притяжением: если что тут упало, то далеко не укатится. Включая и людей.

Выйдя из автобуса, мы втроем пешком двинулись к школе, до которой было минуты три ходу.

Она оказалась гораздо больше и выглядела более устрашающе, чем мне запомнилось в тот первый раз. Спортзалы отстояли метров на сто от главной дороги — их здоровенные окна, отражающие нежно-голубое небо, словно запирали его внутри стекол. За ними виднелось главное здание: четыре этажа мрачных, унылых коридоров с толстенными и тяжеленными дверями классов — такими я воображал себе двери в тюрьме. Углы двух соседних зданий слегка отходили от вертикали, отчего с улицы школа напоминала некое чудище, которое пытается подняться с земли, неловко выставив сломанное плечо. Я перевел взгляд вправо. Территорию перестраивали, и откуда-то из-за ограды из синего синтетического полотнища доносился стрекот отбойного молотка. Прерывистый, дробный звук, словно пулеметная пальба вдали.

Мы постояли еще немного.

Помню, как ощутил смутное беспокойство. Было в новой школе что-то враждебное — в этой ее неподвижности, в том, как она словно изучающее смотрела на меня. Еще до этой экскурсии я понимал, почему Джеймс нервничает насчет перевода сюда. Школа была огромная — дом родной, если можно так выразиться, для более чем тысячи учеников, — а Джеймс всегда был естественной мишенью для задир. И при этом моим лучшим другом. Я всегда опекал его раньше, повторял я себе, и всегда буду. И все же нечто зловещее, почудившееся мне в этой школе в тот момент, заставило меня засомневаться в собственных силах.

Молчание затянулось.

Помню, как посмотрел на мать и заметил некоторую растерянность у нее на лице — словно она пыталась сделать какое-то полезное, благое дело, но почему-то все пошло наперекосяк.

А еще помню, что именно увидел на лице у Джеймса. Он таращился на школу в совершеннейшем ужасе. Несмотря на все добрые намерения моей матери, эта экспедиция абсолютно ничем ему не помогла.

Все это выглядело так, будто мы привели его посмотреть на место его собственной казни.

■ ■ ■

Самый быстрый маршрут из хосписа до поселка вывел бы меня на ту самую дорогу возле школы. Я поехал другим путем. Мне хотелось как можно дольше избегать любого контакта с жуткими вещами из моего прошлого.

Но это стало невозможным, когда я въехал в собственно Гриттен-Вуд. Поселок, в котором я вырос, словно и не затронули прошедшие годы. Паутина тихих, практически безлюдных улочек узнавалась с первого взгляда, а темная стена леса по-прежнему доминировала над окрестным пейзажем, нависая над полуразвалившимися двухэтажными домиками, каждый из которых стоял на собственном участочке не слишком-то ухоженной земли. Почему-то подумалось, что тонкий песок, вьющийся под колесами моей машины, — это та самая пыль, что была здесь, еще когда я был ребенком. Слегка переложенная с места на место ветром и автомобильными шинами, но так никуда и не девшаяся.

Дурное предчувствие, которое не оставляло меня весь день, только усиливалось. Дело было не только в том, как это место выглядело, но и как оно *ощущалось*. Воспоминания одно за другим выныривали на поверхность — рябь прошлого все сильнее мутила гладь настоящего, — и я тщетно пытался затолкать их обратно в глубину. Руль под руками был скользким от пота, и температура воздуха была здесь совершенно ни при чем.

Меня по-прежнему трясло от той сцены в хосписе. Салли прибежала буквально через минуту после того, как я нажал на кнопку, но к тому времени моя мать опять провалилась в сон. Салли проверила показатели на аппаратуре, и вид у нее стал немного встревоженный.

— Что случилось?

— Она проснулась. И заговорила.

— И что сказала?

Ответил я не сразу, поскольку даже не знал, что сказать. Потом просто сообщил Салли, что мать узнала меня, но словно находилась при этом в каком-то совершенно другом месте и времени, вновь переживая какие-то тягостные для нее события. Но я не стал уточнять, что это было за место и время — или что она сказала под конец и как меня это прибило.

«Красные руки повсюду!»

Несмотря на жару, от этих слов меня натурально прошиб озноб. Я все еще пытался найти им рациональное объяснение. Моя мать в спутанном сознании и умирает — вполне разумно предположить, что она удалилась в свое собственное прошлое, и что-то в нем ее сильно взбудоражило и расстроило. И все же, как бы я себя ни убеждал, это тошнотворное чувство внутри меня — предчувствие беды — становилось только сильнее.

«Тебе нельзя здесь находиться!»

Но ведь я уже был здесь...

Наконец я остановил машину перед нашим домом, в котором до недавних пор обитала мать. Как и почти все здания поселка, это было ветхое двухэтажное строение, отделенное от соседних живыми изгородями — в основном зарослями ежевики — и довольно обширными пространствами ничем не засаженной земли. Деревянный фасад с темными пустыми окнами порядком облупился, водосточные трубы и желоба проржавели и держались на честном слове. Сад окончательно зарос.

Но на самом деле дом, похоже, почти не изменился за все эти годы — просто постарел. И теперь вид его вызвал у меня целую волну эмоций. Это был дом, в котором я вырос. Это был дом, в котором двадцать пять лет назад явившиеся ко мне двое полицейских дожидались, когда моя мать вернется домой.

Я уже оставил его позади, и все же все это время он по-прежнему был здесь.

Я выбрался из машины. Внутри дома в ноздри первым делом ударил запах — это было словно открыть сундук, полный моих детских вещей, наклониться над ним и глубоко вдохнуть. Но почти сразу набросились и другие запахи. Посмотрев на стену сбоку от лестницы, я заметил на ней пятна черной и серой плесени — словно кто-то заляпал ее грязными пальцами. Пованивало пылью и сыростью, и едва уловимый аромат моющих средств ничего не мог с этим поделать. Я почувствовал запах нашатыря. И чего-то еще. Тот самый приторный тошнотворный запашок, который учуял тогда в хосписе.

Этот последний запах сильней всего ощущался в гостиной, где, как было ясно, моя мать проводила бо́льшую часть времени. Салли тут, судя по всему, слегка прибралась, но стопка мягких одеял на подлокотнике дивана, пусть и аккуратная, лишь позволила мне легче представить его в роли импровизированной кровати. К дивану был придвинут небольшой столик, раньше стоявший у стены. Сейчас на нем ничего не лежало, но я легко представил, что здесь недавно могло быть.

Стакан с водой. Мамины очки.

Наверное, еще книга. Та самая, которую я тогда держал в руках.

«Люди кошмаров».

Вернувшись в прихожую, я прошел вслед за запахом нашатыря до кладовки под лестницей. Пара мух с жужжанием билась о мутное зеленоватое стекло небольшого окошка, напольный коврик был снят, скатан и убран в мешок. Мне понадобилось несколько секунд, чтобы понять. Поскольку в последние недели матери было не под силу подняться наверх, это унылое пространство, должно быть, служило ей туалетом и ванной комнатой.

В этот момент я представил себе мать — теперь совсем крошечную, с отказывающими телом и разумом, неловко бредущую куда-то сквозь мир, смыкающийся вокруг нее, — и меня с головой захлестнуло чувство вины.

«Тебе нельзя здесь находиться!»

Нет, несмотря ни на что, мне следовало быть здесь.

Ступеньки скрипели у меня под ногами, и поднимался я осторожно, словно опасаясь потревожить кого-то. На полпути к верхней площадке обернулся и посмотрел вниз. Сквозь стекло входной двери падал треугольник солнечного света, открывая полоску явно недавно вымытых и натертых половиц, и вновь я не сразу осознал, *что именно* перед собой вижу. Должно быть, то самое место, где лежала моя мать после того, как свалилась с лестницы.

Наверху я стоял перед тем, что некогда было моей комнатой, чуть ли не вечность, а потом под скрип петель стал нерешительно отворять дверь.

Пространство внутри медленно открылось передо мной. Ничего тут не изменилось. Мои родители явно никак не использовали эту комнату все эти годы после моего отъезда, и от моих воспоминаний она отличалась разве лишь тем, что казалась гораздо меньше. Моя старая кровать была по-прежнему придвинута к стене — просто металлическая рама, накрытая голым матрасом, — а деревянный письменный стол все так же стоял под окном напротив нее. Моя одежда была сложена стопками на полу возле батареи, а книги неустойчивыми башенками выстроились вдоль стены.

С таким же успехом я мог уехать хоть вчера. Что-то во мне едва ли не наяву увидело призрак того мальчишки, что поздно ночью горбился за письменным столом, трудясь над очередным рассказом, которые он любил тогда сочинять.

Пройдя через комнату, я раздернул занавески над столом, наполнив комнату светом. За окном подо мной лежала перепутанная масса заросшего сада на заднем дворе, уходящая к сетчатой ограде на дальнем конце и стене деревьев за ней.

Может, поселок и назвали в честь Гриттенского леса, но, как и все местные, я знал этот лес как Сумраки. Насколько я могу припомнить, все только так его и называли. Даже в самый солнечный день пространства между деревьями всегда казались полными тьмы и мрачных тайн, и пока я смотрел на сад, из этого леса выпорхнуло одно воспоминание, черное и незваное.

О том, как Чарли в свое время водил нас туда.

Каждые выходные в тот год мы встречались на старой детской площадке, а потом направлялись к дому Джеймса и проникали в Сумраки через его задний двор с садом. Проходили пешком по несколько миль. Путь всегда прокладывал Чарли. Он уверял, что лес заколдован — что тут живет призрак, — и хотя у меня всегда и вправду было ощущение, будто что-то наблюдает за мной из-за деревьев, обычно я больше переживал, как бы не заблудиться. Этот лес всегда казался мне чем-то живым и опасным. Чем дальше ты в него углублялся, тем сильнее казалось, будто на самом деле неподвижно стоишь на месте — что просто местность каким-то хитрым образом сама меняет обстановку вокруг тебя, вызывая иллюзию движения, как если бы в шахматах перемещались не фигуры, а клетки, на которых те расставлены.

И все же Чарли всегда уверенно выводил нас обратно.

Но тут еще припомнилось, как я ходил туда с ними в последний раз. Как в самой глубине леса, где на мили вокруг ни единой живой души, Чарли прицелился мне в лицо из натянутой спортивной рогатки.

Я задернул занавески.

И уже совсем собрался было выйти из комнаты, как вдруг заметил, что на полу рядом с письменным столом стоит старая картонная коробка. Некогда она была заклеена сверху несколькими слоями коричневого скотча, но теперь клейкая лента была взрезана, а верхние створки коробки слегка приоткрылись и торчали вверх. Я осторожно опустился на корточки, раздвинув их еще шире.

Как оказалось, кто-то убрал туда мои старые бумаги. Первым делом я обнаружил пожелтевший журнал — «Литературная жизнь». Как и в случае с книгой в хосписе, едва прикоснувшись к нему, я сразу ощутил покалывание в кончиках пальцев и быстро отложил его в сторону. Сразу под ним лежала тонкая книжка в твердом переплете. Я знал, что это за книга, и прямо сейчас не хотел даже смотреть на нее, не говоря уже о том, чтобы трогать.

Еще ниже обнаружились несколько моих толстых тетрадей. Тех самых, что я использовал еще подростком, чтобы записывать свои первые литературные опыты.

И кое для чего еще.

Вытащив самый верхний, я раскрыл его и прочитал начало первой записи.

«Я нахожусь на каком-то темном рынке...»

И тут на меня разом обрушился целый шквал воспоминаний — словно стая птиц, сорвавшихся с дерева.

Джеймс, сидящий на перекладине лазалки в тот день...

Последовавший позже стук в дверь...

Мысль, которая так часто возникала тогда у меня в голове: «Надо что-то решать с Чарли»...

Я отложил тетрадь, слегка поежившись, несмотря на жару на дворе. Когда на этой неделе мне позвонила Салли, рассказав о случившемся с матерью и поинтересовавшись, если ли у меня возможность приехать, ответил я не сразу, так как одна только мысль о возвращении в Гриттен наполняла меня липким ужасом. Но я изо всех сил постарался убедить себя, что прошлого больше нет. Что больше нет нужды думать о том, что некогда случилось здесь. Что после всех этих лет я в полной безопасности.

Но я ошибался.

Поскольку теперь на меня навалилось еще больше воспоминаний, темных и злых, и я осознал, что как бы ни хотелось мне покончить с прошлым, но то, что прошлое сделало со мной, по-прежнему имеет надо мною власть. И, прислушиваясь к зловещему пульсированию тишины в доме у себя за спиной, все яснее понимал, что смутное предчувствие беды, преследовавшее меня весь день, уже граничит с откровенным страхом, особенно когда живо припомнилось схожее ощущение двадцатипятилетней давности.

Ощущение, что вот-вот произойдет что-то ужасное.

4
Тогда

Было начало октября — в нашей новой школе мы успели отучиться уже несколько недель. В тот день в расписании уроков физкультуры у нас значилась тренировка по регби. Переодевшись в главном здании, мы с Джеймсом вместе с остальным классом двинулись по мощеным дорожкам на игровое поле. Помню, как ледяной воздух холодил ноги, а изо рта вырывались облачка пара. Со всех сторон доносился лишь нестройный перестук шипованных бутс по холодной мостовой.

Я бросил взгляд на Джеймса, который с обреченным видом плелся рядом со мной, опасливо поглядывая на парней поздоровее впереди. Поскольку мы оба постарались влиться в ряды наших новых однокашников как можно тише и незаметнее, Джеймс стал мишенью для забияк с первого же учебного дня. Я делал все возможное, чтобы его никто не трогал, но я не мог постоянно находиться рядом, а поле для регби и вовсе представлялось самым хулиганистым из ребят вполне законной охотничьей территорией — место, где к насилию не только относятся терпимо, но и активно его поощряют.

Наш учитель физкультуры — мистер Гудболд — важно вышагивал среди парней впереди, болтая со своими любимчиками. Казалось, что это не более чем увеличенная версия любого из окружавших его школьных задир, разве что постарше и покрупнее — та же агрессивно бритая голова и крепкое сложение, то же самое раздражение на весь мир и едва скрываемое презрение к тем, кто понежнее и поделикатнее. Несколько раз я видел, как он прогуливается по Гриттену со своим бульдогом; оба, одинаково вобрав головы в плечи, двигались в одном угрожающем мускулистом ритме.

Дойдя до дороги, нам пришлось подождать зеленого сигнала светофора, поскольку машины здесь коварно выскакивали из-за угла. Я лишь моргал, когда меня обдавало воздухом от проносящихся мимо автомобилей. Во всяком случае, судя по их скорости, не было никакой гарантии, что они вовремя остановятся, если кто-нибудь вдруг выскочит на дорогу.

Я наклонился, чтобы шепнуть Джеймсу:

— Похоже, что сегодня нас готовы убить буквально на каждом шагу!

Он не улыбнулся.

Как только мы благополучно перешли дорогу, Гудболд повел нас на дальний конец поля, где его помощник сражался с запутавшейся сеткой регбийных мячей. Небо, раскинувшееся над головой, казалось уныло-серым и бесконечным.

— Разбились на две группы!

Гудболд раскинул руки, каким-то образом ухитрившись отделить своих любимчиков от всех остальных.

— Становитесь вдоль вот этой линии! Выстраивайтесь по росту!

Он повел ребят поздоровее через поле, а мы, оставшиеся, переглянулись и начали бестолково меняться местами, выстраиваясь в шеренгу. Я был на добрую голову выше Джеймса, так что в итоге оказался на противоположном ее конце. Мне было видно, как Гудболд на другой стороне поля выстраивает вторую группу так, чтобы самый долговязый парень в ней оказался напротив самого мелкого из нашей.

— По моему сигналу, — взревел он, поднимая вверх свисток, — постарайтесь пронести свой мяч на другую сторону. Ваш противник попробует остановить вас. Проще некуда. Все всё поняли?

Последовали несколько неуверенных «да, сэр», но только не от меня. Я-то видел, как ребята на противоположной стороне поля втихаря сговариваются и перестраиваются за спиной у Гудболда. Парень по имени Дэвид Хейг поменялся местами с тем, что стоял рядом, — так, чтобы оказаться точно напротив Джеймса. «Вот же гаденыш», — подумал я. Хейг был самым сволочным из всего школьного хулиганья. Рос он в трудной семье — его старший брат сидел в тюрьме, и было очень похоже, что и сам он закончит примерно тем же манером. В первый же день в Гриттене Хейг пихнул меня плечом за какое-то воображаемое оскорбление, и я без колебаний врезал ему в ответ. Нас быстро разняли, и после этого он ко мне практически не цеплялся. Но Джеймс был куда более легкой добычей.

Я сказал себе, что ничего не могу с этим поделать — Джеймс теперь предоставлен сам себе, — так что сосредоточился на своем собственном противнике. Успех моей команды не имел для меня абсолютно никакого значения, но я был решительно настроен победить, пусть даже просто ради себя самого, и, напружинившись, покрепче прижал мяч к боку и выставил правую ногу вперед. Сердце забилось чаще.

Прозвучал свисток.

Я изо всех сил сорвался с места, практически не глядя на парня, который налетал на меня с противоположной стороны поля. Сшибка вышла жесткой. Он врезался мне чуть ли не в пах, едва не выбив из меня дух, и поле закрутилось вокруг меня, но я упорно прорывался вперед, злобно выкручиваясь из его захвата, притоптывая на месте и сосредоточившись на линии вдали. Наконец его руки разжались; я опять рванулся вперед. Еще секунда, и мяч был уже в зоне противника, а я крепко прижимал его рукой к земле.

Опять прозвучал свисток.

Тяжело дыша, я глянул вдоль линии. Лишь горстка наших сумела ее пересечь, и середина поля была усыпана ребятами — некоторые стояли, некоторые все еще боролись, барахтаясь на твердой холодной земле. Но первым я заметил Хейга. Он стоял на нашей половине поля и смеялся. Под ногами у него лежал Джеймс, сжавшись в комок и плача.

Явно не обращая на это внимания, Гудболд попросту прошелся вдоль линии, подсчитывая победителей. Обернувшись, я увидел, как Хейг, все еще смеясь, плюнул на Джеймса.

Во мне вспыхнула ярость.

При моем приближении он поднял взгляд, но не успел избежать сильного тычка, которым я отбросил его от Джеймса. Это стало неожиданностью для нас обоих — я и сам не думал, что сейчас это сделаю. Секунду Хейг выглядел столь же удивленным, но его лицо тут же потемнело от злости. Словно из ниоткуда рядом с ним выросли двое его дружков.

— Ты чё, охренел? — негромко процедил я.

Хейг ёрнически раскинул руки.

— А что? Разве я виноват, что твой дружок — сопливый пидор?

Я тяжело сглотнул. Даже если Гудболд все это видел, то вмешиваться не собирался — по крайней мере, пока не дойдет до чего-то серьезного. Но другие ребята смотрели на нас, и я понял, что нельзя идти на попятный. Это означало, что предстояло получить несколько крепких ударов. Лучшее, на что я мог в самом деле надеяться, — это успеть врезать пару раз в ответ, так что я сжал кулаки и заставил себя уставиться на Хейга в ответ.

— Ты чё, охренел? — повторил я.

Хейг сделал шаг в мою сторону.

— Хочешь что-то по этому поводу предпринять?

Разговаривать было бесполезно — лучше просто размахнуться и надеяться на лучшее. И я совсем уже собрался так и поступить, когда вдруг ощутил рядом с собой чье-то присутствие. Бросил взгляд вправо и увидел, что к нам присоединились еще два парня.

Чарли Крабтри.

И Билли Робертс.

Я знал их только по именам, да и те не сразу вспомнил. Они были нашими ровесниками и посещали часть тех же уроков, что и мы с Джеймсом[1], но никто из нас с ними до сих пор не общался. По правде говоря, я вообще не видел, чтобы они хоть с кем-нибудь общались. Насколько я знал, эти ребята учились в «Гриттен-парк» уже давно, но казалось, что они существуют так же отдельно от всей остальной школы, как и мы с Джеймсом. На переменах и во время обеденного перерыва они словно куда-то испарялись.

И все же по их позам было ясно, что по какой-то причине они решили меня прикрыть. Ни один из них не тянул на хорошего бойца: Билли — долговязый и нескладный, слишком тощий, чтобы представлять собой реальную угрозу; Чарли —

[1] Наряду с обязательными дисциплинами программа обучения в старших классах британских школ предусматривает и профильные предметы, которые ученики могут выбирать самостоятельно.

примерно того же росточка, что и Джеймс. Но четверо — это уже сила, и какой бы неожиданностью ни стало их вмешательство, в тот момент я был им очень за это благодарен.

Или, по крайней мере, был благодарен, пока Чарли не заговорил.

— А я видел тебя сегодня во сне, Хейг, — сказал он.

Произнес он это так серьезно, что понадобилась секунда, чтобы эти слова отложились у меня в голове. Чего бы я от него ни ожидал, но только не этого. Хейг тоже опешил. Помотал головой.

— Ты ваще о чем, Крабтри?

— Просто о том, что я сказал, — терпеливо улыбнулся Чарли, словно говорил с неразумным ребенком. — Ты лежал на земле, весь жутко изломанный. Твой череп был пробит насквозь — вскрыт, как вареное яйцо, и мне было видно твой пульсирующий мозг — твое сердце билось в нем. У тебя оставался только один глаз, и он постоянно моргал на меня. Ты еще не умер, но дело к тому шло. Ты тоже это знал. Ты знал, что умираешь, и тебе было очень страшно.

Несмотря на неравенство в габаритах, Чарли вроде даже отдаленно не боялся Хейга, и мне даже почудилось какое-то тихое гудение в воздухе, будто он, словно медиум, излучал в сторону своего противника что-то ужасное — какую-то внутреннюю энергию, которую при желании мог в любой момент спустить с поводка. Хейг больше привык к физическому противостоянию. Он явно и понятия не имел, как реагировать на нечто подобное тому, что только что услышал.

Поэтому лишь опять помотал головой.

— Ты...

Свисток у нас за спинами.

Все мы инстинктивно отступили на шаг — все, кроме Чарли. Он остался стоять в точности там, где стоял. По-прежнему улыбаясь. Все еще пристально глядя на Хейга.

— Получилось у шестерых! — Голос Гудболда гулко разнесся над полем. — Было бы девять, если б Крабтри и его дружки не ушли с линии. В следующий раз думайте головой, парни!

Хейг и двое его корешей направились обратно к своей линии, то и дело бросая на нас взгляды через плечо. Я протянул Джеймсу руку и помог ему подняться на ноги.

— Ты как, братан?

— Порядок...

Но хотя это я помог Джеймсу подняться, смотрел он в этот момент на Чарли. На Чарли, который попрежнему улыбался каким-то своим мыслям. Билли рядом с ним на секунду встретился со мной взглядом; лицо его было пустым и нечитаемым.

— Пробуем еще разок! — выкрикнул Гудболд.

■ ■ ■

После окончания тренировки вышло так, что мы двинулись по полю уже вчетвером. Мне это не показалось случайным, хотя до сих пор не пойму, как это получилось — никто из нас вроде специально не разыскивал друг друга, и все же почему-то вдруг выяснилось, что мы идем бок о бок. Даже тогда казалось, что это было заранее подстроено.

Хейг со своими дружками шел чуть впереди и постоянно оборачивался на нас. Эффект от сказанного Чарли уже потускнел, и к Хейгу опять вернулись его обычная нагловатая развязность и походочка враскачку.

Чарли, похоже, к его вниманию был совершенно безразличен.

— Интересно, — будничным тоном заметил он, — сколько еще раз мистер Гудболд будет заходить в раздевалку якобы проверить, что все мы приняли душ?

Я быстро обернулся, чтобы убедиться, что Гудболд за пределами слышимости. Уверенности в этом не было.

Потом опять повернулся к Чарли.

— По крайней мере, мы не так уж и извозились.

Билли пнул носком бутсы твердую землю.

— Хоть какой-то прок от этой зимы…

— Пока еще не зима, — возразил Чарли.

Вид у Билли стал немного обиженный.

— А ощущается так. Дубак, как зимой.

— Да, — согласился Чарли. — Верно.

— Я не хочу слышать, как ты видел меня во сне, педрила ты долбаный!

Идущий впереди Хейг вдруг развернулся и теперь быстро шел в нашу сторону, сверля взглядом Чарли. Он говорил намного громче, чем Чарли, так что на сей раз Гудболд точно все слышал. Но, естественно, не собирался вмешиваться.

Хейг издевательски почмокал ртом, изображая поцелуйчики.

— Хотя я знаю — ты просто не мог удержаться!

Чарли улыбнулся ему.

— Кто говорит, что я не мог удержаться?

— Чё?

— Кто говорит, что я не мог удержаться? — повторил Чарли. — Может, я *специально* заказал себе такой сон — чтобы полюбоваться, как ты умираешь, как твой глаз лопается, а мозги свисают у тебя из головы. В смысле, кто бы отказался посмотреть на такое? Это было просто изумительное зрелище.

Несмотря на вернувшееся удальство, краска малость спала с лица Хейга.

— Ты долбаный *псих*, Крабтри!

— Да, — рассмеялся Чарли. — Да, это так.

Хейг изобразил на лице глубочайшее отвращение, после чего повернул обратно к своим. Мне было видно, что Джеймс все еще не сводит глаз с Чарли. Он неотрывно смотрел на него, словно тот был вопросом, с которым он никогда не сталкивался раньше, и очень хотел получить ответ.

— Долбаный псих... — произнес Чарли.

Сказано было достаточно громко, чтобы Хейг услышал, — намеренно провокационно. И когда мы вышли на тротуар, Хейг развернулся и вновь решительно двинулся к нам, разозленный тем, что его подначивают. Но какой бы он ни заготовил ответ, я его так и не услышал, поскольку в тот самый момент, когда он не глядя шагнул на проезжую часть, в него врезался проносящийся по дороге фургон, и он исчез из глаз.

Послышался дикий визг тормозов. Я оцепенело глянул влево и увидел, как фургон, теперь уже вращаясь вокруг своей оси, скользит по дороге, оставляя за собой сизый дымок и черные спирали на асфальте. Он замер метрах в тридцати дальше по улице, а на треснувшем лобовом стекле у него расплывалось кровавое пятно, похожее на огромный отпечаток ладони.

На секунду воцарилась полная тишина.

А потом поднялись крики.

— Прочь с дороги!

Когда Гудболд протолкался мимо нас, я бросил взгляд на Чарли. Я был еще в таком шоке, что даже не мог просто сдвинуться с места, не говоря уже о том, чтобы осознать происшедшее, но помню, что Чарли выглядел абсолютно спокойным. На губах у него была все та же улыбка.

Джеймс таращился на него, открыв рот от ужаса и чего-то вроде благоговейного восторга.

«Твой череп был проломлен насквозь», — припомнил я.

«Мне было видно твой пульсирующий мозг».

И еще помню, как Чарли глянул на Джеймса в ответ и подмигнул.

5

— Мне и вправду понравилось.

Я поднял взгляд. Очередная встреча самодеятельного клуба литературного творчества во время большой перемены только что закончилась, и я быстро заталкивал свою тетрадь обратно в рюкзак. Я думал, что все уже разошлись, но одна девчушка задержалась и теперь стояла возле дверей класса.

— Твой рассказ, — произнесла она чуть медленнее. — Мне он и вправду понравился.

— О… спасибо.

Комплимент вызвал у меня неловкость, не в последнюю очередь потому, что поступил от девчонки. Она была миниатюрная, с черными как смоль волосами, которые выглядели так, будто их коротко остригли ножницами где-нибудь в кухне, и под школьной блузкой на ней была простая футболка.

«Дженни… Чамберс?»

Единственное, что я про нее знал, — это как ее зовут. В той мере, в какой я ее вообще замечал, казалось, что она существует где-то на периферии школы, точно так же, как мы с Джеймсом.

— Спасибо. — Тетрадь наконец пролезла в рюкзак. — А по-моему, так полное говно.

— Милый способ отвечать на комплимент.

Похоже, мой ответ ее больше позабавил, чем задел.

— Прости, — отозвался я. — Очень приятно такое от тебя слышать. Хотя сама знаешь, как это бывает. Никогда не остаешься доволен тем, что сделал.

— Зато есть стимул сделать еще лучше.

— Наверное, да. Мне твой тоже очень понравился.

— Правда?

Вид у нее был слегка скептический. Должно быть, она решила, что я сказал это исключительно из вежливости и на самом деле не помню этот ее рассказ. Наша учительница английского, миз[1] Хо-

---

[1] Миз — госпожа; нейтральное обращение к женщине в англоязычных странах. Ставится перед фамилией женщины — как замужней, так и незамужней.

робин, проводила получасовые заседания клуба литературного творчества раз в неделю, во время большой перемены. Рассказы мы писали заранее, и двое из нас зачитывали их вслух при каждой встрече. Очередь Дженни была на прошлой неделе. Или на позапрошлой?

Ее рассказ вернулся ко мне в голову как раз вовремя.

— Тот, который про одного человека и его пса, — уточнил я. — Мне понравилось.

— Спасибо. Хотя это скорее про пса и его человека.

— Верно.

Ее рассказ был про одного мужика, который плохо обращался со своей собакой. Таскал ее повсюду за собой, бил, забывал покормить... Но собака, будучи собакой, все равно его любила. А потом он умер у себя дома от сердечного приступа, и, поскольку у него не было друзей, никто целую вечность не обнаруживал тело. Так что собаке — едва ли не конфузясь — пришлось есть его труп. Дженни написала этот рассказ от лица собаки и назвала его «Верный дружок».

Когда она в тот раз закончила чтение, на пару секунд наступила тишина, после чего миз Хоробин прокашлялась и охарактеризовала рассказ как «эвокативный».

— Не думаю, что миз Хоробин ожидала чего-то подобного, — заметил я.

Дженни рассмеялась.

— Ну да, но ведь такого рода сюжеты лучше всего, верно? Я люблю такие, которые застают тебя врасплох.

— Я тоже.

— И он основан на реальной истории.

— Да ну?

— Угу. Это произошло где-то в наших краях. Меня, понятное дело, при этом не было. Так что я многое досочинила. Но полиция и вправду нашла то, что осталось от того мужика, когда вошла в его дом.

— Ого! Я про такое не слышал.

— Одна знакомая рассказывала. — Дженни мотнула головой на дверь: — Так ты идешь?

— Угу.

Я застегнул молнию рюкзака, и мы вышли вместе.

— А где *ты* почерпнул идею своего рассказа? — спросила она.

И вновь я смутился. Мой рассказ был про одного человека, который идет по поселку, в котором он вырос, направляясь к дому своего детства. По моему замыслу, за ним по какой-то причине охотятся, и ему хочется в последний раз вновь оказаться в прошлом — вернуться туда, где мир по-прежнему кажется открытым и полным возможностей. Оставалось неясным, попал он в итоге в тот дом или нет — я закончил на том месте, где он добирается до знакомой с детства улицы, слыша вой сирен вдалеке. Я убеждал себя, что подобная «открытая концовка» — это очень ловко и *по-литературному*, хотя, сказать по правде, просто не сумел выдумать финала получше.

— А ты читала «Противостояние»? — спросил я, не ожидая утвердительного ответа, но ее глаза расширились.

— Господи, конечно! Обожаю Стивена Кинга! И понимаю, о чем ты. Праздный Гуляка[1], точно?

— Ну да, ну да... — Ее энтузиазм немного распалил и мой собственный. — Этот персонаж реально меня зацепил... Пусть даже, как помнишь, в итоге он оказывается дьяволом или чем-то в этом духе. Но в начале, когда он просто шляется туда-сюда и ты совершенно не представляешь зачем... Мне это очень понравилось.

— Мне тоже.

— А ты читала другие книги Стивена Кинга?

— Все до единой.

— *Все до единой?*

— Ну да, конечно. — Она посмотрела на меня так, будто у нее просто не укладывалось в голове, как это можно не прочесть абсолютно все книги Кинга. — Это мой любимый писатель. Некоторые и по два-три раза. В смысле, *по крайней мере*.

— Ни фига себе!

Позже я убедился, насколько это соответствует истине. Дженни была просто запойной читательницей. Частично потому, что семья у нее была бедная, а книги — это достаточно дешевый способ сбежать от печальной действительности, но также и потому, что она просто была такая, какая есть. В тот же момент я был попросту изумлен, что Дженни прочла больше произведений Стивена Кинга, чем я.

---

[1] Праздный Гуляка (*англ.* Walkin' Dude) — прозвище Рэндалла Флэгга, вымышленного персонажа как минимум девяти романов Стивена Кинга.

— Я читал большинство его книг, — сказал я. — Некоторые тоже не по одному разу.

— А какие самые любимые?

— «Сияние». — Я задумался. — Наверное.

— Ну да, трудно выбрать. У него они все такие классные!

— Ну а твои какие?

— «Кладбище домашних животных».

— О боже, эта реально страшная...

— Знаю — обожаю ее. — Она ухмыльнулась. — Концовка! Мрачная. Что. Офигеть.

— И как раз это тебе у Кинга и нравится?

— А то. Это же все-таки ужастики? Но пусть даже так — посмотри на «Противостояние». Происходит куча плохих вещей, но в конце концов положительные персонажи в основном побеждают. И в «Сиянии»... Ну да, там все грустно — припомни, как достается отцу, — но у парнишки-то в итоге все в порядке. Хотя «Кладбище домашних животных»... Тут и вправду полная безнадега.

Я кивнул, но при этом приметил и какую-то печальную покорность в том, как Дженни это произнесла. Что-то во мне хотело сказать ей, что не все концовки должны быть беспросветными. Но когда мы вышли на площадку перед школой и оказались перед лицом целого моря ребят разного возраста и серого пейзажа вокруг, нужные слова не пришли. В хорошие дни вполне можно было искренне верить, что я обязательно вырвусь из Гриттена, когда вырасту, но правда заключалась в том, что лишь очень немногих здесь могло ожидать что-либо помимо трудной, жалкой и унылой жизни — скорее прозябания, чем жизни. Не имелось никаких причин думать, что Дженни или я какие-то особенные и что наши «концовки» будут хоть сколько-то радостнее, чем у большинства здешних обитателей.

Я перевел взгляд вправо. Джеймс поджидал меня у дальнего конца корпуса со спортзалом.

Я закинул рюкзак на плечо.

— Я вон туда.

— А мне в другую сторону. Все как обычно.

Это уточнение показалось мне несколько странным, но потом я вспомнил, что никогда не видел ее во время перемен между уроками — она словно исчезала, точно так же, как до недавних пор мы с Джеймсом. Интересно, подумал я, куда она пойдет — какую забытую часть школы она сделала своей собственной и чем там занимается.

— А ты читал «Обезьянью лапку»?[1] — спросила Дженни.

— Не думаю. Это ведь не Стивена Кинга?

— Нет. Это короткий рассказ, причем очень старый. Хотя примерно в том же духе, что и «Кладбище домашних животных». Тебе точно понравится.

— Звучит заманчиво.

— А то! Он у меня дома есть. Могу принести почитать. В смысле, если хочешь.

---

[1] «Обезьянья лапка» (*англ.* The Monkey's Paw) — рассказ У. У. Джейкобса в жанре сверхъестественного хоррора, впервые опубликованный в Англии в 1902 г. в сборнике «Леди с баржи»: владельцу обезьяньей лапки даются три желания, но за их исполнение и вмешательство в судьбу приходится платить огромную цену. Этот сюжет неоднократно адаптировался, становясь основой для пьес, фильмов, телесериалов, комиксов и даже оперы.

Некоторые добавляют такую оговорку под конец, чтобы избежать неловкости в случае отказа, но Дженни подала это без всякого напряга — словно ей действительно было совершенно все равно: да так да, нет так нет. До настоящего момента создавалось впечатление, что добровольное одиночество ее несколько угнетает, но после разговора с ней стало заметно, насколько она уверена в себе и как комфортно ей наедине с самой собой. Как будто окружающий ее мир был тем, что она могла по собственному выбору принять или отвергнуть, и то, что она вдруг приняла решение законтачить именно со мной, почему-то представлялось чем-то лестным и едва ли не почетным.

— Угу, — сказал я. — Конечно, хочу.

А потом направился к Джеймсу.

А заодно и к Чарли с Билли, естественно.

■ ■ ■

В те недели и месяцы, что последовали за происшествием с Хейгом, мы вчетвером стали постоянно бывать вместе.

Так до конца и не пойму, как это произошло. Это немного походило на то, как мы нашли друг друга, возвращаясь с игрового поля вместе в тот день — будто это лишь *казалось* случайностью. Но я знаю, что в основном из-за Джеймса. После того, что случилось в тот день, Чарли его буквально заворожил. Тот поощрял это внимание, и притяжение между ними обоими постепенно вывело нас четверых на более близкую орбиту. Мы стали проводить все больше времени вместе. По выходным Чарли водил нас в походы в лес, рассказывая про призраков, а в школе на больших переменах мы практически безвылазно торчали в помещении «С5-б».

Эта довольно большая комната располагалась в цокольном этаже школы, куда вела неприметная лестница в конце главного коридора. Помню, что в самом низу рядом с ней была темная ниша с древним лифтом, который выглядел так, будто его двери жутко заскрипят, если попытаться их открыть. Насколько мне удалось выяснить, соответствующих ему дверей наверху не имелось, так что я пришел к заключению, что он ходит на какой-то этаж даже еще ниже цокольного. В бойлерную, к примеру. В какое-то сырое, мокрое место, полное проржавевших пощелкивающих труб.

Единственная другая дверь здесь и вела в помещение «С5-б» — очевидно, некогда классную комнату. Бо́льшую часть его загромождали покосившиеся штабели пыльных парт, но в глубине стояли и несколько разномастных кресел, словно сюда годами сваливали мебель из разных комиссионных магазинов. Судя по всему, про существование этой комнаты в школе давно и прочно забыли, и, полагаю, в этом смысле для нас четверых она была наиболее подходящим местом. Здесь мы в основном и тусовались. Ели принесенную из дома снедь. Болтали. Иногда подбирали старые огрызки мела и записывали слова песен на черной школьной доске, до сих пор висящей на задней стене. *Nirvana. Pearl Jam. Faith No More.* Все написанное нами оставалось на ней до тех пор, пока мы всё это не стирали и не писали что-нибудь еще.

Чарли и Билли уже были здесь, когда мы с Джеймсом спустились в цокольный этаж в тот день. Билли сгорбился в кресле, читая один из журналов, посвященных оружию и боеприпасам, по которым просто с ума сходил. Он коротко поднял взгляд, чтобы убедиться, что это не кто-то из учителей, наконец явившийся, чтобы изгнать нас отсюда, а потом опять углубился в чтение. Чарли сидел на своем обычном месте в дальнем конце комнаты, возвышаясь над единственным тут дубовым письменным столом. Он никак не отметил наше появление. Его внимание было сосредоточено на лежащей перед ним толстой тетради. Чарли держал занесенную над страницей ручку, словно учитель, собирающийся поставить какую-то важную оценку.

Я пробрался сквозь лабиринт мебели.

— Привет, парни. Ну, что тут?

Билли пожал плечами — с мрачным выражением на лице, словно получил за что-то выговор. Поскольку он часто так выглядел, было невозможно сказать точно. Чарли по-прежнему никак не реагировал. Но когда мы прошли в глубь комнаты, он нахмурился каким-то своим мыслям, а потом тщательно записал что-то в тетрадь.

Я уселся в одно из кресел напротив Билли и вытащил пакет с приготовленным утром сэндвичем, демонстративно игнорируя Чарли, который оказался прямо у меня за спиной. Я уже привык к такого рода его поведению. То и дело, появившись здесь, мы заставали Чарли за этим самым письменным столом, за которым он с таинственным видом занимался чем-то совершенно загадочным. Но, приступив к еде, я заметил любопытство на лице Джеймса, и был вынужден подавить вызванное этим раздражение. На мой вкус, его неприкрытое восхищение Чарли стало в последнее время несколько выходить за разумные рамки. Да, я был готов мириться с эксцентричностью Чарли, но всякий раз мысленно закатывал глаза, поскольку ясно видел, что Джеймс частенько воспринимает его как столь же исключительную персону, каковой тот сам себя считал. По ряду причин, которые мне было трудно выразить вслух, это уже стало меня доставать.

— Что ты там делаешь, Чарли? — наконец спросил Джеймс.

— Я его уже об этом спрашивал. — Билли скривился, но не оторвался от своего журнала. — Это явно какой-то *большой секрет*.

Чарли вздохнул, после чего положил ручку на стол.

— Никакой это не секрет, — сказал он. — Я просто пытался сосредоточиться. Когда думаешь о чем-то важном, то не хочешь, чтобы тебя отвлекали.

— Господи, — пробормотал Билли. — Ну прости уж тогда.

— Точно так же, как тебе не хотелось бы, чтобы я отвлекал тебя... ну, например, от того, что ты сейчас читаешь.

Билли бросил взгляд на журнал. Закрыл его.

Чарли улыбнулся Джеймсу.

— Я веду дневник своих сновидений.

— Что это еще за дневник сновидений?

Чарли поднял тетрадь над головой.

— Каждое утро я записываю то, что мне приснилось ночью.

Я впился зубами в сэндвич.

— Сейчас не утро.

— Я не сказал, что делаю это *прямо сейчас*.

Я проглотил откушенный кусок. Уел, ничего не скажешь!

— А я вот никогда не помню свои сны, — признался Джеймс.

— Как и большинство людей. — Чарли положил тетрадь на стол. — Когда-то и у меня такое было. Сны хранятся в краткосрочной памяти — вот потому-то и важно записывать их сразу, как только проснешься, прежде чем успеешь забыть. Если это не сделать, они исчезнут навсегда.

Я едва подавил побуждение и вправду закатить глаза, хотя вроде уже стал привыкать к одержимости Чарли всякой мистической чепухой. Он постоянно таскал в школу книги по колдовству и демонологии, но я всегда думал, это больше для того, чтобы все видели, как он их читает, а не из какого-то настоящего интереса к ним, — что это лишь часть того образа, который ему нравилось культивировать. Чарли был бы более чем счастлив, если б все верили, что он и впрямь проводит вечера, сидя по-турецки посреди начертанной мелом пентаграммы в окружении зажженных свечей. Обычно он предпочитал основывать свою репутацию именно на этом. Но при чем тут какие-то разговоры про сновидения?

— Тогда что ты сейчас делаешь? — спросил я.

— Ищу закономерности. — Он посмотрел на меня. — Делаю заметки о том, что открыл. Стоит только этим заняться, как начинаешь подмечать, что некоторые сны повторяются раз за разом. Одни и те же темы. Одни и те же места. Одни и те же люди.

— И что с того?

— Это способствует *инкубации*.

Чарли улыбнулся.

А я замешкался на миг, не донеся сэндвич до рта. Чем-то это напомнило мне его разговор с Хейгом в день происшествия — эта его манера вдруг выдать нечто совершенно неожиданное и достаточно странное, чтобы собеседник проглотил язык.

«Инкубация»[1].

Мне не понравилось это слово. Оно наводило меня на мысли о чем-то жутком, выращиваемом в банке. И, конечно, я осознал, что только что здорово ошибался. С учетом того, что приключилось с Хейгом, сновидения — еще как при чем, когда речь идет о Чарли.

Джеймсу тоже явно было не по себе.

— А что такое «инкубация»?

— Оказание влияния на то, что ты хочешь увидеть во сне, — растолковал ему Чарли. — Которое помогает пробудить осознанность. Ты знаешь, что такое осознанное сновидение?

Джеймс помотал головой.

— Это когда во сне ты сознаешь, что это сон. Типа как просыпаешься во время своего сна, но

---

[1] Инкубация в данном контексте — набор приемов, позволяющих управлять собственными сновидениями; осознанный «заказ» сновидения на нужную тему в сочетании с установкой на осознание себя во сне.

по-прежнему спишь. Стоит тебе сделать это, и ты можешь контролировать все, что там происходит. Можешь делать все, что только захочется, пережить любой опыт, какой только захочется, сделать мир своих сновидений в точности таким, каким тебе хочется. Все, о чем ты только ни подумаешь, может стать реальным.

По лицу Джеймса мне было видно, что он обдумывает услышанное, и я прикинул, что Джеймс предпочел бы сделать в таком мире сновидений, если бы у него вообще вышло туда попасть. Задать перцу школьным задирам, которые изводили его? Нарисовать в своем воображении более счастливую жизнь дома? Свалить ко всем чертям из Гриттена и никогда не возвращаться? Я понимал, что эта идея вполне может быть привлекательной для него, и мне не понравилось то, как он не сводил глаз с Чарли, словно тот только что показал ему какой-то особо эффектный фокус.

— Это все равно всего лишь *сны*, — с напором произнес я. — Стоит тебе проснуться, и все опять остается по-старому. Это ничего не меняет.

Чарли посмотрел на меня. На миг лицо его выглядело абсолютно пустым и бесстрастным, но под этой безмятежной гладью крылось некое подводное течение, которое меня напрягло, будто я совершил какой-то серьезный проступок, вступив с ним в спор.

— Что ты имеешь в виду? — спросил он.

Я пожал плечами.

— Только то, что сказал. Это всего лишь сны. Они ничего не меняют.

Чарли тогда лишь улыбнулся, и почему-то эта улыбка еще больше выбила меня из колеи, чем пустое выражение лица. Это была та же улыбка, какую он адресовал Хейгу в тот день — улыбка, которая предполагала, что он значительно впереди меня и что я сказал нечто совсем банально-простое и детское, через что сам он уже давным-давно прошел.

«Это всего лишь сны».

Улыбка, которая говорила, что он знает какой-то секрет, которого не знаю я.

6

В наши дни

Аманде в тот вечер пришлось поработать допоздна.

Она опустила жалюзи в своем кабинете и выключила свет, отчего освещали помещение лишь экран компьютера и наклоненная лампа рядом с ним. Обстановка наверняка не самая лучшая для зрения, но Аманда любила по возможности работать так. Это позволяло полностью сконцентрировать внимание на какой-либо проблеме, оставляя весь остальной мир за кадром. Это помогало ей думать.

Сейчас ее мысли были заняты некими «дневниками сновидений».

Затея представлялась ей совершенно дурацкой. Ежедневно вести дневник — это уже и само по себе пустая трата времени: если в жизни происходит что-то недостаточно важное, чтобы остаться *в твоей собственной голове*, что за смысл фиксировать это на бумаге? А идея записывать еще и сны была настолько от нее далека, что понадобился бы телескоп, чтобы как следует разглядеть ее суть. Но, похоже, как раз чем-то подобным она сейчас и занималась, причем без всякого телескопа.

Хотя Робби Фостер не был склонен к сотрудничеству с полицией, а Эллиот Хик пребывал на грани истерики, полиция все-таки сумела восстановить примерную хронологию событий, и теперь Аманда знала о случившемся немного больше. Ближе к середине дня Хик и Фостер отправились в карьер со своим приятелем по имени Майкл Прайс и там убили его, после чего приняли снотворные таблетки. А когда через какое-то время проснулись и побрели через пустырь, заляпанные кровью и растерянные, их заметил, как принято выражаться в подобных случаях, какой-то сознательный гражданин. У каждого из мальчишек был нож и толстая тетрадь. Ни один не отрицал своего участия в убийстве, и хотя криминалистическая экспертиза должна была занять какое-то время, у Аманды уже не было сомнений, что преступление совершили оба этих подростка. Таким образом, у нее уже имелись ответы и на вопрос «что», и на вопрос «кто».

То, чего она пока не понимала, так это «почему».

Час назад Аманда успела пообщаться со своим начальником, старшим детективом-инспектором Колином Лайонсом. Лайонс — та еще сволочь, и она прекрасно понимала, какого рода калькулятор щелкал у него тогда в голове. Имелось убийство на его «земле» — это плохо, но убийцы уже сидели в камере и, похоже, населению вверенного ему района больше ничего не угрожало. Обвинительные приговоры ожидались железно, и его ведомство в результате будет выглядеть достойно. Конечно, погиб молодой парнишка, но все могло обернуться гораздо хуже.

Вот как работала голова у Лайонса — и хотя ее отец определенно был совершенно другим человеком, Аманда представляла, что оба мужчины, по крайней мере, сумели бы понять друг друга. «Почему» — это не тот вопрос, которому стоит уделять повышенное внимание. Мотивы, причины, аргументы — все они почти всегда оказываются совершенно прозаичными и не оправдывающими ожиданий. Какое объяснение тому ужасу, который она видела сегодня днем в карьере, может сейчас иметь хоть какое-то значение? Спрашивать «почему» — это все равно что нырять в черную дыру. Чем глубже в нее проваливаешься, тем меньше света видишь.

Но перед ней поставили задачу туда заглянуть, и на данный момент Аманда видела перед собой лишь беспросветную тьму. Понять мотивы Фостера с Хиком было решительно невозможно. Собираясь совершить убийство, они взяли с собой свои дневники сновидений, и теперь на письменном столе перед ней лежали распечатанные сканы нескольких последних записей. Аманда прочитала то, что мальчишки записали сегодня утром.

Сначала Робби Фостер:

Я в карьере. Свет какой-то странный. Я провожу носовой тест и задействую тактильную технику, чтобы стабили-

зироваться, потом иду в сторону арены. Эллиот уже ждет меня. Он расплывается, но я знаю, что он и в самом деле там. Мы оба кладем руки на землю. КР где-то в кустах, наблюдает за нами, и я почти вижу его лицо. Эллиот тоже его видит, и мы оба знаем, что момент настал.

А потом Эллиот Хик:

Я на арене в карьере. Воздух странного цвета. Робби появляется секунду спустя, и мы стабилизируем друг друга, оперишись руками о землю. Это занимает какое-то время, но тут я чувствую КР. Я по-прежнему не вижу его лица, но он где-то сбоку в кустах. Робби улыбается мне. Мы всё тщательно подготовили и в точности знаем, что делать, — все так, как и говорил Чарли. Мы оба понимаем, что завтра это и произойдет.

Аманда откинулась в кресле.

Если принять эти записи за чистую монету, то, похоже, обоим мальчишкам снилось одно и то же. И хотя отчеты не абсолютно идентичны, все это очень похоже на описание одного и того же события с разных точек зрения. Словно Хик и Фостер пребывали в одном и том же сновидении вместе.

Что, конечно же, абсолютно исключено.

Естественно, парни должны были окончательно потерять связь с реальностью, чтобы сотворить нечто подобное, так что некоторые приведенные в дневниках подробности сразу привлекли ее внимание. Что это еще за «КР»?

И кто такой Чарли?

Кем бы он ни был, в записи Хика содержался намек на то, что пара следовала полученным от него инструкциям. А это, в свою очередь, позволяло предположить, что, несмотря на оптимистический настрой Лайонса, одним лишь этим убийством все может не ограничиться.

Отложив распечатки в сторонку, Аманда переключила внимание на свой компьютер, открыв файл с делом, который велся онлайн. Лэптопы Хика и Фостера уже изъяли. Содержимое их еще предстояло тщательно проанализировать, но браузерные истории у нее уже имелись. Пара часто посещала различные сайты в Интернете. Хотя при внимательном изучении списков оказалось, что чаще всего оба заходили на один и тот же довольно специфический форум.

Назывался он «Нераскрытое и непознанное».

Аманда вбила адрес в свой собственный браузер.

Попала она на довольно халтурно сделанный сайт, посвященный реальным преступлениям. Название было небрежно начертано на самом верху красным — словно бы пальцем, обмакнутым в кровь, — а внизу располагался головокружительный перечень подфорумов. Ссылки на них были выстроены в хронологическом порядке по самому недавнему посту, и та, что располагалась на самом верху страницы, сразу же бросилась ей в глаза.

Крабтри/Робертс — «КР»

Упоминание «КР» вряд ли было простым совпадением. Она кликнула на ней — и оказалась перед очередной стеной постов, на каждый из которых было дано множество ответов. Несколько ссылок наверху были выделены курсивом — старые, закрепленные ветки, как она предположила, — но сердце у Аманды упало, когда она открыла самый свежий пост и начала читать ветку под ним.

ЛП242: Народ, только что получил кое-какую инфу про убийство в Фезербэнке. Я живу неподалеку, поэтому и узнал. Про убитого пока что никаких подробностей, но среди местных ходят слухи, что это подросток и что полиция уже посадила двух парней за решетку. Как бы это не @РФ532 и @ЭХ808? Сегодня их не было в Сети, насколько я понимаю. Надеюсь, они не сделали какую-нибудь глупость. Попытаюсь еще хоть что-нибудь разузнать.

КХ854: Я тоже не видел их в последнее время на форуме. Про само убийство было в новостях, но никакой связи с КР я пока не нашел. Давайте не будем делать поспешных выводов. Отслеживаю посты @РФ532 и @ЭХ808. Выходите на связь, парни!

СР483: Соболезнования несчастным родителям по-любому. Свои опасения относительно @РФ532 и @ЭХ808 уже не раз тут высказывал. Модераторам советую поразмыслить над тем, не стоит ли наконец забанить @ЧК666. Поскольку, если это правда, то у этого/этой @ЧК666 руки по локоть в крови.

ЛП242: Ок, переговорил с одним источником из правоохранительных органов, которому доверяю. Убитый и подозреваемые уже известны всей округе. Мне сказали, что жертва практически обезглавлена, обнаружены дневники сновидений, отпечатки ладоней на земле. 100 % КР, но полиция либо темнит, либо еще не увидела связи. Черт бы вас побрал, @РФ532 и @ЭХ808!!! Все мы тут постим всякую хрень, но я никогда не думал, что вы до такого докатитесь! Царство небесное бедному парнишке, которого вы убили, и надеюсь, что вы, парни, сгниете в аду!

Аманда еще раз перечитала всю ветку целиком. «У этого/этой @ЧК666 руки по локоть в крови». Глянув на часы, она сняла трубку телефона.

■ ■ ■

Рабочее место детектива Тео Роуэна располагалось в одном из полуподвальных помещений отдела. Кабинет его все называли «темной комнатой», и сразу по двум причинам. Во-первых, из-за отсутствия там окон и естественного света, а во-вторых, из-за того, чем Тео и его группа там занимались. Аманда знала, что многие ее коллеги откровенно его побаивались. И, по ее мнению, вполне справедливо. Если некоторые держат в голове запечатанные коробки с ужасами, то в голове у Тео это наверняка, блин, целый сундук!

Но свое дело он знал. Через двадцать минут после звонка ему ее компьютер звякнул, и на электронную почту сгрузились все посты и личные сообщения Хика и Фостера на форуме «Нераскрытое и непознанное». При виде объема материала, который предстояло изучить, Аманда только заморгала: вордовский документ, в который они были скопированы, был почти в сотню страниц. Эти двое явно были весьма активными участниками форума.

Прокручивая текст мышкой, Аманда начала читать в случайном порядке.

РФ532: С осознанными сновидениями пока лишь частичный успех. Есть некоторый опыт с КР, но нам с @ЭХ808 до сих пор трудно законнектиться. Совет?

ПТ109: Трудно сказать. Похоже, что у вас кое-какой прогресс. Но не пытайся бегать, пока не научишься ходить! Продолжайте с дневниками и инкубацией, и у вас с @ЭХ808 все обязательно получится. Не теряй веры, чувак!

Аманда прочла несколько похожих сообщений, которые были столь же туманны, но приводили к одному и тому же заключению. Фостер и Хик были вовлечены в какого-то рода эксперимент, в связи с чем искали совета и помощи на этом форуме. Однако было трудно понять, в чем именно этот эксперимент заключался.

По мере дальнейшего чтения в переписке наметился более зловещий поворот.

РФ532: Может кто-нибудь назвать точную марку ножа, который использовали ЧК и БР? Заранее спасибо.

ФГ634: Я могу! Это был охотничий нож «Итака S3». В газетах в то время было полно фоток. Прикладываю старые сканы, которые я тогда сделал. Размещается ИСКЛЮЧИТЕЛЬНО В ИНФОРМАЦИОННЫХ ЦЕЛЯХ, как и всегда. Всем привет.
[нож.jpg]
[черная_вдова.jpg]

Картинки в документе не отображались. Но через несколько минут, в посте двухмесячной давности Аманда нашла то, что искала.

РФ532: Нужен совет, ребята. У нас с @ЭХ808 теперь полный успех. Совместные ОС каждую ночь. КР и всё прочее. Теперь подумываем о выходе на следующий уровень, но малость нервничаем, учитывая неудавшиеся попытки в прошлом. Как думаете, что там пошло не так? Почему это вышло у ЧК и обломалось у БР и прочих? Теории приветствуются.

ЧК666: Я был там. Давай в личку.

Аманда присмотрелась к экрану. Это был единственный вклад в ветку от пользователя, скрывающегося за ником «ЧК666». Нашлась еще горстка постов после, в том числе комментарий от СР483, выражающего опасения относительно вопроса Фостера и пытающегося привлечь внимание модераторов. Но, похоже, ни к чему это так и не привело, а ни Фостер, ни Хик больше не размещали откликов в этой ветке.

«Я был там. Давай в личку».

Запись приватных переговоров двух парней на сайте была вставлена в самом конце файла. Аманда прокрутила текст до нее и быстро обнаружила обмен личными сообщениями между Фостером, Хиком и тем, кто выступал от имени ЧК666. Ветка заняла несколько страниц.

[Участники]: @РФ532, @ЭХ808, @ЧК666

РФ532: Привет, ЧК666! Когда ты сказал, что был там, то что имел в виду?

ЧК666: Ты вроде в курсе, что произошло в Гриттене. Это все, что я готов сказать, но этого вполне достаточно. Можешь прочитать между строк и сам все сообразить. Так хочешь получить ответ на свой вопрос или нет?

К этому сообщению была прикреплена какая-то картинка: [entry.jpg]. Аманда не могла открыть ее напрямую из документа, но, судя по последующим сообщениям, то, что на ней изображалось, произвело впечатление на Фостера и Хика.

РФ532: Вот это да!

ЧК666: Ну вот и славненько. У Билли и остальных ничего не вышло, потому что они недостаточно сильно верили. Но это получилось у меня и может получиться у тебя. Тебе нужно просто следовать инструкциям.

Аманда продолжила чтение, чувствуя себя все более мерзко.

Через какое-то время она закрыла скоросшиватель с расшифровками и открыла национальную базу данных на компьютере, выискивая подробности другого преступления в совершенно другом месте. До настоящего момента Аманда никогда не слышала о Гриттене. Как оказалось, это промышленный городок в ста милях к северу от Фезербэнка. Четверть века назад там было совершено схожее убийство.

Она открыла файл.

И сразу подалась ближе к экрану, не в состоянии поверить увиденному. Там была фотография. Она была снята много лет назад, но с тем же успехом могла поступить из Фезербэнка прямо сегодня. На фото показывалась детская площадка. Тело на ней было затолкано под ближайшую живую изгородь — очевидно, в попытке наспех спрятать его, — а земля запятнана сотнями кровавых отпечатков ладоней.

Аманда стала читать, что там произошло.

В день убийства полиция вначале задержала подростка по имени Пол Адамс. Но в тот же вечер того отпустили, когда его ровесник Билли Робертс почти в полном беспамятстве вошел в поселок, держа в руках нож и тетрадь, и признался в содеянном. Он и еще один парень, которого звали Чарли Крабтри, убили в тот день на детской площадке одного из своих одноклассников.

Полиция Гриттена получила свои «что» и «кто» практически мгновенно, но вот что касается «почему», то ответ на этот вопрос появился чуть позже — история, которая понемногу складывалась по кусочкам на протяжении последующих дней и недель.

В месяцы, предшествовавшие преступлению, Чарли Крабтри и Билли Робертс до одержимости увлеклись осознанными сновидениями. Вели дневники. Искренне верили, что делят на двоих одни и те же сны, когда спят. И со временем вызвали в своем воображении призрачную фигуру, которая правила их вымышленным королевством и требовала в качестве жертвы себе человеческой жизни. Они верили, что, принеся такую жертву, исчезнут из реального мира и будут жить — всесильные и всемогущие — в краях своих сновидений до скончания веков.

После убийства подростки отправились со своими ножами и дневниками сновидений в ближайший лес, приняли снотворное и завалились спать прямо на голой земле. Через несколько часов Билли Робертс проснулся и с трудом добрел до поселка, где был немедленно арестован.

В отличие от Чарли Крабтри.

Поскольку тот бесследно исчез с лица земли и никто его больше не видел.

Часть II

7

В наши дни

Первые несколько дней после возвращения в Гриттен я постоянно мотался между домом и хосписом.

Мать продолжала сдавать. Во время моих посещений она в основном спала, и всякий раз я терзался чувством вины за то, что это вызывает у меня лишь облегчение. Хоть я и твердил себе, что сейчас ей больше всего требуется покой, но при этом сознавал, что просто боюсь того, что она может сказать, если проснется. В те редкие случаи, когда такое все-таки происходило, я ловил себя на том, что, затаив дыхание, жду еще каких-то упоминаний о прошлом, которое я осознанно запечатал у себя в голове и всячески избегал. Но этого так и не случилось. Чаще всего она пребывала в полнейшем замешательстве и вроде вообще не узнавала меня, как будто я был совершенно посторонним для нее человеком. Не исключено, что так теперь оно и было, — мысль, которая тоже вызывала у меня чувство вины и приводила в замешательство меня самого. Я не знал, чего хочу. Не знал, что сказать и что хотел бы услышать.

Навестив ее, обычно я направлялся в ближайший паб и проводил там некоторое время. В это местное заведение, помню, я втихаря заглядывал еще подростком, и изменилось оно гораздо сильнее, чем я сам. Типичная захудалая пивнушка с посыпанным опилками полом теперь превратилась в шикарный спорт-бар с декором из темного дерева и мягким приглушенным светом. Днем тут никогда не бывало много народу. Я сидел за столиком за единственной бутылкой пива, прислушиваясь к пощелкиванию бильярдных шаров откуда-то из глубины зала, и где-то с час пытался не думать ни о чем вообще.

Потому что там, в материнском доме, повсюду были воспоминания.

Я уже убрал свои старые бумаги обратно в коробку, но все равно ощущал их присутствие там — как постоянную пульсацию угрозы, исходящую от письменного стола, и призрак того мальчишки, которого я представлял себе сидящим за ним, становился с каждым днем все более осязаемым.

Хорошо помню ту большую перемену, когда Чарли впервые заговорил с нами о снах — об «инкубации», — и как полночь в тот день застала меня сидящим за этим самым письменным столом. Это всегда было мое любимое время суток. Работа по дому и домашнее задание сделаны; в доме тихо; мои родители спят. Я потихоньку выбирался из постели, щелкал выключателем лампы и работал над своими рассказами. У меня было целое множество толстых тетрадей — я прятал их в ящике стола, поскольку отец не замедлил бы прочесть мои литературные опыты, если б нашел их, и могу легко представить презрительную усмешку у него на лице, случись такое и в самом деле.

Но в ту ночь тетрадь передо мной была абсолютно новой и чистой.

События после той большой перемены развивались в точности так, как я и ожидал. Чарли тогда решил, что все мы обязательно должны кое-что сделать, так что со временем мы согласились во все это вписаться. Даже на этом этапе все прошло совершенно предсказуемо. Джеймса предложение сразу заинтересовало, а значит, Билли — крайне не расположенный делиться с кем-то благосклонностью Чарли — тоже проголосовал «за». В результате неопределившимся остался только я — и со временем тоже сдался.

«Осознанные сновидения».

С каким бы скепсисом я ни относился к ним в то время, мысль о них интриговала меня. Оглядывая свою пыльную, облупленную спальню и размышляя о том, какой жалкой жизнью я живу, представляя себе плоский, серый, приземленный мир вокруг себя, я все больше приходил к мысли, что перспектива избежать этого всего и испытать все то, чего я хочу, выглядит весьма привлекательно. Казалось, что достичь исполнения этой мечты каким-то иным способом мне в жизни не светит.

Чарли объявил, что первым делом всем надо завести дневники сновидений, а через неделю перечитать записи и поискать закономерности. Таким образом, мы с большей вероятностью опознаем их в будущем, на каковой стадии уже будем сознавать, что спим и видим сон, и обретем способность его контролировать.

Лежа в постели в ту ночь, я некоторое время неотрывно смотрел в унылый потолок, а потом выключил свет шнуром, свисающим возле изголовья. Чарли объяснил, что нужно сказать себе кое-что перед тем, как заснуть. Это и есть «инкубация» — сигнал подсознанию, и хотя может показаться, что эти слова ушли в никуда, что-то в самой глубине головы услышит их и отреагирует.

«Я запомню то, что мне снилось», — сказал я себе тогда.

И это сработало. Проснувшись на следующее утро, я помнил гораздо больше, чем обычно. Когда я первым делом уселся за письменный стол с тетрадью, один за другим повалились образы, каждый из которых тянул за собой более ранний, как будто я взбирался по канату обратно в ночь.

В том сне, который запомнился мне наиболее живо и четко, я оказался на каком-то странном открытом рынке. Была ночь, и я бежал по узким проходам среди прилавков и ларьков, слишком погруженных во тьму, чтобы как следует их разглядеть. Вокруг меня суетились люди, серые и неясные, как призраки, и я знал, что мне нужно срочно выбраться отсюда — что тут есть *еще что-то,* помимо меня и всех остальных. Я слышал, как оно гневно топает то тут, то там в ближайших переходах, охотясь за мной, как Минотавр в лабиринте. И всё же все проходы выглядели абсолютно одинаково, и куда бы я ни сворачивал, казалось, нигде не было выхода.

И я понял, что не могу выбраться отсюда без посторонней помощи.

«Я нахожусь на каком-то темном рынке...» — начал записывать я.

■ ■ ■

Но не только воспоминания двадцатипятилетней давности заполняли сейчас дом. Была здесь еще и тишина, висящая в каждой комнате, которая с каждым днем казалась все более тяжелой и осуждающей. Что моя мать хотела сказать своими словами? *Что* было в доме?

Я пытался убедить себя, что это не имеет значения — что прошлое давно пора оставить в покое, — но бывали моменты, когда казалось, будто мы с домом пытаемся взять друг друга измором, и меня не оставляло чувство, что в какой-то степени он побеждает. И что-то плохое обязательно должно произойти, когда я наконец выясню, что мать имела в виду.

«Красные руки повсюду!»

Шел уже четвертый день, когда я увидел ее.

■ ■ ■

В тот момент я сидел в пабе перед наполовину пустой уже бутылкой пива, стоящей передо мной на столе. Потянулся, чтобы подхватить ее, проведя пальцем по прохладной испарине на стекле, и увидел, как напротив меня открывается дверь.

Вошла какая-то женщина — на миг лишь темный силуэт на фоне клина теплого солнечного света, упавшего из-за двери. Я сумел мельком ухватить взглядом ее лицо, но не успел даже вздрогнуть при виде чего-то смутно знакомого, как она сразу же повернулась ко мне спиной и направилась к стойке бара.

«Это ведь?..»

На ней были голубые джинсы и щегольская черная кожаная куртка, каштановые волосы свисали до середины спины. Я посмотрел, как она роется в сумочке и кошельке. Выжидал, убеждая себя сохранять спокойствие — повторяя себе, что на самом деле это не она. Барменша принесла бокал белого вина, которое тут при мне никто не заказывал, после чего женщина защелкнула сумочку и повернулась, оглядывая паб в поисках, куда бы присесть.

Несколько секунд было трудно поверить собственным глазам.

Дженни теперь выглядела совсем по-другому, конечно, и все же почему-то точно так же, как и тогда. Я все равно разглядел в ней ту пятнадцатилетнюю девчонку, которую некогда знал: теперь, в сорок, жизнь успела добавить к ее лицу несколько новых незнакомых штрихов, но оно все равно узнавалось с первого взгляда.

Всех этих лет как ни бывало.

«Пожалуй, будет лучше, если она тебя не заметит».

Но тут взгляд Дженни встретился с моим, на миг метнулся вбок, а потом вернулся опять. Она нахмурилась. Я понял, что у нее возникла та же мысль, что и у меня.

«Это ведь?..»

И тут она улыбнулась.

Господи, ее улыбка совершенно не изменилась!

При виде нее в груди у меня растеклось тепло, и любой страх или сомнения насчет того, стоит ли повидаться с нею вновь, рассеялись без следа, когда Дженни подошла ко мне, цокая высокими каблуками довольно дорогих на вид сапожек по деревянному полу.

— Батюшки светы! — произнесла она. — Ну привет, бродяга.

— Привет. Ни фига себе!

— Действительно ни фига себе... Давно это было?

Я попытался сообразить. Дженни несколько раз навещала меня в университете, но все это начинало уже выглядеть как-то неловко, и в какой-то момент мы окончательно потеряли друг друга из виду.

— Лет двадцать уже? — предположил я.

— Просто с ума сойти!

Секунду Дженни тихо изучала меня. Интересно, что она при этом видела. Моя собственная внешность — поношенная одежда, всклокоченные волосы, усталые глаза — наверняка представляла собой разительный контраст с ее собственной.

— Ничего, если я присяду к тебе? — спросила она.

— Ну конечно!

Усевшись напротив меня, Дженни поставила свой бокал с вином на стол.

— Вообще-то не такая уж неожиданность тебя тут встретить, — сказала она. — Я уже слышала о твоем приезде.

Я поднял бровь.

— О?

— Угу. Народу мало, новости распространяются быстро... Короче, всё как обычно. Сам знаешь, что это за место.

— Знаю.

— Я бы сама вышла на связь, однако... Ну, сам понимаешь.

Да. Я хорошо помнил, чем у нас с ней все кончилось.

— Еще как понимаю, — сказал я.

Дженни печально улыбнулась. Повисла секунда тишины, а потом она посмотрела на свой бокал и медленно провела пальцем по ободку.

— Послушай, мне было искренне жаль услышать про твою мать.

— Спасибо.

Ответ вырвался совершенно машинально, но я тут же осознал, насколько резко и формально это прозвучало. Помимо всего прочего, эти последние несколько дней я тщетно пытался подавить и свое чувство вины, но показалось, что с Дженни вполне можно немного отпустить тормоза.

— Сам не знаю, что сейчас чувствую, — признался я. — Мне следовало бы давно быть здесь, но мы с матерью в последнее время не слишком-то часто общались. Я даже не знал, насколько она больна. Я не бывал в Гриттене с тех самых пор, как уехал отсюда.

Дженни пригубила вина.

— А мне кажется, что я тут так и осталась, — произнесла она. — Я довольно часто заглядываю к маме. Ты ведь помнишь мою маму?

— Конечно. Как она?

Дженни кивнула каким-то свои мыслям.

— Да вроде неплохо. Состарилась, но в целом все ничего.

— Лучше уж так, чем как-то по-другому.

— Что верно, то верно... Господи, неужели ты и вправду сюда ни разу не возвращался?

— Нет, — ответил я. — Как уехал в универ, так и с концами.

— Как так вышло?

— Здесь слишком много плохих воспоминаний.

— Понимаю тебя. — Дженни секунду помолчала. — Но есть ведь и хорошие, верно?

Она отважилась улыбнуться, и помимо воли я улыбнулся в ответ. Было трудно думать об этом с такой стороны, но да, были здесь и хорошие воспоминания. Объективно говоря, остались в памяти и действительно светлые моменты. Даже не просто светлые — буквально наполненные светом. Проблема заключалась лишь в том, что случившееся после отбросило на них такую тень, что они практически пропали из виду.

— Как выяснилось, у меня до сих пор твоя книга, кстати, — заметил я.

— Моя книга? — Ей понадобилось какое-то время. — Ах да — «Люди кошмаров»?

— Она самая.

Дженни принесла ее мне в школу на следующий день после нашей встречи: потрепанную антологию классических рассказов ужасов[1]. Корешок потрескался, как древесная кора, а в верхнем углу титульной страницы бледно проглядывала

---

[1] Вообще-то «Люди кошмаров» с красным дьявольским лицом на обложке — это роман американского писателя Л. Уотт-Эванса, впервые опубликованный в 1990 г., но у автора так.

написанная карандашом цена — десять пенсов. Не такие уж большие деньги, естественно, и она отдала ее мне со столь же едва ли не демонстративно безразличным видом, с каким накануне предложила ее принести, но мне все-таки показалось, что эта книга важна для нее, так что я сразу решил обращаться с ней как можно более бережно. Если этому томику и грозила опасность рассыпаться на части, то, по крайней мере, не в моих руках.

И, полагаю, я с этой задачей успешно справился.

— По-моему, моя мать читала ее, — сказал я.

— Угу, но, что более важно, *ты-то* ее все-таки прочел?

Я улыбнулся.

— И не один раз.

— Ты по-прежнему пишешь?

— Не. Сама ведь знаешь, как говорится: те, кто чего-то не умеет, учат других.

Я подхватил свое пиво и немного рассказал ей о своей работе в университете и предметах, которые преподаю.

— Ну а ты? — спросил я.

— Ну да, — кивнула Дженни. — По-прежнему всем этим занимаюсь. Искусство и музыка. Но в основном литература. У меня уже несколько книг вышли.

— Ого!

Я был искренне рад за нее — классно, что хотя бы один из нас не забросил свою детскую мечту. И, откинувшись на стуле, окончательно осознал, насколько здорово разговаривать с ней опять, даже после всех этих лет. Выглядела Дженни просто потрясно, и меня поразило, насколько *счаст-*

ливой она казалась. Я был очень доволен тем, что все у нее в итоге срослось — что она в конце концов вырвалась из Гриттена и живет настоящей жизнью.

— Ого! — повторил я. — Не знал. Обязательно поищу твои книжки.

Дженни заговорщицки постукала себя пальцем по носу.

— Я публикуюсь под псевдонимом.

— Который ты мне, естественно, не назовешь?

— Нет. Во всяком случае, довольно о работе. Как насчет семьи? Жена, дети?

Я помотал головой. За прошедшие годы мне не раз случалось вступать в отношения с женщинами, в том числе и серьезные, но в итоге так ничего и не срослось. Наверное, это прозвучало бы чересчур драматически, если бы я сказал, что женщины, с которыми я встречался, чувствовали нечто темное в моем прошлом, но тень того, что тогда произошло в Гриттене, действительно время от времени падала на меня. Я не пускал людей в себя; в худшем случае отталкивал их. Необходимость всеми силами избегать близкого рассмотрения причин, вынуждающих меня к этому, всякий раз оказывалась для меня гораздо важнее отношений, в которых я оказывался втянут, — и я знал, где-то в самой глубине души, что все равно нет основы для чего-то долговременного.

— Так и не сложилось, — ответил я.

И по какой-то причине противился побуждению задать подобный вопрос в ответ. На руке у Дженни не было обручального кольца. Но это абсолютно ничего не значило, и на тот момент я решил, что и не хочу знать.

Несколько секунд мы посидели в молчании.

— Твоя мать хорошо устроена? — спросила Дженни.

— Она спит в основном. А когда просыпается, то не узнает меня, хотя...

Я нахмурился.

Дженни пришлось меня слегка подтолкнуть.

— Хотя бывают и исключения?

— Разве что в тот первый раз, когда я только приехал к ней.

И поскольку опять-таки показалось, что говорить о таких вещах с Дженни можно совершенно спокойно, я рассказал ей, что именно моя мать сказала мне в тот мой первый визит. Что мне нельзя находиться здесь. Что повсюду «красные руки». Что в доме есть что-то.

Дженни покачала головой.

— И что там может быть в доме?

— Не знаю, — ответил я. — Наверное, ничего. Там была коробка с моими старыми бумагами, которые она явно перебирала, так что, может, мать чувствовала себя виноватой за то, что я это заметил. Но она не в себе. Это наверняка вообще ничего не значит.

— Да, но ты про это упомянул. Ясно, что это тебя беспокоит.

Я помедлил.

— Потому что я изо всех сил стараюсь не думать об этом. Я слегка прибрался в доме. Посидел с ней. — Я неопределенно махнул рукой. — Я просто хочу сделать то, что нужно сделать, а потом поскорей свалить отсюда. Вернуться домой. Оставить прошлое там, где ему и место.

Прежде чем я успел закончить, Дженни уже мотала головой.

— Но это же полная чушь, Пол! Тебе не нужно ни о чем таком переживать. В смысле, посмотри сейчас на нас обоих. Что, так уж страшно видеть меня опять?

— Нет. Это просто замечательно.

— Вот именно. А я ведь тоже прошлое, разве не так? Прошлое было очень давно. Оно больше не может сделать тебе ничего дурного.

— Наверное.

Дженни глянула на часы и допила вино.

— Мне надо идти. — Она встала. — Но если тебя так беспокоит то, что сказала твоя мать, может... просто *предпримешь* что-нибудь по этому поводу? Не исключено, что ты и прав — скорее всего, все это действительно ни о чем. Но по-любому здесь нет ничего, чего стоило бы опасаться.

— Наверное.

— Только послушай себя: «Наверное, наверное»... Любимое словечко. — Дженни забросила ремешок сумочки на плечо. — *Наверное*, еще увидимся?

— Надеюсь, — сказал я.

И тут вновь ощутил это теплое чувство в груди, глядя, как она идет к дверям — крошечный огонек в густом сумраке. Словно пламя свечи, которое хочется прикрыть ладонями и слегка подуть на него, чтоб оно разгорелось еще ярче. Но, конечно же, всегда есть опасность, когда так поступаешь.

Всегда есть риск, что оно, наоборот, потухнет.

8

«Может, просто предпримешь что-нибудь по этому поводу?»

Эти слова Дженни оставались со мной и на следующее утро, и, кое-как поворачиваясь под душем в крошечной порыжевшей от ржавчины кабинке в нашей старой ванной комнате, я в конце концов пришел к мысли, что она права.

«Господи, это прямо в доме, Пол!»

«Прямо в этом чертовом доме!»

Что бы моя мать ни имела в виду, утверждая, что «это» в доме, наверняка к ее словам не стоило относиться всерьез. В любом случае бояться тут было нечего, однако я подумал, что перед тем, как оставить этот дом навсегда, мне нужно окончательно в этом убедиться. Когда я закрыл краны и стал вытираться, показалось, что тишина в доме гудит, как работающий трансформатор.

Напряженно и выжидающе.

Я уже пытался заниматься кое-какой работенкой в своей старой комнате, и на письменном столе стоял мой лэптоп. Одевшись, я подошел к нему и сдвинул в сторону. Потом поставил на его место коробку со своими старыми бумагами и стал методично выкладывать ее содержимое на стол, предмет за предметом.

Тетради и дневник сновидений.

Литературный журнал.

Тонкую книжку в твердом переплете — «Юные писатели».

Каждый вынутый из коробки предмет вызывал вспышку узнавания. Они казались волшебными артефактами, которые все вместе пытались поведать мне какую-то историю. Я взял журнал, ощутив под пальцами шершавые и жесткие от старости страницы, глянул на обложку — «Литературная жизнь», — после чего перевернул его и прочитал то, что написано на ее задней сторонке, чувствуя, как годы ускользают от меня. Положил его обратно на стол. Несмотря на свой решительный настрой, я пока не был готов выслушать рассказы всех этих вещей от начала до конца. И пусть даже в разговоре с Дженни я и высказал предположение, что мать просматривала содержимое коробки, но далеко не был убежден, что таинственное «это» скрывалось именно там.

Так что же она имела в виду?

До сих пор я проводил бóльшую часть свободного от поездок в хоспис времени, прибираясь в доме: навел порядок в кухне, упрятал в гардероб одеяла, оставленные на диване в гостиной, подмел и натер полы... И хотя вроде бы по верхам осмотрел чуть ли не весь дом, все равно казалось, что скорее просто оттягивал решающий момент. И вот теперь, наконец собравшись с духом, полностью сосредоточился на попытке ответить на вопрос, который поставили передо мной слова матери, — выдвигал ящики и распахивал дверцы шкафчиков, попросту вываливая их содержимое на пол, сдергивал диванные подушки, не возвращая их на место... После нескольких дней заботливого отношения к дому теперь я посвятил себя прямо противоположному: крепко ухватил его за горло и стал вырывать потроха, пытаясь найти хоть что-то, что могло объяснить услышанное тогда в хосписе.

Но так ничего и не нашел.

Или, по крайней мере, ничего, что могло бы помочь. Хотя везде были воспоминания, засевшие в складках и швах дома, словно пыль. Перебирая одежду матери, я узнавал вещи, которые помнил на ней: старые джинсы, вытертые добела и залатанные на коленях; тонкую черную куртку, которую она всегда ухитрялась носить зимой; полный мешок туфель, вложенных друг в друга подошвами наружу и так плотно сжатых, что они казались приклеенными друг к другу.

Среди воспоминаний таились и загадки — реликты жизни, о которой я практически не знал. В небольшой шкатулке для драгоценностей, среди колец и браслетов, я нашел медальон на цепочке, за крышкой которого скрывалось овальное черно-белое фото какой-то незнакомой мне женщины. Моей бабушки, наверное, — но было невозможно сказать точно, поскольку даже те части моего прошлого, которые я не предпочел намеренно забыть, успели рассыпаться в пыль. Мне пришло в голову, что после смерти матери я буду всем, что только и осталось от семьи, которую я практически не знал, и на миг все моя взрослая уверенность в себе испарилась, оставив лишь чувство потери и неопределенности.

Но самой удивительной находкой оказались фотографии, которые я нашел беспорядочно сваленными в обувную коробку, наполненную до краев. Я вывалил ее содержимое на кровать и разложил на одеяле налезающими друг на друга квадратиками мозаики. Порядка здесь не было никакого. Различные события из прошлого свободно перемешались между собой, оказавшись и сверху, и снизу; люди и места из разных веков лежали бок о бок.

Нашел я среди них и себя.

Я подобрал фотографию себя во младенчестве, лежащего на руках у матери: я тут плачу, но она, несмотря на усталый вид, вовсю улыбается. А вот я годика в три или четыре — бодро топаю по дорожке у нас во дворе, радостно ухмыляясь кому-то за пределами кадра. Вот мне шесть лет, качу на велике с боковыми колесиками. Вот школьное фото лет в восемь или девять — стрижка явно домашняя, волосы торчат клочками, щеки испещрены веснушками. Вот мой одиннадцатый день рождения: руки засунуты в карманы, рубашка висит на худеньких плечиках, словно на вешалке, — стою, неловко переминаясь, рядом с тортом, который испекла мне мать...

И она тоже была здесь.

Первым делом притянули взгляд как раз не мои детские фотки, а эти куда как более старые снимки — изображения настолько выцветшие, словно бумага, на которой они были напечатаны, стала забывать их. На одном моя мать представала еще маленькой девочкой, лежащей на траве и робко улыбающейся в объектив, подняв глаза от раскрытой перед ней книги. На другой она была чуть постарше, стояла перед каким-то незнакомым мне домом, прикрыв глаза от солнца.

Но сильнее всего меня поразили ее подростковые фотографии. Она была очень красива, и фотограф большей частью заставал ее врасплох: лицо без единой морщинки, вся жизнь перед ней, глаза сверкают, она заливисто смеется. Среди прочих я нашел постановочное групповое фото пяти ребят, сидящих на крыльце. Трое из них были мне незнакомы, но справа была моя мать, рядом с парнишкой-подростком, в котором я, вздрогнув, узнал Карла Доусона — того самого, который впоследствии женился на Айлин и стал отчимом Джеймса.

На этом фото он повернулся к ней. Руки моей матери чинно лежали на коленях, но на лице застыло невероятно довольное выражение, нечто среднее между изумлением и весельем, словно он нарочно сказал что-то из ряда вон выходящее в тот самый момент, когда фотограф нажал на спуск.

«Знаешь, твоя жизнь могла бы быть намного лучше...»

Я на секунду прикрыл глаза, а потом собрал фотографии и сложил их обратно в коробку. Мать я всегда воспринимал как некую данность — почти что театральную роль, — и было странно оказаться перед лицом факта, который давно уже должен был мне открыться: что она была человеком со своими собственными мечтами и стремлениями, который чувствовал то же самое, что и я, и у которого некогда была жизнь, не имеющая абсолютно никакого отношения ко мне.

Но ничего из этого и на йоту не приблизило меня к тому, что требовалось выяснить.

«Это прямо в доме!»

Я вышел на лестничную площадку и потер лоб. Наверное, следовало бы испытать облегчение, что ничего не нашлось, но, осуществив задуманное, я ощутил лишь тоскливое раздражение. Отсутствие свидетельств — это не свидетельство их отсутствия. Из того факта, что я ничего не обнаружил, отнюдь не вытекало, что искать было нечего: означало это лишь то, что я так и останусь в неведении, а неразгаданная загадка будет терзать меня до скончания дней.

Тишина все еще гудела.

«Ну давай же, дом, — подумал я. — Я сделал все, что мог. Пойди же мне навстречу!»

Но, естественно, дом ничего не ответил.

Окно на площадке, выходящее на задний двор с садом, смотрело прямо на лес за ним — на Сумраки, как его тут всегда называли. Я некоторое время неотрывно смотрел на вытянувшиеся ввысь деревья, образующие сплошную стену изломанной зелени чуть ли не в полнеба вышиной.

А потом поднял взгляд чуть выше. И прямо над собой увидел тонкие очертания потолочного люка.

Чердак.

Гудение в доме немного усилилось.

В своем нынешнем состоянии мать явно никак не могла подняться туда, но я совершенно не представлял, когда именно ее физическое здоровье стало ее всерьез подводить или как быстро оно ухудшалось. И хотя подобная перспектива меня ничуть не вдохновляла, чердак был единственным местом в доме, которое я пока не исследовал.

Так что я поднял руку и нажал на край люка.

Тот слегка приподнялся. Послышался слабый щелчок, и, когда я стал опускать руку, люк пошел вслед за ней вниз. Я ожидал, что меня засыплет пылью и паутиной, но этого не случилось. Пространство наверху казалось угольно-черным, и слышалось лишь легкое шуршание исходящего из него воздуха.

С обратной стороны к проему была приделана складная лестница-стремянка. Потянувшись к ней, я перевалил ее через край, а потом с лязгом разложил, уперев нижней частью в ковер. В детстве я несколько раз залезал на чердак, но когда сейчас стал взбираться наверх, металл ступенек казался куда как более хлипким и ненадежным, чем помнилось. Поднимался я с остановками, всякий раз опасливо пробуя ногой каждую из прогибающихся под моим весом перекладин.

Воздух на чердаке был влажным и прохладным — полным запаха старых тряпок, пыли и сырости. Опершись руками о грубое дерево настила, я осторожно выпрямился. Встав, шагнул вперед, слегка пошатнувшись и внезапно осознав высоту и расстояние. Проем люка у меня за спиной выглядел совсем крошечным, и казалось, что солнечный свет, падающий на лестничную площадку внизу, отделяют от меня мили, а не метры. Я словно оказался в совершенно другом мире, отгороженном от всего остального дома.

Протянув руку вправо, я обнаружил шнурок выключателя.

Щелк!

«Черт!»

В ту же секунду вокруг меня словно вспорхнула целая стая ярко-красных птиц.

Зрелище было такое ошарашивающее, что со скакнувшим сердцем я отпрянул назад и едва не свалился обратно в люк. Но тут картина вокруг меня сложилась в то, что на самом деле собой представляла. Никакие это были не птицы. Оказалось, что внутренние скаты крыши сплошь покрыты алыми отпечатками ладоней. Здесь их были сотни, оставленных на дереве под разными углами, местами красные пятерни наслаивались друг на друга — их растопыренные пальцы и показались мне крыльями.

Все отпечатки были одного размера. Все достаточно маленькие, чтобы принадлежать моей матери. Я представил себе, как она поднимается сюда — тогда, когда это еще ей было под силу, — и порхает среди балок, как привидение, прижимая ладони с капающей с них краской к доскам. А еще я заметил, что и воздух здесь пахнет по-другому, да и вообще все ощущается совсем по-другому.

Я словно оказался внутри какого-то безумия.

С колотящимся сердцем я перевел взгляд от отпечатков в дальний конец чердака. И когда увидел, что там, все вокруг словно застыло.

«Это прямо в доме, Пол!»

Поскольку я подумал, что наконец-то нашел «это».

9

Тогда

Помню, как через неделю после начала эксперимента с дневниками сновидений мы спускались по лестнице к помещению «С5-б» вместе с Джеймсом, который шел позади меня.

— Ну, как настроение?

— Нормуль.

Было ясно, что это не так. Даже если он и не желал признавать этого, я вполне мог предположить наиболее вероятную причину почему. В эту большую перемену нам предстояло поделиться своими записями в дневниках сновидений, и по беспокойной манере Джеймса было понятно, что он боится разочаровать Чарли. Осознание этого вызвало привычный укол раздражения. Ну почему он придает этому такое большое значение?

— Да все это полная дурь, — сказал я.

— У тебя получается?

— А кого это волнует?

Дело в том, что у меня и вправду получалось — по крайней мере, до определенной степени. Каждое утро на этой неделе мне все успешнее удавалось припомнить сны, снившиеся прошлой ночью, а в эту ночь я увидел сон, который сразу узнал. На сей раз оказался я не на погруженном во тьму рынке, но примерно в такой же обстановке — в каком-то тесном, похожем на лабиринт месте, где я заблудился, все с тем же с ощущением, что за мной что-то охотится.

Страх, испытанный во время этого сна, не прошел и после пробуждения. Но примешивалась к нему и будоражащая дрожь сбывшихся надежд. Казалось, будто на меня снизошло некое озарение, позволившее мне одним глазком взглянуть на зубчики шестеренок, крутящихся под поверхностью моего сознания.

Чарли оказался прав.

Что я отнюдь не собирался признавать перед ним, естественно.

— Да не переживай ты так, — сказал я Джеймсу. — Все это полная фигня.

Когда мы вошли в комнату, Чарли сидел на своем обычном месте на дальнем конце. Билли устроился в одном из кресел поблизости, держа в руках старый ежедневник — очевидно, приспособленный для целей эксперимента. Когда Джеймс достал свой дневник, я увидел, что это просто стопка листков формата А4, сложенных пополам и скрепленных степлером в месте сгиба. Дневник сновидений Чарли лежал на столе перед ним. Это была толстая тетрадь в черной обложке, в точности такая же, какие я использовал для своих литературных опытов, и как та, в которой начал записывать свои собственные сны. Сам не знаю почему, но это породило у меня ощущение, будто между нами двумя открыты какого-то рода необъявленные военные действия.

— Итак, — произнес Чарли. — Кто хочет начать? Джеймс?

Джеймс неловко поерзал в кресле.

«Господи, — подумал я. — Соберись, братан!» Я и сам не знал, хочу ли успокоить его или же, наоборот, встряхнуть. Но оказалось, что мне не было нужды заморачиваться ни тем, ни другим, поскольку Билли явно не собирался позволить Джеймсу сместить его с законной должности правой руки Чарли.

— У меня было осознанное сновидение. — Билли улыбнулся, явно довольный собой. — Реально получилось — все, как ты и сказал. Как-то раз мне приснилось, что я у отца в мастерской, а потом точно такой же сон я увидел на следующую ночь.

И тут словно какой-то выключатель щелкнул или типа того. Я полностью проснулся в этом своем сне. Просто обалдеть! Провел носовой тест и все такое.

— А что за «носовой тест»? — спросил я.

— Мы еще до этого дойдем. — Чарли не смотрел на меня. — Билли, я очень доволен.

Билли тихо расцвел в улыбке.

— И долго ты сознавал свой сон? — спросил Чарли.

— Не особо. Я почти сразу проснулся. От неожиданности.

— Так что ты не успел использовать тактильную технику?

— Нет, просто забыл.

Чарли был явно разочарован, и Билли перестал улыбаться, на сей раз откровенно смутившись. Что же до меня, то я просто старался сохранять прежний настрой. Бросив взгляд вбок, понял, что Джеймс настолько же сбит с толку, как и я. Чарли вел себя так, будто принимал у нас какой-то экзамен, не проведя ни одного урока, чтобы подготовить нас к нему.

— Что это еще, блин, за «тактильная техника»? — спросил я.

— Я же сказал, что объясню. — Чарли повернулся ко мне. — Ну а ты, Пол? Как ты справился?

На тот момент я вообще-то еще окончательно не решил, стоит ли рассказывать ему про достигнутый успех, но мне не понравилось, как он при этом выразился. «Как ты справился?» Как будто я был обязан перед ним отчитываться.

— Да вообще никак, — ответил я.

— Никак?

— Может, если б я знал хоть что-то про этот «носовой тест»...

Чарли проигнорировал этот выпад и просто кивнул, словно чего-то подобного и ожидал. Никакого разочарования, как в случае с Билли.

— Ну а у тебя, Джеймс? — продолжил он.

Джеймс неловко прижал скрепленные степлером листки к колену.

«Да блин же! — хотелось мне сказать ему. — Это же все полная чушь!»

— Ничего, — с несчастным видом произнес Джеймс. — Как и у Пола.

Эти слова меня несколько задели, а еще больше — тон, какими они были произнесены. Он подал это так, будто корень всех его бед в том, что он такой же, как я.

— И ты не заметил каких-то закономерностей? — спросил Чарли.

— Вообще никаких. Каждый раз разное.

— Это нормально. Просто требуется тренировка и опыт. Позанимайся этим еще с недельку, и все обязательно получится. Ты молодец хотя бы в том, что просто попытался.

Джеймс одарил Чарли нервной улыбкой.

Билли посмотрел на него.

— А что тебе вообще снилось?

Джеймс бросил взгляд на то, что сходило у него за тетрадь.

— Да ничего интересного.

— Нет уж, дай-ка сюда! — Билли подался вперед и сделал вид, будто хочет выхватить у Джеймса его дневник сновидений. — Может, мы найдем какие-то закономерности, если ты сам не можешь!

Джеймс отпрянул от него.

— Нет!

— Тогда просто скажи.

— Ну... сегодня ночью мне снился лес. — Джеймс бросил на меня взгляд. — Тот, который за нашим поселком. Сумраки.

Вид у него был слегка виноватый. Наверное, потому, что после всех этих экспедиций по выходным, которые мы вчетвером устраивали, поселок и лес больше не казались *нашими*. Может, мы с Джеймсом тут и выросли, но это Чарли начал водить нас туда и сочинять всякие истории про призраков.

— Продолжай, — велел Чарли.

— Во сне было темно. Я стоял у себя в саду, у самых деревьев, заглядывая в лес.

— Еще кто-нибудь там был?

— В саду позади меня было полно народу — как если бы там происходила какая-то вечеринка. По-моему, на некоторых были маски и капюшоны. Но было не страшно. Больше похоже на какое-то сборище, на которое меня не пригласили.

Чарли подался вперед, теперь заинтригованный.

— Ну а что лес?

Джеймс ненадолго погрузился в молчание.

— Ну, там... там в лесу, по-моему, кто-то был.

— Один человек?

— Непонятно. Я просто чувствовал, что там кто-то есть. И казалось, что они меня видят — словно смотрят прямо на меня. Потому что сад у меня за спиной был ярко освещен, понимаешь? Но они были за деревьями — в темноте, — так что мне их не было видно.

— И тут тебе стало страшно? — Чарли теперь заговорил тише. — Эти люди в лесу испугали тебя?

Джеймс замешкался.

— Немножко.

— Вполне объяснимо. — Чарли откинулся в кресле. — Тебе было нечего бояться, но в тот момент ты этого не знал. Тебе не показалось, что они собираются тебя позвать? Или двинуться к тебе?

— Не знаю.

— А что произошло потом?

— Сон изменился. Я просто оказался в каком-то другом месте.

Даже после всего лишь одной недели эксперимента мне уже было хорошо знакомо это ощущение — то, как один сон плавно и без всякого перерыва перетекает в другой, — но от того, как Джеймс это выразил, мне все равно стало малость не по себе. «Я просто оказался в каком-то другом месте». Он подал это так, будто сон каким-то образом был реальностью. И Чарли теперь завороженно уставился на него, словно только что произошло нечто важное и он не мог до конца в это поверить.

— Так ты *видел* его... — произнес Чарли, голосом полным благоговейного изумления.

Секунда молчания в комнате.

— Видел кого? — уточнил я.

— Да никого он там не видел, — мрачно буркнул Билли. — Он не сказал, что и вправду *видел* его.

— Ну, хотя бы почувствовал... — Чарли стрельнул в Билли совсем коротким взглядом, после чего вновь полностью переключил внимание на

Джеймса. — А ты знаешь, что *мне* снилось этой ночью?

— Нет.

— Мне снилось, что я в том же месте, что и ты. Я был в лесу вместе с *ним*, и я видел тебя — видел, как ты смотришь на нас в ответ. Там, где мы стояли, было очень темно, так что я сомневался, что ты сможешь нас углядеть. Но ты углядел. — Он гордо улыбнулся. — Это произошло гораздо раньше, чем я ожидал.

— О чем это ты вообще? — спросил я.

Чарли посмотрел на меня.

— Этой ночью нам с Джеймсом снился один и тот же сон.

— Что?!

— Мы с Джеймсом делили одно сновидение на двоих.

— Ой, только, блин, не смеши!

Слова эти вырвались у меня без всяких раздумий, и атмосфера в комнате заметно переменилась. Хотя раньше я вполне мог в таких случаях закатывать глаза, но до этого никогда не перечил Чарли столь открыто и агрессивно. Его улыбка увяла и глаза опустели, и я понял, что переступил черту.

Но все равно продолжал напирать.

— Такого просто не бывает, Чарли.

— Я понимаю, Пол, — произнес он. — Ты не прилагал таких стараний, как остальные, и ничего не достиг. Но поверь мне: это на самом деле произошло.

— Ну да, как же! На самом деле *ничего* не произошло!

Чарли открыл свой дневник сновидений и протянул его над столом Джеймсу.

— Джеймс, тебя не затруднит это прочесть?

Тот замешкался. Внезапный напряг в разговоре заставил его занервничать. Но мне было понятно, что Джеймс также и заинтригован, и через секунду он подошел, взял дневник Чарли, а потом немного постоял, изучая открытую перед ним страницу.

Глаза его расширились.

— Ну что? — спросил я.

Но Джеймс ничего не ответил. Закончив чтение, он опустил тетрадь и посмотрел на Чарли с чем-то вроде благоговейного ужаса на лице.

— Такого... такого просто не может быть!

— Тем не менее. — Чарли мотнул головой в мою сторону. — Покажи Полу.

Джеймс передал мне тетрадь. Пусть даже он был явно напуган, я по-прежнему думал, что все это полный абсурд. Люди не могут видеть один и тот же сон на двоих. Я опустил взгляд на раскрытый дневник. Последняя запись Чарли начиналась на левой странице разворота, и его мелкий, паутинный почерк заполнял обе. Наверху были указаны дата и время — сегодняшнее утро.

Я приступил к чтению.

Я сижу вместе с ним в лесу.

Тут очень темно, но сквозь деревья тускло просвечивает луна, и мне понятно, что на нем старая армейская куртка — та, что с потрепанной тканью на плечах, похожей на перья, словно он ангел, который срезал свои крылья под корень. Волосы у него черные и спутанные, дикие, как заросли под деревьями вокруг нас, и его лицо — черная дыра, как и всегда. Но почему-то я совершенно четко вижу его руки — он сидит по-турецки, положив их на колени. Руки у него ярко-красные.

Этот человек встает, возвышаясь надо мной, огромный, как гора. Вразвалку уходит в лес, и деревья расступаются перед ним. Я понимаю, что должен идти следом. Есть что-то, что он хочет показать мне, ему нужно, чтобы я что-то увидел.

Я пробираюсь вслед за ним по лесу. Он как медведь, как чудовище — полностью заслоняет обзор впереди. Я изо всех сил стараюсь не отставать, не хочу заблудиться и подвести его. Лес смыкается у меня за спиной так быстро, как и расступается перед ним впереди, и меня изумляет власть, которой он здесь обладает.

Внезапно он останавливается и вытягивает одну руку с растопыренными красными пальцами. Я тоже останавливаюсь и становлюсь сбоку от него. Он кладет свою огромную красную ручищу мне на плечо, и мою кожу пощипывает там, где он ее коснулся. Вблизи он пахнет мясом и землей, и я могу чувствовать, как его огромная грудь медленно расширяет-

ся рядом со мной, а его дыхание клокочет у него в горле при каждом вдохе. Я хочу увидеть его лицо, но знаю, что пока недостоин этого.

Чуть впереди перед нами лес заканчивается. Дальше — что-то похожее на сад, и он гораздо лучше освещен, чем то место, где мы стоим. Там кто-то есть. Ему нас не видно из-за темноты, но я его хорошо вижу.

Это Джеймс.

Мое сердце начинает биться чаще, поскольку я понимаю, что наконец-то получилось. То, чему он меня научил и что говорил мне, полностью сбылось. Одного за другим я приведу нас к нему.

Я уже собираюсь окликнуть Джеймса, но тут просыпаюсь.

Закончив чтение, я еще раз глянул на дату. А потом опять пробежался взглядом по строчкам записи, давая себе время подумать. В комнате стояла тишина, и я чувствовал, что все не сводят с меня глаз, ожидая моей реакции — гадая, кто же победит в этом споре, я или Чарли. Все зависло в неустойчивом равновесии, как на лезвии ножа.

Я бросил взгляд на Чарли. Он с любопытством наблюдал за мной, и я смог выдержать его взгляд всего лишь какую-то секунду, после чего вновь опустил глаза на исписанные листы.

Потому что и понятия не имел, что сказать.

То, что я только что прочел — то, что до сих пор маячило прямо перед мной, — было совершенно невероятно. Два человека никак не могут делить один и тот же сон на двоих! И все же я был столь же уверен, что Джеймс и Чарли никак не могли заранее сговориться между собой. Потрясение, которое я видел на лице у Джеймса, было совершенно искренним.

Я буквально чувствовал, как тикают секунды, и с каждой во мне росло беспомощное раздражение. При всем своем старании я никак не мог разгадать секрет фокуса, который только что показал мне Чарли. Но нужно было что-то сказать, и мое упорное желание дать ему отпор оказалось сильнее, чем когда-либо. Крылся во всем этом какой-то подвох, я это понимал. Может, даже опасный подвох. Но вот только я не знал, как управиться с этим.

Закрыв дневник, я небрежно бросил его на стол перед Чарли, а потом попытался придать голосу как можно более пренебрежительный оттенок:

— И что же это тогда за «мистер Красные Руки»?

10

В наши дни

— Майкл отсюда практически не вылезал.

Мэри Прайс говорила негромко, словно воздух в гостиной был слишком нежным и она опасалась потревожить его.

Аманда огляделась. И верно — все, что осталось от жизни Майкла Прайса, было по-прежнему разбросано вокруг. Возле окна стоял стеклянный столик, на котором лежали тетради и учебники; через спинку одного из деревянных стульев была небрежно перекинута стопка худи со свисающими до пола капюшонами. На подлокотнике дивана валялись черные наушники, а возле телевизора Аманда заметила коробки с играми, раскиданные по полу вокруг видеоприставки «Плейстейшен». Комната выглядела так, будто Майкл вышел отсюда всего несколько секунд назад и вот-вот вернется.

Но когда взгляд Аманды переместился на родителей мальчишки, сразу стало ясно, что такого уже никогда не произойдет. Вид у Мэри Прайс был бледный и потрясенный. Ее муж, Дин, сидел рядом с ней на диване с ничего не выражающим лицом, одной рукой крепко вцепившись себе в колено. Разговоры с родственниками жертв Аманда считала наиболее трудной частью своей работы. Особенно в последнее время ей было все труднее не воспринимать их боль как свою собственную, представлять их стоящими рядом с ней на месте преступления и принимать на себя удар их горя. Вот и сейчас чувство потери и пустоты в комнате было для нее почти что невыносимым.

«Запри это на замок, — прозвучали в голове слова отца. — Сохраняй профессиональную отстраненность».

Но это у нее никак не получалось.

— Это частично наша вина, я знаю, — говорила Мэри. — Нам вечно было многое не по карману. У Майкла была та же самая комната, что и в восьмилетнем возрасте. Она слишком мала для подростка — места там разве что для кровати да пары тумбочек. Господи, я была такой ужасной матерью!

Аманда посмотрела на Дина Прайса, ожидая, что тот утешит жену. Но мужчина сейчас словно находился где-то слишком далеко, так что она даже не была уверена, что он эти слова вообще услышал.

— Зря вы так. Я уверена, что вы делали все возможное.

— У вас есть дети? — спросила Мэри.

«Господи, нет!» Аманда по-прежнему живо помнила тот страх перед беременностью, который ей довелось испытать в свои двадцать с небольшим, — это определенно была одна из самых худших вещей, когда-либо случавшихся с ней.

— Нет, пока что нет.

— Дети — это замечательно, но иногда с ними трудно. Майкл всегда был спокойным мальчиком, но просто окончательно замкнулся в себе, когда подрос. Даже с собственной мамой не желал разговаривать. — Мэри посмотрела на своего мужа, который по-прежнему неотрывно смотрел куда-то вдаль. — Хотя в последнее время вы с ним вроде сошлись поближе, так ведь? Это пошло на пользу вам обоим. Ему, по крайней мере, уже не было так одиноко, по-моему.

Мэри похлопала мужа по колену. Дин никак не отреагировал, и она опять повернулась к Аманде.

— Вот потому-то я была не против, что он так много играл в компьютерные игры. Он наконец-то позволил себе немного высунуться из скорлупы, понимаете? Забыть, что я здесь. Было приятно слышать, как он общается с другими людьми.

— Большинство его друзей были в Интернете?

— Ну, это не совсем друзья, на самом-то деле... Просто случайные люди, против которых он играл. Вот... вот потому-то я была так рада, когда он вроде завел себе друзей в реальном мире.

Мэри погрузилась в молчание, и Аманда неловко поерзала на стуле. Предстояла самая тяжелая часть разговора. Но без нее было не обойтись. Помимо всего прочего, эти двое заслуживали знать, что произошло.

— Как вы, наверное, уже в курсе, — произнесла она, — двум подросткам уже предъявлено обвинение в убийстве вашего сына. Они предстанут перед судом в начале следующей недели.

Дин Прайс ожил.

— Эллиот Хик, — произнес он. — И Робби Фостер.

Говорил он медленно и размеренно, но попрежнему не сводил взгляда с противоположной стены. Аманда замешкалась. Имена и фамилии подростков не назывались прессе, но вряд ли имело смысл придерживать эту информацию от родителей. Они уже и так знали. Да и вообще все знали. Такой уж городок Фезербэнк. Так стало после печально знаменитого Шептальщика[1], которого за все эти годы здесь так и не забыли.

— Хик и Фостер дружили с самого раннего детства, — сказала Аманда. — Права ли я, если скажу, что ваш сын начал проводить с ними время лишь в начале этого года?

---

[1] Об этом рассказывается в романе А. Норта «Шепот за окном».

— Да, это так, — кивнула Мэри. — Они пригласили его подсесть к ним.

То же самое сообщил полиции и Хик. Трое ребят начали сидеть вместе на уроках в школе, а потом по выходным стали ходить на карьер. Майкл Прайс жаждал компании, по словам Хика. Был почти болезненно благодарен за нее. Как он это описывал, так можно было подумать, будто они пригрели бродячего щенка. В свете того, что произошло, при мысли об этом на душе у Аманды окончательно становилось тошно.

В субботу утром Майкл, как обычно, встретился с Хиком и Фостером на пустыре, и все трое вместе отправились на карьер. Очевидно, Майкл ожидал от этих отношений дружбы и товарищества, которые искал всю свою короткую жизнь, и думал, что теперь нашел искомое. Но на сей раз двое его якобы друзей прихватили с собой ножи и дневники сновидений. Убить Майкла они намеревались с самого начала. А интернет-пользователь, известный как ЧК666, сообщил все, что им требовалось знать, дабы повторить когда-то проделанное Чарли Крабтри.

«Я был там. Давай в личку».

— При вас Майкл когда-нибудь упоминал место под названием Гриттен?

Мэри с безучастным видом задумалась. Но Дин тут же подался вперед. Это был человек, состоящий из одних острых углов, заметила Аманда, и в том, как он сейчас нацелился на нее взглядом, было что-то угрожающее.

— Нет, — все так же медленно произнес он. — А где это?

— Это такой городок к северу от нас. — Она помедлила. — А как насчет Чарли Крабтри? Или кого-то по прозвищу Красные Руки?

Дин лишь покачал головой.

— Что это еще за Красные Руки?

«Миф», — подумала Аманда.

Вот разве что не совсем так. «Миф» — слишком уж пышный термин для воображаемой фигуры, возникшей в воображении группы подростков двадцать пять лет назад. Но как бы абсурдно это ни выглядело и насколько тоскливым и бесперспективным ни представлялось Аманде, похоже, что именно этот непонятный персонаж и скрывался за убийством Майкла Прайса на выходных. Первое подобное преступление было совершено еще до наступления современной интернет-эпохи, но загадка исчезновения Чарли Крабтри уже была кем-то подхвачена и передавалась как эстафетная палочка долгие годы: исследовалась, анализировалась, обсуждалась... И что еще хуже — стала предметом вдохновения.

Во что в какой-то степени было трудно поверить. Вот разве что даже сейчас, когда ей уже под сорок, Аманда по-прежнему могла припомнить свойственные подросткам страхи своих юных лет. То, как она изо всех сил пыталась найти общий язык с миром, который, казалось, постоянно менял обличье; растерянность и сомнения относительно того, как лучше вести себя, чтобы соответствовать ему; паутину противоречивых факторов, тянущих и толкающих ее в диаметрально противоположные стороны. Но больше всего ей запомнилось тогдашнее стремление сбежать из этого кажущегося враждебным мира — оказаться где-то за его пределами и найти там личность, которой ей следовало быть, словно ее реальное «я» было уже где-то там, и однажды им предстояло встретиться и пожать друг другу руки. Подростки не отличаются рациональностью, вот в чем беда, и мир далеко не всегда добр к ним.

Аманда как могла объяснила Мэри и Дину Прайсам, что произошло в Гриттене двадцать пять лет назад. Дин пристально слушал, и его лицо все сильнее мрачнело.

— Что-то не пойму, — произнес он наконец. — Вы хотите сказать, что моего сына убили из-за какого-то призрака?

— Я не хочу сказать, что это разумное объяснение. Я имею в виду, что его убийцы, похоже, действительно в это верили. Искренне считали, что это произойдет. Они думали, что исчезнут из этого мира.

Аманда опять помедлила. Ей не хотелось упоминать, *что именно* ЧК666 сообщил Хику и Фостеру на форуме. Что была одна подробность, которую она действительно всерьез опасалась прямо сейчас выдавать на публику — тем более что уже успела ознакомиться с содержанием «пруфа», который этот неведомый пользователь подогнал в личном сообщении.

— По тому делу есть много информации в Интернете, — только и сказала она.

Но, к счастью, Дин по-прежнему напряженно обдумывал ее предыдущие слова. Похоже, он пребывал одновременно в ярости и в растерянности и просто не понимал, как ему реагировать.

— Но с какой это стати кому-то верить в такую чушь?

— Как я уже сказала, то убийство произошло двадцать пять лет назад. А сразу после него Чарли Крабтри и вправду исчез. Бесследно.

— В каком это смысле бесследно?

— В буквальном, — сказала Аманда. — Насколько я могу понять, проводились интенсивные поиски, но больше его никто не видел. Так что некоторые люди...

Она уже собиралась сказать «поверили, что ему действительно это удалось», но Дин Прайс опять ее перебил — на сей раз просто вытянув руку, чтобы остановить ее. Это явно было для него уже слишком. Он встал и вышел из комнаты, не промолвив и слова. Аманда и Мэри услышали звук его шагов на лестнице, а потом хлопок закрываемой двери, на удивление мягкий, на лестничной площадке внизу.

Секунда тишины.

— Извиняюсь за своего мужа, — произнесла Мэри.

— Никому из вас тут не за что извиняться.

Мэри медленно встала и подошла к столу. Начала поправлять ненадежно покосившуюся стопку свитеров на спинке стула, разглаживать их.

— Просто это для него тяжело, — произнесла она. — Дин служил в армии, воевал, а Майкл всегда был такой мягкий, тихий мальчик... Они совершенно не понимали друг друга. Когда Майкл был младше, он обычно боялся темноты и всегда звал нас. Дина это раздражало — всякий раз повторять ему, что никаких привидений и чудищ не бывает. Так что под конец это я приходила на его зов.

— Я была такой же в детстве, — сказала Аманда.

— В самом деле?

— В самом деле.

Не считая того, конечно же, что рядом всегда был отец, готовый прийти на ее зов: спокойный, добрый и терпеливый, когда дело доходило до того, чтобы присмотреть за ней и утешить ее. Отец, который прямо сейчас наверняка окинул бы ее хмурым взглядом, объяснив, что это не того рода личные подробности, которые офицер полиции должен выдавать потерпевшим при исполнении своих служебных обязанностей.

— Только после того, как Дин уволился из армии, они оба начали понемногу сближаться, — продолжала Мэри. — И в последнее время действительно стали очень близки. А Дин всегда был практическим человеком. Решальщиком проблем.

— Но это не та проблема, которую он может решить, верно? — заметила Аманда.

Мэри печально улыбнулась.

— Да. И это не та проблема, которую вообще кто-нибудь может решить, так ведь? Это то, с чем просто придется жить.

Закончив расправлять висящую на стуле одежду, она вздохнула про себя.

— Как думаете, что с ним на самом деле сталось? В смысле, с тем парнем.

— С Чарли Крабтри?

— Да. Думаете, он до сих пор жив?

Аманда призадумалась.

За последнюю пару дней она разузнала про убийство в Гриттене практически все возможное, но до сих пор не знала, что и думать. С одной стороны, поиски Крабтри были действительно полномасштабными: в них были вовлечены сотни полицейских, все местные поисково-спасательные группы с собаками-ищейками, люди с хорошим знанием местности и рельефа — и все это для поисков обычного подростка, который явно не мог уйти слишком далеко.

Но, с другой стороны, его так и не нашли.

И имелся еще некий ЧК666, которого явно не стоило упускать из виду. Кто бы ни скрывался за этим ником, в нем содержался явный намек на Чарли Крабтри, а информация, которой этот человек снабдил Фостера и Хика, привела к убийству Майкла Прайса.

Аманда подумала про тот entry.jpg — файл, который был отправлен в качестве подтверждения личности пользователя. Когда она открыла его, от увиденного на экране по спине у нее побежали мурашки. Это был фотоснимок тетради, открытой на двух страницах, датированных четвертью века назад и заполненных аккуратными рукописными строчками.

«Я сижу вместе с ним в лесу».

Фото дневника сновидений Чарли Крабтри, якобы напрочь исчезнувшего из этого мира, как и он сам.

Аманда посмотрела на Мэри, хотя на самом деле в голове у нее продолжали крутиться слова Дина, и сейчас она отвечала скорее на его вопрос.

«Вы хотите сказать, что моего сына убили из-за какого-то призрака?»

— Не знаю, — произнесла она.

11

Чердак был практически пуст, если не считать пирамиды из трех картонных коробок. Они были аккуратно поставлены друг на друга и возвышались прямо в центре пола, словно алтарь. Рядом с ними пристроилась открытая банка с засохшей красной краской, а вокруг были разбросаны обрывки бумажных кухонных полотенец, настолько ею перемазанных, что казались пропитанными кровью бинтами.

Моя мать, предположил я, вытирала о них руки после создания того дикого орнамента, что сейчас окружал меня.

Я опасливо подошел к коробкам, продолжая видеть краем глаза эти безумные красные руки. У меня возникло неуютное ощущение, будто те двигаются, когда я не смотрел на них, — что все это время, эти последние несколько дней, что я пробыл в доме, они молчаливо перепархивали с места на место под внутренними скатами крыши.

Сняв первую коробку, я уселся на пол.

Она была заклеена скотчем, и я воспользовался одним из своих ключей, чтобы взрезать ленту по стыку. Внутри я увидел стопку потрепанных газет. Вытащил верхнюю. Это был старый экземпляр «Гриттен Уэлли таймс» — местной газеты нашего района в те времена, когда я был еще школьником. Теперь я разложил ее на досках пола и всмотрелся в жирный заголовок посреди пожелтевшей первой полосы:

ГРИТТЕН ПОТРЯСЕН ПОДРОСТКОВОЙ РЕЗНЕЙ

Печатный текст под заголовком смазался под чьими-то пальцами и выцвел от времени, но зернистые фотографии были по-прежнему хорошо различимы. С верхней на меня мрачно и даже с каким-то вызовом смотрел Билли в пятнадцатилетнем возрасте — густые черные волосы расчесаны на прямой пробор, щеки усыпаны юношескими прыщами. На нижнем фото был Чарли. На лице его застыла отсутствующая улыбочка, крашеные черные волосы откинуты назад, глаза пустые и холодные, как у акулы.

Я хорошо помнил оба этих портрета. Они были вырезаны из группового фото класса, снятого примерно за полгода до убийства, и я знал, что тут есть и мы, все остальные, за пределами кадра. Фрагменты были сильно увеличены, что объясняло качество изображения. Имелись, конечно, и другие фотографии Чарли и Билли, лучшего качества, но в средствах массовой информации тогда в основном использовались именно эти. В то время я не понимал почему, но теперь осознал, что они лучше всего подходили к основному сюжету газетного материала — запечатлевшие не только убийц самих по себе, но и их роли в разворачивающихся тогда событиях.

Чарли, ведущий.

Билли, ведомый.

Я не видел фотографии обоих долгие годы, и теперь при виде них меня охватило странное оцепенение. Полагалось бы ощутить что-то, подумал я, но какое-то время никакие чувства не приходили. Несколько пустых секунд я неотрывно смотрел на размытое фото Чарли, и тут наконец что-то щелкнуло внутри меня — как будто некая жила в моем сознании вдруг лопнула, не выдержав чрезмерного натяжения, и эмоции вырвались наружу. Чувство бессильного гнева затопило меня с головой.

«Ненавижу тебя!»

«Как же я тебя, тварь, ненавижу!»

Руки дрожали, когда я вытаскивал газеты из коробки. Там нашлись и другие номера «Гриттен Уэлли таймс», но были также и центральные газеты, все с материалами об убийстве в Гриттене и последующем расследовании. В них во всех подробностях расписывались арест Билли и суд над ним. Розыски Чарли. Горестная реакция местного сообщества, потрясенного тем, как черный цветок зла расцвел в самой его сердцевине.

Моя мать сохранила все эти газеты.

Но зачем? Помню, как она не давала мне тогда следить за прессой, пытаясь меня от всего этого уберечь. Я игнорировал ее увещевания, естественно, и каждый газетный репортаж, который я сейчас просматривал, теперь толчком отзывался в памяти. Была здесь и фотография детской площадки, огороженной полицейскими лентами, со стоящими вдоль кустов полисменами, а также эффектно оформленная отдельная врезка, посвященная одержимости Чарли и Билли дневниками сновидений.

Перевернув страницу, я обнаружил фотографию ножа, запекшаяся кровь на котором напоминала ржавые потеки, и прочитал подпись внизу:

Орудие убийства — нож, который использовали Чарльз Крабтри и Уильям Робертс, чтобы зарезать жертву из числа своих одноклассников. Всего на теле насчитали пятьдесят семь ножевых ранений, а голова была практически отделена от тела.

Я быстро отложил газету в сторону.

Теперь я ощущал в глубине души пустоту, а в теле — легкую скованность, словно воздействие от увиденного вновь оказалось скорее физическим, чем ментальным. И все это время красные руки по-прежнему мерцали где-то на самом краю моего поля зрения.

Что же в других коробках?

Почему-то показалось, что вопрос этот не терпит отлагательства. Переставив на пол вторую коробку, я открыл ее. В ней тоже оказались газеты, но на сей раз куда более свежие. Первая, которую я вытащил, оказалась всего лишь четырехлетней давности.

И все же заголовок оказался пугающе знакомым:

ЧЕТЫРНАДЦАТИЛЕТНИЙ ШКОЛЬНИК УБИТ ОДНОКЛАССНИКАМИ

Рядом — снимок какого-то парнишки. У него была копна непослушных светлых волос и россыпь веснушек, а у края кадра проглядывал воротник его школьной формы. Он приветливо улыбался в объектив. Подпись подсказала мне, что его звали Эндрю Брук. Выглядел он намного моложе четырнадцати, и на миг этот парнишка настолько напомнил мне Джеймса в том же возрасте, что у меня перехватило дыхание.

Пока я продолжал одну за другой вытаскивать газеты, все вокруг меня казалось чужим и перекошенным, словно чердак повернулся на несколько градусов и мир теперь расположился под каким-то диким, сбивающим с толку углом. История, случившаяся с Эндрю Бруком, фрагмент за фрагментом проявлялась в заголовках.

В ХОДЕ РАССЛЕДОВАНИЯ УБИЙСТВА АРЕСТОВАНЫ ДВОЕ

«ИЗГОИ» КЛАССА ОБВИНЯЮТСЯ В ЖЕСТОКОМ УБИЙСТВЕ

В КАЧЕСТВЕ ОДНОГО ИЗ НАПРАВЛЕНИЙ СЛЕДСТВИЯ РАССМАТРИВАЕТСЯ ВЕРСИЯ РИТУАЛЬНОГО УБИЙСТВА

Имена убийц в репортажах не назывались, но из поверхностного изучения статей стало ясно, что на Эндрю Брукса напали двое парней из его школы — ребята, которых он считал друзьями, — и что полиция сочла его убийство какого-то рода ритуалом. Упоминались дневники и другие материалы, изъятые из их домов для криминалистической экспертизы.

Я придвинул к себе третью коробку и открыл ее. Опять газеты. Эти были всего двухгодичной давности, и репортажи освещали еще одно убийство, на сей раз пятнадцатилетнего подростка по имени Бен Холсолл. Двое его товарищей по школе были арестованы, и обоим предъявили соответствующее обвинение.

В НЕДАВНЕМ УБИЙСТВЕ ПРОСЛЕЖИВАЕТСЯ СВЯЗЬ С КУЛЬТОМ СНОВИДЕНИЙ

Как и в случае с предыдущей коробкой, репортажи не изобиловали фактическими подробностями, но поскольку я уже знал, что искать, связь здесь оказалась даже еще более явной. Имелись указания на то, что двое подозреваемых вели замкнутый образ жизни и держались особняком от остальных своих одноклассников, не раз упоминалось об их одержимости темой сновидений и интернет-мифологией. Влияние убийства в Гриттене было совершенно очевидным. Я в точности знал, с кем тогда пришлось иметь дело полиции.

С убийцами-подражателями.

Все эти двадцать пять лет я изо всех сил старался не думать о том, что натворили Чарли и Билли, или о своей роли в тех событиях, которые к этому привели. Чувство вины понемногу растворилось без следа, и еще тогда, уезжая поступать в университет, я уже воображал себе, как поезд, в который я сел в тот день, увозит меня подальше от всего этого. Я искренне полагал, что весь мир сделал то же самое, что и я, и что Чарли давно и прочно забыт.

Но это было не так.

И моя мать про это знала.

«Зачем ты хранила все это, ма?»

Но, естественно, здесь, на чердаке, ответа на этот вопрос не имелось. Я откинулся на пятки и закрыл глаза. Тишина звенела. И я чувствовал, как в темноте вокруг меня сотни красных от крови рук бесшумно скользят по смыкающимся у меня над головой сводам.

■ ■ ■

Через час я остановил машину перед хосписом. Окружающая обстановка была по-прежнему умиротворяющей, сквозь деревья просачивался теплый солнечный свет, но мир почему-то казался более сумрачным, чем раньше. Словно некая тень постепенно опускалась на все вокруг, и пока я шел по больничного вида коридорам в сторону комнаты матери, сердце все сильнее сжималось в груди.

Она спала. И впервые за все время своих визитов я об этом пожалел. Сегодня мать казалась даже еще более крошечной, чем когда-либо, а ее медленные вдохи и выдохи были едва различимы. Аппарат, который отслеживал работу ее сердца, каждые несколько секунд издавал негромкий писк, и даже этот звук казался тише, чем обычно.

— Что же тебе снится? — негромко произнес я.

Потом некоторое время посидел на стуле рядом с кроватью, машинально потирая руки. Окно было открыто, и из-за него до меня доносились запахи деревьев и свежескошенной травы и легкое шелестение ветерка.

Но хотя мое тело было здесь, в хосписе, мыслями я постоянно возвращался к чердаку и тому, что там обнаружил. И в ожидании того момента, когда мать наконец проснется, вытащил телефон и принялся за поиски в Интернете.

Обнаружились тысячи попаданий. Мне понадобилось бы несколько часов, чтобы открыть и прочитать все результаты поиска до единого, но я сразу кликнул ссылку на большой форум, посвященный убийству в Гриттене, и пробежался взглядом по сотням постов в нем. Объем информации удивил меня — каждый аспект дела обсуждался в мельчайших подробностях. Домыслам и предположениям не было числа.

Это представлялось полнейшей бессмыслицей. Если за четверть века полиция так и не смогла обнаружить Чарли, то чего собиралась достичь горстка диванных экспертов, засевших в Интернете? Тем не менее у каждого из них имелась своя излюбленная теория относительно того, каким образом Чарли ухитрился пропасть без следа. Некоторые считали, что его останки давно покоятся в глубинах Гриттенского леса, все еще ожидающие обнаружения. Другие — что ему помог скрыться какой-то сообщник и что Чарли до сих живет где-то целый и невредимый.

Эта мысль заставила меня поежиться.

Но даже еще хуже оказались посты людей, которые вроде как верили в невероятное. Чарли думал, что принесенная человеческая жертва позволит ему навсегда исчезнуть в мире снов, и некоторые пользователи форума искренне полагали, что это ему удалось.

Полная чушь, конечно же. Но при этом я слишком хорошо помнил, какой привлекательностью обладала для меня тема осознанных сновидений в подростковом возрасте и как — пусть даже я и близко не купился на всю ту фигню, которую прогонял нам Чарли, — центральная идея побега от унылой действительности все равно манила меня. Пусть даже тогда я ему не верил, наверное, что-то во мне подспудно хотело этого. Так что да: это чушь, но я ведь и сам видел, как все это происходит, разве не так? Сам был свидетелем того, как вера пускает корни и как ужасные последствия ее медленно и неумолимо разворачиваются в реальном времени.

Убийцы Эндрю Брука и Бена Холсолла тоже верили.

И это меня угнетало. То, что Чарли и Билли натворили в тот день, давно уже стало чем-то вроде легенды, обросшей всякими существующими и несуществующими подробностями, но вот теперь из-за этого погибли как минимум двое других подростков. Может, и абсурдно считать, что Чарли исчез в выдуманном мире, но в некотором роде его желание исполнилось. То убийство просочилось в жизнь очень многих других людей, и Чарли теперь жил в их снах и ночных кошмарах — в точности как и хотел.

А поскольку я и сам сыграл не последнюю роль в том, что произошло, было невозможно избавиться от чувства, что я частично в ответе и за убийства, которые за этим последовали.

Что, вне зависимости от того, знал я про них или нет, в некотором роде во всем этом есть и моя вина.

Через какое-то время мать начала ворочаться во сне. Ее дыхание переменилось, а слабое попискивание сердечного монитора рядом со мной стало чуть громче — хотя наверняка я это всего лишь себе вообразил.

Она открыла глаза.

Я молча выжидал, пока мать несколько секунд просто смотрела в потолок. Потом она повернула голову и пустым взглядом посмотрела на меня. И тут на лице у нее отразилась такая печаль, какой я на нем еще никогда не видел. Как будто она хотела потянуться к кому-то — дотронуться до него, но толстое прозрачное стекло перед ней не позволяло этого сделать.

— Знаешь, твоя жизнь могла бы быть намного лучше, — сказала она.

Я припомнил фотографии, которые видел в доме: моя мать — совсем молодая женщина, полная надежд и мечтаний, так задорно смеется, словно весь мир полон для нее радости. Прямо сейчас контраст был разительным.

— Ма, — произнес я. — Это я. Пол.

Она уставилась на меня. Меня беспокоило, что мать может отреагировать так, как во время моего первого визита, но нет: через секунду выражение ее лица изменилось, печаль сменилась чем-то более светлым, хотя и перемешанным по-прежнему с меланхолией и растерянностью.

— Ты так вырос… — произнесла она.

— Так и есть.

— Да, я знаю. Или, по крайней мере, ты так только *думаешь.* Все так думают в твоем возрасте. Но это не мешает мне волноваться за тебя. За своего сына, который один-одинешенек вышел в огромный, бескрайний мир.

Я сглотнул.

Она не была со мной прямо сейчас, но я знал, где сейчас ее разум и что он там видит. Мне не надо было закрывать глаза, чтобы представить себе тот последний день на вокзале, когда мы вместе дожидались поезда. Я уезжал поступать в университет, мои сумки стояли на платформе рядом со мной. Хорошо помню, что она мне тогда сказала.

«Не успеешь оглянуться, вот уже и Рождество».

Теперь же мать просто грустно улыбнулась.

— И я знаю, что ты уже не вернешься, — добавила она.

Несколько секунд я просто молчал. Точно так же, как и в тот раз.

А потом наклонился к ней и тихо произнес:

— Нет, не вернусь. Прости.

— Тебе не нужно просить прощения.

— Тебе из-за этого грустно?

Мать легонько покачала головой, а потом подняла взгляд к потолку и опять улыбнулась, на сей раз скорее самой себе.

— Я буду по тебе сильно скучать, — сказала она. — Но я рада за тебя. Я хочу, чтобы ты вышел в люди и делал великие дела. Это все, чего мне всегда хотелось. Чтобы ты избавился от этого места и всего, что тут произошло. Мне хотелось бы забросить тебя как можно дальше, чтобы ты вырос большим и сильным в каких-нибудь краях получше наших. Чтобы у тебя была достойная жизнь. Мне все равно, если ты даже вообще ни разу не подумаешь обо мне. Главное, что это я буду о тебе думать.

Я ничего не ответил. Я не знал, что происходило в голове моей матери в тот день, а у самого меня никогда не было детей, чтобы я смог лучше понять идею той безоговорочной жертвы, которую она была готова принести.

«Это все, чего мне всегда хотелось».

«Чтобы ты избавился от этого места и всего, что тут произошло».

Все эти годы мать знала об этих убийствах, совершенных подражателями. Сохранила газеты с подробностями связанных со мной преступлений, о которых я блаженно не имел ни малейшего представления. Позволила мне осуществить свой спасительный побег, а потом в мое отсутствие безропотно несла ту ношу, которая должна была лежать на моих плечах.

Она защищала меня.

— Я поднимался на чердак, ма, — сказал я.

При этих моих словах ее улыбка дрогнула. Как будто сказанное мной вызвало помехи на приеме, перебив ясный сигнал, который она получала, — словно по экрану ее воспоминаний вместо изображения вдруг побежали косые дергающиеся полосы. Я сразу же пожалел об этих словах. Если все эти годы мать делала все это ради меня, то теперь явно наступил мой черед взвалить на себя эту ношу. Главное, чтобы ничто не омрачало ее последние дни и часы.

— Что это было? — спросила она.

— Ничего, ма.

Мать размеренно дышала. Текли секунды.

А потом она слегка нахмурилась и произнесла:

— Мне нужно тебе кое-что сказать.

— Что?

Опять тишина. Лишь тихое дыхание.

— Я просто не могу вспомнить, что именно, — наконец сказала она.

Я все ждал. Я понятия не имел, о каком времени и месте мать теперь говорила, поскольку мои собственные слова явно сбили ее с толку. Была ли она по-прежнему на вокзале вместе со мной в тот день? Или эти ее мысли пришли откуда-то совершенно из другого места?

Но ответ на этот вопрос я так и не получил. В каком бы мире сновидений моя мать ни пребывала до моего прихода, теперь она вновь вернулась туда.

12

«Вы хотите сказать, что моего сына убили из-за какого-то призрака?»

Вернувшись в отдел, Аманда все еще обдумывала этот вопрос. И вместо того чтобы направиться прямиком к себе в кабинет, вошла в лифт и нажала на кнопку цокольного этажа.

Это было явно самое подходящее место для призраков. Хотя все остальное здание несколько лет назад подновили, полуподвал так и остался в первозданном виде. Краска лохмотьями отваливалась со стен, словно содранная ногтями, а пара ламп на потолке судорожно помигивали, когда она проходила под ними. В коридорах здесь царила тишина, если не считать вездесущего гудения. Когда бы Аманда здесь ни оказывалась, она так и не могла до конца понять: то ли этот звук издают люминесцентные трубки наверху, то ли проводка в стенах, то ли что-то еще. Или какой из этих вариантов ее больше всего нервирует.

Вот наконец и «темная комната».

Дойдя до нее, Аманда постучалась и подождала. Пусть даже ей не особо нравилось бывать здесь, сейчас казалось, что проще заглянуть сюда лично, чем снять телефонную трубку или отправить сообщение по электронке.

Внутри послышалась какая-то возня, и через несколько секунд дверь открылась. Детектив Тео Роуэн имел привычку открывать дверь не так широко, как ожидаешь, — это всегда напоминало ей о тех людях, которые накидывают дверную цепочку при появлении нежданного гостя. Но репутация, которой Тео пользовался в отделе, была основана прежде всего на работе, которую он выполнял. Аманда представляла, как удивились бы при личной встрече с ним люди, которые о нем только слышали, но никогда не видели. Тео, которому не исполнилось еще и тридцати, отличался атлетическим сложением и густой копной вьющихся светлых волос. И несмотря на то что слухи про него ходили жутковатые, улыбка у него была приятная. Прямо как сейчас.

— О, Аманда!

— Привет, Тео.

Хотя улыбка осталась, дверь не открылась шире.

— Чему обязан таким удовольствием? — спросил Тео.

— Мне нужна помощь, чтобы кое-кого найти.

Оба знали, что это не входит в его служебные обязанности. Но, безуспешно испробовав все обычные каналы, Аманда решила, что Тео сумеет найти к решению ее задачи несколько иной подход. Не то чтобы особо незаконный — скорее, скажем так, несколько более нестандартный, чем это предписывается правилами и регламентами.

И еще она предполагала, что его просто заинтригует подобная перспектива. И оказалась права. Через секунду дверь открылась как следует.

— Давай заходи.

Аманда последовала за Тео, закрыв за собой дверь. Несмотря на неофициальный титул, который присвоили этому помещению ее коллеги, «темная комната» в действительно была какой угодно, но только не темной. Хотя естественный свет тут отсутствовал, она была так ярко освещена, а все поверхности надраены до такого блеска, что своей обстановкой помещение скорее напоминало какую-то экспериментальную лабораторию.

И в некотором роде здесь действительно коечто выращивалось.

Аманда глянула вбок. В то время как бо́льшая часть комнаты была белой и чисто прибранной, с выстроенными как на параде аккуратными батареями мониторов, одна из стен была темней и находилась в некотором беспорядке. Практически целиком ее занимал замысловатый стеллаж, составленный из железных стоек, в которые были вставлены десятки жестких дисков — торчащие из них кабели были тщательно свернуты и скреплены стяжками, но все равно образовывали единую перепутанную массу, из глубин которой мигало множество крошечных зеленых и красных светодиодных огоньков, словно паучьи глаза. Каждый из жестких дисков был скрупулезно помечен маленьким белым ярлычком. На многих из них, как она знала, были имена детей. Не настоящих, живых, а фальшивых интернет-личностей, которых создали Тео и его команда. Сфабрикованные на компьютере взрослые здесь тоже имелись. На других дисках были попросту указаны названия различных интернет-форумов. Некоторые из них были широко известны, но о ряде других, к счастью, широкая публика и понятия не имела.

Работа, которую Тео выполнял в «темной комнате», была одновременно и довольно бесхитростной, и в чем-то жутковатой. Он и его команда целыми днями просиживали в глубинах Интернета, просеивая его придонные наносы. Если кто-то и мог помочь ей отследить призрака в Сети, то только детектив Тео Роуэн.

Сейчас Тео был один, и он сразу провел ее к столу в дальнем конце комнаты.

— Это имеет какое-то отношение к убийству Прайса? — спросил он.

— Да. Нераскрытое и...

— Непознанное. Да, я помню. Говори, что тебе надо.

Аманда ввела его в курс дела, упомянув про некоего пользователя на форуме «Нераскрытое и непознанное», который отправил в личном сообщении фотографию чего-то очень похожего на дневник сновидений Чарли Крабтри. Воспользовавшись логином Фостера, она выяснила, что у всех, зарегистрированных на этом сайте, имеется личный профиль, хотя бы частично заполненный на основании стандартного опросника, но у ЧК666 он оставался абсолютно чистым. Проверка хостинга показала, что сервер с сайтом находится где-то за пределами страны. Аманда связалась с анонимным владельцем ресурса посредством ссылки на форуме, но в ответ получила лишь молчание. У него или у нее, похоже, не было желания сотрудничать с полицией. Все это означало, что единственной имеющейся у нее на данный момент зацепкой касательно пользователя ЧК666 были его слова на экране. Казалось, что больше двигаться некуда.

Тео внимательно слушал, но на середине рассказа уже сосредоточился на мониторе перед собой и быстро принялся что-то набирать на клавиатуре.

— И ты думаешь, что это может быть Крабтри? — спросил он.

— Не знаю, — ответила Аманда. — Вряд ли такое вообще возможно, но, похоже, как раз на это он намекает в своих сообщениях. А учитывая то, как он подстрекал Хика и Фостера, мне бы очень хотелось выяснить, кто это такой. Я просто не вижу, каким образом.

Тео закончил щелкать по клавишам.

— Пожалуй, я смогу вычислить его ай-пи-адрес.

— Правда?

— Не исключено. Но имей в виду: даже если это у меня и выйдет, этого может оказаться недостаточно, чтобы выйти непосредственно на него. Айпи — штука не всегда точная. Может, у меня и не получится привязать его к какому-то конкретному дому, но по крайней мере это позволит сузить поиск до границ определенного района.

— Тоже было бы неплохо, — сказала Аманда. — И как ты это сделаешь?

Тео махнул рукой на стену с жесткими дисками.

— В этом мне слегка помогут мои друзья.

Цитата из «Битлз»[1] в данном случае означала, что на охоту за призраком будет отправлен другой призрак.

Тео объяснил, что от имени одной из своих выращенных в лабораторных условиях фальшивых личностей создаст аккаунт на форуме, наполнив личный профиль достаточным количеством информации, чтобы тот, кто заглянет туда, пришел к выводу, что имеет дело с живым, реально существующим человеком, не имеющим никакого отношения к полиции. А потом отправит пользователю ЧК666 личное сообщение со ссылкой, которая наверняка возбудит его любопытство. Сама по себе ссылка будет выглядеть вполне заурядно и невинно — посовещавшись, Тео и Аманда предпочли газетную статью, — но сначала незаметно переадресует того, кто кликнет на ней, на скрытую фишинговую страницу. Эта страница автоматически запишет целый ряд сведений о подключившемся к ней пользователе: о его интернет-соединении, компьютере, хотя бы пример-

---

[1] Имеется в виду известная композиция With A Little Help From My Friends, впервые прозвучавшая в 1967 г.

ном местонахождении... А поскольку ЧК666 будет единственным человеком, который пройдет по этой ссылке, они могут быть уверены, что любая полученная ими информация относится именно к тому, кого они ищут.

Тео подал все так, будто дело это совершенно плевое.

— Естественно, все зависит от того, заглотит ли этот ЧК666 приманку, — сказал он.

— А ты бы?..

Он поднял бровь и только рассмеялся.

■ ■ ■

Поднявшись на лифте наверх, Аманда все еще размышляла над вопросом, который ей задали уже дважды за день.

Думает ли она, что этот пользователь — Чарли Крабтри?

Вообще-то такое было трудно себе представить. Крабтри наверняка уже нет в живых. Иначе кто-нибудь давно нашел бы его. На момент убийства ему было пятнадцать лет, и хотя то, что она узнала из дела, наводило на мысли, что человек это очень умный, хитрый и всегда тщательно планирующий любые свои действия, было трудно поверить, что он мог все эти годы успешно избегать поимки.

Но трудно — не значит невозможно.

При этой мысли по спине у нее пробежал холодок. Если это и вправду Крабтри, тогда чем же он сейчас занят?

В чем его нынешний план?

В своем кабинете Аманда закрыла жалюзи, вырубила свет и включила компьютер. Приказала себе не витать в облаках. Прежде чем думать о призраках, стоило поработать и в других направлениях.

«Я был там. Давай в личку».

Полиция могла и не найти Чарли Крабтри двадцать пять лет назад, но улик против Билли Робертса хватало выше крыши. Робертс был признан виновным в убийстве. Его адвокат пытался давить на то, что мальчишка страдал от шизофрении, но в ходе второй психиатрической экспертизы этот диагноз не получил подтверждения, и судья решительно отвел данный аргумент. Впрочем, было принято во внимание, что в детстве Билли подвергался насилию — равно как и тот факт, что руководил преступлением Чарли Крабтри. В результате Робертса приговорили к двадцати годам тюрьмы.

Согласно изученным ею документам тюремного ведомства, к которым имелся удаленный доступ, участие Робертса в различных исправительных проектах и программах, к которым он был привлечен в ходе отбывания срока, принесло положительный результат. Отчеты кураторов в один голос описывали его как человека здравомыслящего, раскаявшегося и вряд ли представляющего дальнейшую опасность для общества. Было принято решение, что он отвечает условиям условно-досрочного освобождения, и больше десяти лет назад Робертс вышел на свободу.

Аманда откинулась в кресле.

Билли Робертс — человек, который *действительно* был там в тот день — в данный момент находился где-то в окружающем ее мире.

Осознание этого вызвало смешанные чувства. Она уже до мельчайших подробностей ознакомилась с убийством в Гриттене, и невероятная жестокость этого деяния крепко засела у нее в голове. А как иначе, подумала Аманда, если она собственными глазами видела его практически полную реконструкцию — там, в карьере? Мысль о том, что один из ответственных за такое зверство находится на свободе, где-то среди людей, основательно ее встряхнула.

Но, естественно, Билли Робертс на момент убийства был практически ребенком. И не стоило терять веры, что люди способны меняться.

На этот счет Аманда никогда не была склонна полностью полагаться на оценки других людей. Она еще раз перечитала отчеты на экране. Робертс вполне мог представить себя здравомыслящим и раскаявшимся, но кто знает, какие невидимые повреждения нанесли ему убийство и последующий тюремный срок на более глубинном уровне?

Особенно когда он знал, что Чарли Крабтри вышел сухим из воды.

Аманда открыла на компьютере новую вкладку и застучала по клавиатуре, решив сделать попытку выяснить нынешнее местонахождение Билли Робертса через систему надзора за условно освобожденными — пусть и заранее стиснув зубы при мысли о той бюрократической волоките, которая за этим последует. Но оказалось, что в этом не было нужды. Каким бы невероятным ей это ни показалось, но его адрес и номер телефона находились в открытом доступе.

По крайней мере, она решила, что скорее всего именно его. Вряд ли могло быть по-другому. Полученный из системы адрес находился всего в паре миль от центра Гриттена, и, быстро проглядев файл со старым делом об убийстве, Аманда убедилась, что это тот самый адрес, по которому проживали в то время родители Робертса. Копнув чуть глубже, она поймала себя на том, что изумленно моргает при виде того, что выяснилось. Мать Робертса умерла, когда тот еще сидел в тюрьме. Сразу после освобождения он, похоже, вернулся домой и жил со своим отцом, которого не стало двумя годами позже. С тех пор Робертс так и оставался в семейном доме, совсем один.

«Господи», — подумала Аманда.

Предположим, учитывая его прошлое, что выбор у него был невелик, но все равно было трудно представить, чтобы человек, совершивший такое преступление, потом вернулся в тот самый крошечный городок, где все это и произошло. И продолжал жить там — или по крайней мере пытался жить. Интересно, подумала она, многие ли его соседи помнят или выяснили, что Робертс в свое время натворил, и кому труднее в связи с его присутствием в этом районе — им или ему.

Аманда подхватила телефон.

Ответили далеко не после первого же гудка.

— Алло?

Мужской голос. Который каким-то образом ухитрялся звучать одновременно и грубо, и безучастно, словно этот человек заранее знал, что его беспокоят из-за какой-то чепухи, и это его раздражает. На заднем плане звучали и другие голоса. Ей были слышны ругань и крики, но откуда-то совсем издалека, словно из другой комнаты.

— Здравствуйте, — произнесла Аманда. — Это Уильям Робертс?

— А вы ваще кто?

— Я детектив Аманда Бек. Я пытаюсь...

Робертс повесил трубку.

Аманда попробовала еще раз набрать тот же номер. На сей раз, как это более или менее ожидалось, ответа не последовало.

Она нахмурилась.

«Почему ты не хочешь поговорить со мной, Билли?»

На этот вопрос имелся миллион возможных ответов, конечно же. Но оставался факт, что кто-то уверял, будто присутствовал при том убийстве в Гриттене — кто-то, у кого имелся доступ к тому, что очень напоминало пропавший дневник сновидений Чарли Крабтри, и кто едва ли не в открытую подстрекал подростков к убийству. И хотя ловушка, которую приготовил Тео, могла принести результат, Робертс представлялся тем кандидатом, к которому пока что стоило присмотреться всерьез.

Захлопнув свой лэптоп, Аманда отправилась искать Лайонса.

13

Я хотел еще раз повидаться с Дженни, и у меня уже возникла мысль, как лучше всего ее найти. То, как появилось тогда белое вино, без всяких просьб и уточнений, навело меня на мысль, что она частенько заглядывает в тот паб, когда бывает в городке, и я вполне мог представить себе ее обычный распорядок: днем она сидит дома с матерью, а ближе к вечеру выбирается в городок, чтобы посвятить какое-то время самой себе.

И действительно: едва войдя в паб, я сразу ее заметил — сидящей за тем же столиком, что и в прошлый раз, все перед тем же бокалом вина. Я взял себе пива и направился к ней. При моем появлении Дженни с немного виноватым видом подняла взгляд.

— Ты меня подловил, — произнесла она. — У меня нет проблем с алкоголем, честно.

— Эй, вообще-то я и сам здесь. Не возражаешь, если присяду?

— Сделай одолжение.

Я сел напротив нее, а потом принялся вертеть перед собой картонный кружок с эмблемой заведения, чтобы чем-то занять руки. Мы оба несколько секунд посидели в молчании, пока она наконец не откинулась на стуле.

— Я тут подумала о том, что ты мне вчера сказал…

— О чем именно?

— Ну, вообще про твою нынешнюю жизнь. Я-то всегда считала, что ты уже давно женат, завел детишек… Пишешь свои рассказы. А еще о том, что ты так и не хочешь наконец разобраться с тем, что сказала тебе твоя мама. Это так отличается от того, каким ты был раньше… Давай просто скажем, что я помню тебя более… инициативным, что ли.

Дженни оценивающе посмотрела на меня. Я осознал, что даже после всех этих лет она все еще способна вогнать меня в краску, и, чтобы отвлечься, провел пальцем по запотевшей бутылке.

Она, конечно же, была права. Но думал я больше не о нас с ней в те времена: я поймал себя на том, что вспоминаю тот день с тренировкой по регби — день, когда погиб Хейг, — и то, как я был решительно настроен любой ценой прорваться за того парня на его половину поля. И как всегда горой стоял за Джеймса и защищал его. И с какой целенаправленной сосредоточенностью тогда, подростком, обдумывал и пытался воплотить на бумаге идеи своих рассказов, окруженный со всех сторон темнотой и молчанием спящего дома.

— Наверное, ты права, — отозвался я.

— Так что же изменилось?

Я посмотрел на нее.

— Сама знаешь, что изменилось.

— Так ведь двадцать пять лет прошло! — Дженни ответила мне столь же пристальным взглядом. — Похоже, сейчас самое время *определиться*.

Я ничего не ответил. Наверное, она и тут была права. Хотя я провел бóльшую часть своей жизни, пытаясь не думать о том, что произошло тогда в Гриттене, вся беда в том, что вам вовсе необязательно думать о чем-то, чтобы это не давало вам покоя. Я сбился с курса и, постоянно держа глаза закрытыми, не был способен скорректировать траекторию.

— Ну что ж, — произнес я наконец, — я все-таки разобрался с тем, что сказала мне мама. Я обыскал дом. Ты можешь мной гордиться.

— Ну обыскал. И?..

— И нашел.

Я рассказал ей про коробки с газетами, которые собирала моя мать, — с материалами не только про то, что Чарли и Билли устроили в Гриттене, но и про убийства, совершенные после. Где все выглядело так, будто спустя многие годы другие подростки узнали про Чарли и попытались воспроизвести то, чего, как с уверенностью считали некоторые из них, он ухитрился достичь.

— У Чарли нашлись подражатели, — закончил я. — Я проверил в Интернете. Он считал, что если принесет этому мистеру Красные Руки человеческую жертву, то навсегда переселится в мир своих сновидений, а поскольку он *и впрямь* исчез без следа, некоторые считают, что это ему удалось.

Дженни помотала головой.

— Но это же...

— Полная чушь? Угу, я знаю. Но смотри, что пишут на всех этих сайтах... — Я полез было за телефоном, но тут же передумал. — Ну да, это идиотство. Однако «сетевые следопыты» — я хочу сказать, они так буквально себя называют, — до сих пор ковыряются даже в самых мельчайших деталях того дела, пытаясь понять, как исчез Чарли.

— Люди любят хорошие загадки, — сказала Дженни.

— Но эту никто никогда не разгадает. Многие даже считают, что Чарли до сих пор жив.

Я вдруг пожалел, что не могу взять эти слова назад. Постоянно помнить о том, что он избежал правосудия после того, что натворил, было и без того невыносимо, но если представить, что сейчас Чарли может находиться где-то среди нас...

Даже после всех этих лет мысль о том, что он где-то близко, меня откровенно пугала.

Повисла короткая пауза.

— Ничуть не исключаю такой возможности, — сказал я. — Потому что люди до сих пор прислушиваются к нему, так ведь? По-прежнему *учатся* у него.

— Как думаешь, почему твоя мама все это сохранила?

— Даже не знаю, — ответил я. — По-моему, она не хотела, чтобы я про это знал или пытался как-то в этом разобраться. Тут все завязано на чувстве вины, и похоже, что она взяла ее на себя, чтобы я сам ею не терзался.

— Тебе не из-за чего испытывать чувство вины, — сказала Дженни.

— Нет уж, ошибаешься...

Я посмотрел на нее, и еще одно воспоминание вернулось ко мне. Первый опыт осознанного сновидения пришел ко мне недели через две после того, как Чарли и Джеймсу якобы приснился один сон на двоих. Начиналось все почти так же, как в одном из тех повторяющихся сновидений про темный рынок — я метался по узким проходам, а что-то огромное и опасное охотилось за мной, — но на сей раз ощущения оказались совершенно другими.

«Я уже был здесь раньше», — подумал я тогда.

«Это место мне знакомо».

Я плотно закрыл рот, зажал ноздри и постарался сделать вдох. Есть несколько способов проверить, спишь ты или нет, но Чарли сказал нам, что «носовой тест» — наиболее надежный. В реальной жизни вдохнуть при этом не получится, но во сне вам это всегда удается. Я испытал поразительное, невероятное ощущение, что мои легкие наполняются воздухом.

«Господи, — подумал я. — Да я же сейчас сплю и вижу сон!»

Я огляделся по сторонам, рассматривая серые ларьки, тускло освещенные контейнеры, колченогие прилавки и темные скрипучие навесы, и все они казались совершенно реальными. Мир вокруг ничем не отличался от того, что окружал меня, когда я бодрствовал, и помню то ощущение абсолютнейшего чуда, что тогда испытал. Все, что меня окружало, отличалось такой законченностью и обилием мелких деталей, что нечего было и думать, будто мой мозг способен создать столь изощренную и проработанную до последнего штриха картину.

«Покажите мне, как отсюда выбраться!» — то ли подумал, то ли произнес я.

— Пол!

Откуда-то слева от меня незамедлительно прозвучал голос Дженни.

— Давай сюда!

Это была Дженни — вот кого вызвало мое подсознание, чтобы вызволить меня во время этого первого осознанного сновидения. Если б такого не случилось, все обернулось бы совсем по-другому.

«Тебе не из-за чего испытывать чувство вины».

— Ошибаешься, — повторил я еще раз.

Дженни нахмурилась.

— Ты и вправду все это время так себя чувствовал?

— Нет, — ответил я. — Это что-то новое. Когда я уехал отсюда, то принял решение упрятать все это с глаз долой — оставить все позади. Вина — это просто то, что я *должен* чувствовать.

— Господи, тебе надо поговорить с кем-нибудь...

— А я сейчас что делаю?

— С кем-нибудь знающим, в смысле. С тем, кто сможет помочь.

— Угу. Наверное.

— Опять это словечко! Как я уже сказала, раньше ты был куда более решительным. — Вздохнув, она встала. — Мне пора.

— Знаю.

— Но если серьезно... Подумай о том, что я сказала.

Наблюдая за тем, как Дженни идет к дверям, я так и сделал. «Тебе не из-за чего испытывать чувство вины». Я вновь и вновь прокручивал эти слова в голове и пытался поверить тому, что услышал, но почему-то казалось, что на самом деле это не так.

■ ■ ■

Проснулся я прямо посреди ночи, не понимая, что происходит. В спальне — угольно-черная темень. Я был уверен: что-то выдернуло меня из стадии глубокого сна — резко разбудило, но я не знал, что именно.

Я немного полежал, прислушиваясь к частым ударам сердца.

Обстановка постепенно проявлялась вокруг меня, сумрачные очертания окружающих предметов медленно выступали из темноты. Моя старая комната. При виде ее опять возникло то тревожное чувство, к которому за несколько дней после своего возвращения в Гриттен я уже успел привыкнуть: что я не там, где мне следует находиться, — и все же комната казалась такой знакомой, словно я никогда отсюда и не уезжал.

БУМ,

БУМ,

БУМ!

Я быстро сел на кровати — теперь сердце колотилось как бешеное.

Звуки доносились откуда-то снизу — кто-то стучал во входную дверь. Хотя как-то больно уж размеренно и не спеша — паузы растягивались, словно от того, кто находился там снаружи, требовалось усилие, чтобы поднять руку. Удары, однако, были такими увесистыми, что казалось, будто кто-то хочет снести дверь с петель.

Я быстро перекинул ноги на пол и наклонился, пытаясь нашарить на полу телефон. Экран ярко вспыхнул у меня в руке, когда я наконец нащупал его — было чуть больше трех часов ночи. Слегка запаниковав, я натянул джинсы, тоже брошенные накануне вечером на пол, и на цыпочках прокрался на лестничную площадку второго этажа.

На пол перед входной дверью внизу падал клин света с улицы снаружи. Я секунду неотрывно смотрел на него, ожидая услышать эти звуки опять и увидеть, как дверь содрогается под мощными ударами.

Ничего.

Я помедлил.

«Обычно ты был более решительным...»

Так что я осторожно двинулся вниз, попрежнему с мобильником в руке. Подойдя ко входной двери, чиркнул пальцем по экрану и включил встроенный фонарик. Яркий свет заполнил прихожую, а потом луч задергался по сторонам, когда я отстегнул цепочку и открыл дверь.

Никого снаружи не оказалось. Ведущая к воротам дорожка была пуста, а улица за ней пустынна.

Хотя калитка была открыта.

Я сам забыл ее закрыть?

Я не смог этого припомнить. Шагнул за дверь, поежившись от ночного холодка и ощущая под босыми ногами грубые камни дорожки. Посветил фонариком влево и вправо, пятная заросший сад росчерками света и тени. Никто там не прятался. Потом двинулся дальше и через открытую калитку вышел на тротуар. Улица купалась в нездорово-бледном янтарном сиянии фонарей, абсолютно пустая в обе стороны.

Я прислушался.

Весь поселок был тих и неподвижен.

Закрыв калитку, я направился обратно к дому. И едва только подошел к двери, как луч фонарика вдруг на миг выхватил из темноты что-то непонятное.

Я застыл, сердце забилось еще чаще.

Покрепче перехватил телефон, и по коже побежали мурашки, когда я дрожащей рукой посветил на дверь и припомнил тот стук, который только что слышал.

Когда рассмотрел отметины, оставшиеся на облупившейся краске.

14

Тогда

После того моего первого осознанного сновидения в последующие недели такое стало случаться со мной все чаще и чаще. При Чарли и остальных я и словом об этом не обмолвился. Частично потому, что сюжеты этих снов казались слишком уж личными, чтобы ими делиться, но также со временем я понял, что просто досадую на то, как этот эксперимент начинает править нашими жизнями.

Чарли начал устраивать обсуждения наших «успехов» едва ли не каждый день, и вскоре стало ясно: это не просто одно из его преходящих увлечений. Теперь мне трудно в точности припомнить, как все это проистекало. Увидеть один и тот же сон на двоих совершенно нереально, но у них это получалось — или по крайней мере так они уверяли. Это напоминало какую-то гонку вооружений. Скажем, Чарли мог первым зачитать очередную запись из своего дневника сновидений, а потом Билли описывал *свой* сон — и моментально обнаруживалась связь. Чарли был доволен, а это, естественно, подстегивало и Джеймса найти подобную связь в своем собственном. Или же Джеймс начинал первым, а Чарли описывал схожий сон, после чего Билли, не желая оставаться в стороне, выдумывал, будто испытал нечто такое же. После того первого раза они никогда не показывали друг другу свои дневники сновидений. Наверное, просто не хотели ненароком разрушить вымышленный мир, который старательно создавали в своем тесном кружке.

И все сильнее казалось, что в этот кружок я более не вхож. Моя неохота подыгрывать им стала намечать раскол в нашей маленькой группе. Я постоянно надеялся, что мое безразличие пошатнет и кого-то из остальных, но нет. Особенно Джеймс, похоже, с каждым днем все сильнее подпадал под чары Чарли.

Что меня тоже здорово задевало.

Не оставляло неуютное чувство, будто всех нас к чему-то исподволь подводят. У того, чем занимался Чарли, явно была какая-то цель, и хотя я никак не мог понять, в чем она заключается, на душе становилось все неспокойней.

Но какой бы дурью мне все это ни казалось, помню, как думал: «Да чего тут страшного?» Как я уже говорил Джеймсу в тот день, когда мы впервые сравнили дневники сновидений, все это полная фигня. Сны — это просто сны. Так что со временем я пришел к мысли, что все это в итоге само собой перегорит и жизнь вернется в нормальную колею.

«Все это полная фигня».

Вот что я себе постоянно повторял.

■ ■ ■

«Инкубация».

Несмотря на несколько зловещее звучание, это слово описывает непреложный факт: наши сны всегда вызваны влиянием реального мира. Наше подсознание берет все то, с чем мы успели столкнуться в повседневной жизни, и разбивает об пол, словно вазу, а потом подбирает пригоршню осколков и кое-как склеивает их, чтобы показать нам во сне. Мы можем узнать несколько фрагментов, но они соединены друг с другом в случайном порядке, плохо подходят друг к другу и изрезаны беспорядочными трещинами. Сны — это лоскутное одеяло, сшитое из того, что случилось с нами в нашей осознанной жизни.

Но иногда все происходит и с точностью до наоборот.

В одну из больших перемен мы с Джеймсом шли через игровую площадку, направляясь в комнату «С5-б». Наши обычные занятия все больше становились мне не по вкусу, и в тот момент это чувство только усиливалось, но я не мог придумать какого-то оправдания, чтобы туда не идти.

И тут совершенно случайно оглянулся.

Вдали маячила фигурка Дженни, которая удалялась в сторону соседней стройплощадки. Вид у нее был столь же отрешенный и уверенный в себе, как и всегда — одна, но не одинока, — и шла она так, будто каким-то образом заранее проложила маршрут между другими ребятами, позволяющий ей двигаться строго по прямой, ни на кого не натыкаясь и не останавливаясь.

Я немного посмотрел, как Дженни шагает по узенькой дорожке вдоль стройки, не понимая, куда она может направляться. Там мало что было, не считая теннисных кортов, нескольких беседок для уроков на открытом воздухе и служебной автостоянки, и все же шла она со спокойной уверенностью, явно имея в голове какую-то конечную цель.

— Ты чего? — спросил Джеймс.

Секунду я ничего не отвечал. Вид Дженни напомнил мне о том моем первом осознанном сновидении. И точно так же, как наши сны берут начало в нашей реальности, бывает, что и нашу реальную жизнь могут изменить сны, которые нам снятся.

— Я догоню, — сказал я.

— Почему?

— Мне просто нужно кое с кем поговорить.

— Ладно.

Он слегка пожал плечами и ушел.

Я немного постоял, а потом устремился обратно той же дорогой, какой мы шли. Вблизи синтетическое полотнище ограждения немного просвечивало, и сквозь него виднелись комья грязи, налипшие на него с обратной стороны. Воздетая ввысь рука экскаватора повисла в воздухе над ним, выставив к небу свои толстые металлические зубы, кривые и ржавые, и я ощутил легкий запашок гудрона. Очевидно, какие-то работы здесь все-таки велись, но сейчас на участке стояла мертвая тишина, и было легко представить, что все это лишь иллюзия — что со временем полотнища сдернут в сторону, как фокусник сдергивает платок, и все увидят, что ничего не изменилось.

Больше никого рядом не было, и по мере моего продвижения вокруг становилось все тише. Теннисные корты слева прятались за проволочной сеткой, а беседки из гофрированного железа справа напоминали заброшенные жилые трейлеры, кое-как притиснутые друг к другу на автомобильной свалке. Впереди, немного за ними, одиноко стояла деревянная скамейка. Дженни уже сидела на ней. Она обогнала меня самое большее на минуту, но уже лихорадочно царапала что-то в блокноте, лежащем у нее на коленях.

Я остановился, немного не доходя до нее, теперь уже не зная, что делать, и чувствуя себя слегка по-дурацки. Это явно было *ее* место, и Дженни была настолько поглощена своим занятием, что казалось неправильным ее отвлекать. И хотя после того, как она дала мне почитать ту книгу, мы с ней еще несколько раз общались, это всякий раз происходило случайно: коротко обменивались мнениями после заседания клуба литературного творчества или перебрасывались парой слов, случайно натолкнувшись друг на друга в школьном коридоре. До этого я никогда специально не искал ее и совершенно не представлял, что сказать. Может, сюда меня привел и сон, но реальность лишила меня дара речи. Так что я совсем собрался уже повернуть назад, когда Дженни подняла взгляд и заметила меня.

Она тут же прекратила писать, и секунду ее лицо ничего не выражало.

А потом крикнула:

— Привет!

Я поправил сумку на плече.

— Привет.

Еще одна секунда тишины.

— Ну, — произнесла она. — Так ты туда или сюда?

И вновь я почувствовал себя по-дурацки. В то же время если б я развернулся и ушел, то выглядел бы еще более нелепо. Я подошел к скамейке.

— Прости, — сказал я. — Ты вроде занята…

— Занята? — Дженни бросила взгляд на блокнот. — О... Нет. Просто пытаюсь накидать кое-какие идейки.

— Идейки рассказов?

Она закрыла блокнот.

— Типа того. Так присядешь или собираешься и дальше стоять столбом?

Еще один вопрос — на который теперь, когда я уже был здесь, имелся лишь один возможный ответ. Я присел на самом конце скамейки, деликатно оставив между нами изрядное пространство. Дженни выжидающе посмотрела на меня.

«Да, — осознал я. — Мне ведь наверняка нужна какая-то причина, почему я приперся сюда?»

И тут меня наконец осенило.

— Я просто увидел тебя и понял, что должен извиниться, — начал я. — Я так долго держу твою книгу...

— А-а... Насчет этого не переживай.

— У меня просто создалось впечатление, что она важна для тебя.

— Угу, но она у меня уже сто лет. Ты уже все рассказы прочел?

— Почти.

— Тогда подержи ее еще. Одолей до конца. Потому что все они там хороши. Есть реальная классика — то, что тебе определенно стоит прочесть.

Я улыбнулся.

— В целях самообразования?

— Ну да. Если собираешься стать писателем, ты должен хорошо знать эту область, согласен? Иметь хоть какое-то представление об истории вопроса... Я не могу допустить, чтобы весь остаток жизни ты читал одного Стивена Кинга, какой бы он ни был офигительный.

— Надо думать.

Теперь я почувствовал себя еще более неловко. «Если ты собираешься стать писателем». Да, мне этого еще как хотелось, но с недавними отвлекающими факторами я уже несколько недель практически забросил это занятие. Прикинул несколько сюжетов, но все они казались плоскими и безжизненными. Казалось, что мне просто не о чем писать. Что мне не о чем поведать миру.

— Над чем сейчас работаешь? — спросил я.

— Над очередным ужастиком, конечно же. — Ее лицо радостно осветилось, став еще более привлекательным. — Чем-то в таком духе, во всяком случае. Это история с привидениями, так что она скорее грустная, чем какая-то еще.

— Почему грустная?

— Потому что рассказы про привидения и должны быть грустными. Сам-то как думаешь?

При упоминании рассказов о привидениях мне обычно представлялись белые простыни, лязгающие цепи и темные коридоры с фигурами, выскакивающими на вас прямо из стены. Но, немного поразмыслив, я все-таки понял, *что именно* Дженни имела в виду.

— Да, пожалуй. Должно быть, грустно быть привидением.

— Вот именно! Если есть привидение — значит, кто-то умер. Чья-то душа позабыта-позаброшена и не может найти покоя. Все остальные горюют. И так далее.

— Выходит, никаких кровавых подробностей?

— Нет. — Она шмыгнула носом. — Ну… почти.

Я улыбнулся, припомнив «Верного дружка» — тот чернушный рассказ, который она зачитывала на встрече клуба: про собаку, которая съела своего хозяина после его смерти. И при этом невольно подумал про Гудболда, разгуливающего по улицам городка со своей собственной псиной — что-то во мне надеялось, что нечто подобное однажды приключится и с ним. Хотя, в отличие от нас, к своему бульдогу он вроде относился по-человечески.

— Рассказ про собаку был просто супер, — сказал я.

— Спасибо.

— Ты говорила, что он основан на каком-то реальном событии. Как ты вообще про это услышала?

— Это Мари мне рассказала.

— Какая еще Мари? — удивился я.

— Моя хорошая знакомая. — Дженни положила блокнот на скамейку между нами. — Кстати, хорошо, что вспомнила… У меня кое-что для тебя есть. Не знаю, насколько это тебе интересно… Это Мари мне дала, и я сразу подумала про тебя. Погоди-ка…

Наклонившись, она порылась в сумке у себя под ногами, и, наконец вытащив изрядно потрепанный журнал, передала его мне.

— «Литературная жизнь», — прочел я название.

— Посмотри с обратной стороны.

Я перевернул журнал, изучая текст на задней стороне обложки.

— Конкурс на лучший короткий рассказ, — объяснила Дженни. — Открыт для всех, кому еще не исполнилось восемнадцати. Если тебя отберут, то попадешь в сборник работ победителей — в настоящую книгу. Крайний срок подачи заявок уже не за горами.

— Так-так...

Я еще раз перечитал объявление о конкурсе, не понимая, зачем она мне его подсунула.

Наконец в голове щелкнуло.

— Так... так ты думаешь, мне надо участвовать?

— Ну да! Тут и думать нечего. По-моему, твой рассказ реально хорош. Тебе обязательно надо отправить его.

— А свой собираешься посылать?

— Конечно. В смысле, что я теряю?

Я несколько секунд таращился на журнал, еще раз перечитав объявление, на сей раз более внимательно. Главное, что не требовалось никакого вступительного взноса. Я боялся, что меня, конечно же, с ходу отвергнут, но раз Дженни считает, что мой рассказ действительно неплох...

— У меня нет с собой ручки.

Она закатила глаза.

— Тебе не нужно отправлять его *прямо сейчас*.

— *Это* я знаю. В смысле, записать адрес.

— Да не морочься — бери весь журнал. У меня уже все записано.

— Точно?

— А как же иначе? — Она озадаченно покачала головой, глядя на меня. — Поэтому я его тебе и принесла.

«Поэтому я его тебе и принесла».

Помню, какой это у меня вызвало восторг. Это означало, что, несмотря на то что пересекались мы с ней считаные разы, Дженни все-таки думала обо мне, и осознание этого вызвало трепет, который трудно описать. Приятное тепло в животе. Я не испытывал чего-то подобного раньше, но казалось, будто только что узнал, что мир полон возможностей, о которых я даже не подозревал.

Я убрал журнал в свою сумку.

— Спасибо!

— Не за что, — бросила Дженни. — Было бы о чем говорить.

■ ■ ■

На следующее утром я шел по поселку, отчаянно зевая и направляясь к дому Джеймса почти что на автопилоте. Утренний холодок по крайней мере немного помог мне проснуться: пусть даже официально наступила весна, Гриттен, похоже, столь же крепко держался за свои зимы, как и за своих обитателей. Но вокруг опять проклевывалась травка, и хотя в тот момент солнце казалось не более чем тускло мерцающей монеткой, проглоченной облаками, я чувствовал, как весна набирает силу. До меня доносилось пение птиц — чуть ли не первое за многие месяцы.

Когда я дошел до дома Джеймса, сердце у меня упало.

Обычно собирал его в школу и провожал по утрам Карл, но в тот день на пороге стояла Айлин. На ней был выцветший домашний халат, и она возила по двери старой синей тряпкой, скомканной в кулаке, с выражением сердитой сосредоточенности на лице.

Калитка висела на одной старой петле и царапнула по земле, когда я открыл ее. Айлин бросила на меня колючий взгляд, и, направляясь к ней по дорожке, я невольно опустил голову.

— Доброе утро, миссис Доусон.

— А оно и вправду доброе?

Айлин вернулась к своему занятию, одной рукой придерживая дверь, а другой прижимая к ней тряпку, которой терла ее с такой яростью, что я почти ожидал услышать хруст продавленного дерева.

— Давай выходи, парень! Пора в школу, — крикнула она в дом.

Немедленной реакции не последовало. Я неловко постоял там несколько секунд, наблюдая за ее работой. У ее ног стоял флакон с каким-то моющим средством.

— У твоих ничего этой ночью не случилось? — спросила вдруг Айлин.

Вопрос застал меня врасплох — я и понятия не имел, что она имеет в виду. Через секунду — восприняв, очевидно, мое молчание как признание какого-то рода вины, — мать Джеймса подозрительно посмотрела на меня.

— А сам-то ты ночью на улицу не выходил?

— Миссис Доусон?

— Не разевай на меня рот, парень! Так выходил или нет?

— Нет.

Она оценивающе уставилась на меня. И после того, что показалось вечностью, покачала головой и опять перевела взгляд на дверь.

— А кто-то, видать, все-таки да... Наверняка кто-то из вашей дебильной компашки решил подурачиться.

Прежде чем я успел произнести еще хоть что-нибудь, в дверях появился Джеймс, осторожно пробравшись мимо матери, словно та была наэлектризована и его могло ударить током, если б они соприкоснулись.

— Пока, па! — крикнул он в глубь дома. — Люблю тебя!

Откуда-то из самой глубины дома донесся ответ Карла:

— Тоже тебя люблю!

Выйдя на улицу, я выждал, пока мы с Джеймсом не окажемся за пределами слышимости.

— Все в порядке?

— Угу.

Что было определенно враньем, но мне не хотелось и дальше развивать эту тему. Когда подъехал автобус, Джеймс забрался в него первым. Я всегда вел нас обоих на второй ярус, к сиденью в самом хвосте автобуса — поскольку казалось, что нам просто *полагается* сидеть там в нашем возрасте, — но сегодня Джеймс предпочел занять свободные места в середине первого яруса. Когда дверь закрылась и автобус тронулся с места, мы некоторые время сидели там в молчании. И хотя мне не хотелось сходу расспрашивать Джеймса, что произошло, слова Айлин по-прежнему вызывали у меня любопытство.

«У твоих ничего этой ночью не случилось?»

— Что делала твоя мать? — спросил я.

— Мыла дверь.

— Угу, сам видел. В смысле, зачем?

Джеймс замешкался.

— Ты ничего не слышал? — наконец произнес он. — Ночью?

Я еще раз об этом подумал. Насколько припоминалось, я спал как убитый.

— Да вроде нет.

— Точно?

Вид у Джеймса был такой же усталый, как у меня. Но еще и испуганный.

— Не знаю, — сказал я. — А что я должен был слышать?

Но в ту же секунду Джеймс отвернулся и стал смотреть в окно на мелькающий мимо блеклый пейзаж.

— Ничего.

— Ну да. Вот *ничего* я и слышал.

— Кто-то стучал в дверь. Ты этого не слышал?

— Чтобы кто-то стучал? Нет.

— Ну ладно тогда.

— Ты хочешь сказать, что ты слышал?

— Нет, это просто моя мать так говорит. Кто-то молотил в дверь посреди ночи. Она жутко разозлилась, потому что это ее разбудило. — Джеймс пожал плечами, едва заметным, робким движением. — Так что она и нас с папой растолкала. Правда, там никого не было. Я думал, может, это ей просто почудилось, вот только утром на двери было кое-что. Потому-то она там и возилась — отмывала ее.

— Отмывала от чего?

И опять Джеймс не ответил. Интересно, подумал я, знает ли он вообще что-нибудь — да и было ли там что-либо в принципе. Айлин здорово пила, и она не из тех людей, которые готовы признаться, если что-то неправильно поняли. Было легко поверить, что ночью она вообразила себе какой-то шум, излишне переполошилась, а мыла утром дверь, только чтобы показать, что была права.

Автобус свернул с двухполосной магистрали и стал пробираться мимо заброшенных заводов, дышащих на ладан магазинов и заколоченных домов.

Джеймс что-то буркнул себе под нос, что я не совсем уловил.

— Что-что? — переспросил я.

— Кровь.

Он все еще не сводил взгляд с унылой картины за окном, и его голос звучал так тихо, что я едва его слышал.

— Она сказала, что на двери была кровь.

15

В наши дни

Констебль Оуэн Холдер внимательно разглядывал дверь дома моей матери.

— И что это по-вашему? — спросил он.

— Не знаю. Похоже на кровь.

— Ну да, пожалуй. — Он склонил голову набок. — Наверное.

Я и сам слишком часто употреблял это слово и, услышав его теперь, почему-то ощутил раздражение. На двери красовались три смазанных алых пятна, каждое размером примерно со сжатый кулак, и они резко выделялись на фоне белой краски, тускло отсвечивая в утреннем свете. Если и в свете фонарика это было далеко не самое аппетитное зрелище, то сейчас при их виде я натурально ощутил дурноту. Они уже начали высыхать, и рядом успела пристроиться парочка мух.

— По-моему, это определенно кровь, — сказал я.

— А раньше их не было?

— Такое ведь не проглядишь, верно?

— Да, — согласился Холдер. — Думаю, что нет.

Потом он выпрямился, засунув руки в карманы, и нахмурился, словно не до конца понимая, что по этому поводу предпринять. Я тоже не понимал. Я долго не решался вызвать полицию и постепенно пришел к мысли, что это по крайней мере может потерпеть до утра. Но теперь, независимо от результатов, я был рад, что так и поступил. Отметины на двери были явно какого-то рода посланием, и пусть даже я пока не совсем понимал его суть, это пугало меня сильнее, чем я был готов признать.

Я даже не пытался опять лечь спать после того, как проснулся от того стука. Вместо этого проверил, заперты ли в доме все окна и двери, а потом уселся в темноте на кровати своей матери, слегка приоткрыв занавески, чтобы было видно улицу. Наблюдал за ней, пока тишина не стала звенящей. И хотя никого снаружи не было — никаких признаков жизни в поселке вообще, — у меня все равно возникло неуютное ощущение, будто за мной тоже наблюдают.

Это чувство не оставляло меня и сейчас.

Холдер длинно, медленно выдохнул, а потом бросил взгляд в сторону ведущей к улице дорожки. Его явно терзали сомнения.

— Даже не знаю, что и сказать, мистер Адамс... Да, это, несомненно, вандализм. И я понимаю, что это может вас раздражать. Но никакого реального ущерба не причинено. Это наверняка лишь чья-то дурацкая шутка.

«Наверняка кто-то из вашей дебильной компашки решил подурачиться».

Несмотря на теплое утро, от этих припомнившихся вдруг слов по спине у меня пробежал холодок. Но Холдеру на вид было лет двадцать восемь самое большее, и я предположил, что он слишком молод, чтобы знать о произошедших тут много лет назад событиях. Можно было бы сделать попытку объяснить, но казалось, что потребуется слишком много слов, дабы полностью ввести его в курс дела. И даже если б я так и поступил, то реальное значение того, на что мы оба смотрели, все равно до конца понял бы только тот, кто испытал нечто подобное на собственной шкуре.

— Мне бы хотелось, чтобы вы по крайней мере это запротоколировали, — сказал я.

Холдер вздохнул, после чего достал телефон.

— Конечно, сэр.

Он сделал фото входной двери с пары различных ракурсов, а я стоял сзади, скрестив руки на груди и шаря взглядом по улице и соседним домам. И вновь ничего такого не заметил. Но если кто-то наблюдал за мной, то по крайней мере мог догадаться, что я воспринял ситуацию серьезно. Что не позволю так вот просто себя запугивать.

После того как Холдер покончил со своим делом и отбыл, я вернулся в дом. Вся эта ситуация казалась одновременно и странной, и в чем-то разочаровывающей, словно приключенческий рассказ вдруг оборвался на самом интересном месте — произошло нечто серьезное, но сам дом выглядел абсолютно нормально, а жизнь, похоже, шла тем же чередом, что и последние несколько дней. И что же теперь делать?

«Отмой-ка лучше дверь для начала».

Ну да, заняться этим все равно придется, да и не сидеть же сиднем? Так что я вынес на крыльцо тряпки, ведро воды и флакон моющего средства и занялся делом. Но все это время то и дело оглядывался на улицу у себя за спиной. И пусть даже никого там не было, я был рад наконец вернуться в дом и отгородиться от всего остального мира запертой на замок дверью.

В доме стояла тишина.

Кто оставил эти отметины? Вопрос пока что не поддавался ответу. Насколько я помнил из прочитанного вчера на форуме, там имелись и многочисленные упоминания о стуке в дверь дома Джеймса. Это была просто одна из печально известных подробностей дела — деталька головоломки, хорошо известная тысячам зацикленных на нем пользователей Интернета. Если кто-то хотел меня разыграть, то материала, из которого можно было бы черпать вдохновение, у него имелось в избытке.

И, наверное, все этим и объяснялось.

Но припомнились мне и участники форума, которые верили, что Чарли до сих пор жив, — равно как и те, что вообразили себе, будто он и впрямь сумел достичь невозможного. Дурное предчувствие, которое не оставляло меня на протяжении нескольких последних дней, теперь лишь только усилилось — ощущение, что прошлое никуда не девалось и что надвигается что-то ужасное.

Но если так, то что именно?

Я медленно поднялся по лестнице, а потом встал на площадке у окна, подняв взгляд на чердак. Люк был закрыт, но я почти чувствовал запертые над головой красные отпечатки ладоней и коробки с газетами.

«Это прямо в доме, Пол!»

«Прямо в этом чертовом доме!»

Настойчивые интонации моей матери теперь вновь вернулись ко мне, вместе с паникой и страхом, сковавшими ее голос. Я нашел коробки, полные репортажей о трех разных убийствах, разделенных многими годами, но с общей нитью, тянущейся назад, ко мне. Как ни мучительно было узнать, что моя мать прятала их от меня все это время, я вообразил себе, будто больше искать нечего. Но теперь гадал, не упустил ли что-нибудь. Какую-нибудь деталь, которая была для кого-то достаточно важна, чтобы отправить мне подобное послание или предупреждение.

Или угрозу.

Мысль об этом испугала меня.

Но нужно было посмотреть еще раз. И я уже совсем было собрался вытянуть руку, чтобы открыть люк, когда уголком глаза вдруг что-то заметил. Я совершенно неподвижно застыл, заставляя себя по-прежнему смотреть вверх. Окно сбоку от меня выходило на задний двор с садом и лес, и я был уверен, что между деревьев на самой его границе что-то мелькнуло.

Я выглянул наружу, понаблюдав за лесом несколько секунд и пытаясь поймать взглядом то, что успел заметить.

Вроде ничего.

Хотя нет...

Окончательной уверенности в этом не было, но у меня возникло впечатление, будто на миг я различил смутные очертания какой-то фигуры, притаившейся в подлеске за дальней стороной забора.

«Веди себя естественно», — приказал я себе.

А потом попытался успокоиться. Через секунду я повернулся спиной к окну и постоял еще немного, вертя головой по сторонам, словно ничего и не заметил. Как будто не знал, что делать дальше.

В некотором роде так оно и было. Желал бы я оказаться лицом к лицу с тем, кто таился там? Мое сердце отстукивало неизменный ответ: «Нет, нет, нет!» Это было последнее, чего мне сейчас хотелось. Но потом припомнились слова Дженни и то, как я налетал на того парня на регбийном поле в тот памятный день... То, что ты хочешь сделать, — далеко не то же самое, что ты должен сделать, решил я.

И направился вниз.

■ ■ ■

Двор на задах дома у нас довольно длинный. Чтобы добраться от задней двери до леса, требовалось преодолеть с полсотни метров довольно разросшегося сада, и если б я направился этим путем, тот, кто прятался там, увидел бы меня и исчез среди деревьев, прежде чем я успел бы до него добраться. Но попасть в Сумраки можно было не только отсюда.

Выбравшись из дома через переднюю дверь, я запер ее, после чего быстро вышел через калитку на улицу. Неподалеку в сторону леса от нее убегала заросшая тропка. Я двинулся по ней. Приглушенный с обеих сторон живыми изгородями, мир здесь был так тих, что я слышал лишь негромкое гудение пчел в зарослях ежевики вокруг, но даже этот звук сошел на нет, когда я добрался до конца тропки и осторожно ступил под своды деревьев.

Чувство тревоги усилилось. Я не был в этом лесу двадцать пять лет, но очень хорошо его помнил. Достаточно углубиться в него всего на несколько метров, чтобы цивилизация исчезла у тебя за спиной и воцарилась полнейшая нервирующая тишина. Чтобы почувствовать себя угодившим в ловушку и напрочь потерявшим ориентировку даже на тех отрезках тропки, где растительность полностью вытоптана.

Чтобы показалось, будто за тобой наблюдают.

Но я больше не был подростком.

Немного углубившись в лес, я стал забирать влево и, лавируя между деревьями, наискосок продвигаться обратно к задней стороне нашего дома. Если соблюдать осторожность, то можно будет незаметно подкрасться к тому, кого я видел у забора.

Где-то через минуту я решил, что почти на месте. Было одуряющее жарко, и я остановился, чтобы смахнуть пот с лица, прежде чем пригнуться и замедлить шаг. Далекие тылы соседних домов уже начали понемногу проглядывать между ветвями деревьев.

Какая-то палка хрустнула у меня под ногой.

На миг я застыл. Никакой реакции.

Двинувшись дальше, уже через несколько секунд я оказался у задней стороны забора — деревья поредели, и неухоженная масса сада на задах дома моей матери вдруг проглянула впереди. Никого тут не было. Но, опустив взгляд, я заметил, что густая растительность у меня под ногами явно примята, а в воздухе висит какой-то неприятный запашок.

Тошнотворный отголосок грязи и пота.

И тут вдруг — зуд в затылке. Я медленно обернулся на лес у себя за спиной. Здесь вообще всегда ощущалось нечто странное — словно некая энергия с еле слышным гудением исходила прямо из земли, как если бы ты слишком близко подошел к башне высоковольтной линии, — но в данный момент это чувство оказалось куда сильнее.

Кто-то там был.

Кто-то прятался среди деревьев.

— Эй! — крикнул я. — Кто там?

Ответа не последовало. Но в тишине ощущалась напряженность, словно кто-то затаил дыхание.

— Чарли?

Я и сам не понимал, почему выкрикнул это имя, но это принесло результат. После пары секунд тишины я услышал, как впереди, где-то слева от меня, зашуршала и хлопнула резко распрямившаяся ветка. Мое сердце гулко заухало в груди. Лес в том направлении был так густ, что просматривался от силы на несколько метров в глубину, но этот шумок донесся не откуда-то издалека. Тот, кто там прятался, был по-прежнему близко.

Сделав над собой усилие, я медленно двинулся на звук, стараясь держаться поближе к шершавым стволам деревьев, осторожно высвобождая ноги из путаницы высокой травы и отводя от лица тонкие пучки ветвей, оказывающиеся у меня на пути.

А потом, выбравшись к чему-то вроде открытой полянки, застыл как вкопанный.

На противоположной ее стороне маячил человеческий силуэт.

Неизвестный, опустив голову, стоял всего метрах в десяти от меня, спиной ко мне, и тело его было совершенно неподвижно.

— Эй? — позвал я.

Он не отозвался. Приглядевшись получше, я увидел, что на нем что-то вроде старой армейской куртки, потертой и разлохматившейся на плечах — так, что ткань торчала из них пучками, похожими на перья. А прислушавшись, я уловил его хриплое дыхание.

«Нет», — подумал я.

«Нет, нет, нет!»

И хотя что-то во мне хотело шагнуть ближе, тело не слушалось. Я словно врос корнями в землю, как деревья по бокам от меня. Потянувшись рукой к лицу, зажал нос.

Нет, это мне не снилось.

И тут, так и не оборачиваясь и не отвечая, этот человек вдруг двинулся прочь от меня. Я в ужасе смотрел ему вслед, но он практически мгновенно скрылся из виду — ветки хлопали и шуршали, пока он углублялся все дальше в лес и исчезал в нем.

И вновь воцарилась полная тишина.

Я по-прежнему стоял не двигаясь, сердце молотило как бешеное.

И точно так же, как только что буквально ниоткуда возникло имя Чарли, в голове помимо воли мелькнула совершенно сумасшедшая мысль: будто что-то выволокло себя из глубин леса под названием Сумраки, чтобы взглянуть на меня, и теперь возвращалось в свое логово среди деревьев.

16

«Господи», — подумала Аманда, приехав в Гриттен.

Мир вокруг нее словно совершенно изменился за какие-то двадцать минут. Совсем недавно она катила по безмятежным сельским дорожкам в окружении залитых солнцем идиллических полей, размышляя: «Вообще-то неплохое местечко». Теперь же со всех сторон ее окружали заброшенные промзоны, запущенные дома и убогие магазины, и вот что Аманда теперь думала: «Охереть что за дыра».

Может, эта первая оценка была чересчур уж суровой. Опыт подсказывал ей, что любое место — это просто место. Гораздо важнее люди, которые в нем живут, и престижный почтовый индекс ничего не гарантирует — абсолютно везде можно найти как хорошее, так и плохое. И все же в Гриттене было что-то особенно пришибленное. Несмотря на солнечный день, даже сам воздух здесь казался каким-то тусклым и серым, словно старая мокрая тряпка, которую не отжали до конца. Глядя на зачуханные районы за окнами машины, было трудно стряхнуть ощущение, что это место каким-то образом проклято — будто в самой земле здесь, в самих исторических корнях его есть что-то ядовитое, из-за чего земля остается бесплодной, а люди — мертвыми внутри себя.

Ее телефон был укреплен в держателе на приборной панели, навигатор на нем показывал маршрут. До цели оставалось полмили.

Приближаясь к крутому повороту, Аманда слегка сбросила скорость, после чего миновала шеренгу свежеотстроенных и еще не заселенных домиков. «Прекрасная иллюстрация торжества надежды над опытом», — подумала она. Было трудно представить, чтобы кто-то переехал на жительство в Гриттен, имея другие варианты.

Хотя, конечно, у некоторых людей просто не было выбора.

Через пару минут Аманда остановила машину у дальней границы землевладения, зарегистрированного на Билли Робертса. Дом был маленький и стоял на отшибе между двумя пустыми участками, заросшими пожухлой травой. Кирпичи под облупленными подоконниками раскрошились, а краска на входной двери почти полностью облезла, будто по ней скребли когтями. Слева к дому был некогда пристроен гараж, останки которого теперь завалились набок в окружении разбросанных по траве проржавевших железных листов, а из стены наверху, словно обрывки сухожилий, торчали кривые ржавые прутья арматуры, отчего дом напоминал человека с оторванной рукой.

Первой мыслью Аманды было, что это место знавало лучшие времена. Но тут она припомнила кое-какие подробности, которые успела узнать про детство Робертса — беспризорность, чрезвычайная бедность, намеки на то, что он подвергался насилию, — и в итоге решила, что вряд ли.

Вырубив мотор, Аманда отправила эсэмэску Лайонсу, поставив его в известность, что уже на месте. Когда она вчера заглянула к нему в кабинет и вызвалась прокатиться в Гриттен, чтобы пообщаться с Билли Робертсом, долго уговаривать начальника не пришлось. Впрочем, ничего удивительного. С появлением таинственной третьей стороны, скрывающейся на просторах Интернета, территориальная принадлежность дела об убийстве Майкла Прайса начала расползаться по сторонам, а Лайонс из тех, кто никогда своего не упустит. Если б Робертс оказался в этом убийстве как-то замешан, или — что еще лучше — Чарли Крабтри был действительно до сих пор жив и им удалось бы каким-то образом выйти на него, то они были бы кругом в шоколаде.

Но Лайонсу понадобился весь остаток дня, чтобы согласовать ее визит с отделом полиции Гриттена. Пытаясь разыскать всех, кто имел хоть какое-то отношение к тому самому первому преступлению, Аманда никак не ожидала того, что Пол Адамс тоже на тот момент находился в Гриттене — это сообщили ей в университете, в котором тот работал. Лайонсу это понравилось, конечно же: двух зайцев одним выстрелом! За один день было явно не управиться, и в итоге пришлось в последний момент бронировать номер в каком-то задрипанном местном отеле и поспешно собирать дорожную сумку, которая сейчас лежала в багажнике ее машины.

Итак, первым делом Робертс.

Подходя к дому, Аманда вытащила мобильник и опять набрала номер Робертса. На улице стояла гробовая тишина, так что, когда пошли гудки, ей было слышно, как где-то внутри дома звонит телефон. Хотя ответа не последовало. Она сбросила звонок, и в доме опять стало тихо.

Постучавшись, Аманда немного выждала.

Какое-то движение внутри или ей показалось?

В двери имелся небольшой глазок, и через несколько секунд у Аманды возникло неуютное ощущение, что с противоположной стороны кто-то есть и внимательно смотрит на нее. Она нетерпеливо окинула взглядом окрестности, где все пребывало в полнейшем запустении. Прямо напротив — ряд закрытых магазинов с металлическими шторами, разрисованными примитивными граффити, чуть дальше по дороге — огороженный хозяйственный двор, заваленный старыми автомобильными шинами, с привязанной к сетчатой ограде нечитаемой деревянной табличкой.

Опять повернувшись к дому, Аманда еще раз постучала в дверь.

По-прежнему нет ответа.

Она отступила на шаг.

Согласно полицейскому досье, Билли Робертс вот уже несколько лет числился безработным, но это ничуть не исключало того, что он мог просто уйти куда-то по своим делам. Ничего страшного — можно будет просто заскочить чуть позже... Аманда опять пригляделась к глазку на двери. Казалось, что там все-таки кто-то есть, и поскольку Робертс явно не желал отвечать на звонки по телефону, она не была уверена, что и на стук в дверь он склонен реагировать как-то по-другому. Присев перед дверью на корточки, Аманда приоткрыла крышку щели для писем и заглянула в нее.

— Мистер Робертс?

Ни звука.

Как следует присмотревшись, она сумела хотя бы частично разглядеть прихожую. Открытая дверь на противоположном конце ее вела в кухню — сломанные жалюзи на окне в дальнем конце дома косо повисли над подоконником, как нож гильотины. Все, что ей удалось разглядеть, выглядело каким-то древним и запущенным — узорчатые обои, пыльные фотографии в рамках, висящие на стене. Будто Робертс совершенно ничего не переделал, вернувшись сюда. Разлохмаченный и грязный бежевый ковер, а еще…

Отпечатки ног на нем.

Аманда секунду присматривалась к ним.

Да, красные отпечатки чьих-то ног.

Сердце забилось немного быстрее. Она осторожно отпустила крышку, а потом выпрямилась и взялась за дверную ручку. Та легко повернулась, и дверь медленно подалась вперед на скрипящих петлях.

Аманда шагнула внутрь.

— Мистер Робертс?

В доме стояла полнейшая тишина.

«Входя куда-то, сразу прикинь, как будешь выходить».

Аманда обвела взглядом окружающую обстановку. Слева обнаружилась дверь, запертая на ржавый висячий замок, — судя по всему, вход в гараж. Чуть дальше наверх уходила лестница, но в полутьме на верхней площадке вроде никто не прятался. Довольно узкая — едва вдвоем разойдешься — старая прихожая прямо перед ней тоже была пуста; никого не было и в той части кухни, которая была ей видна, — хотя она предположила, что где-то там может скрываться дверь, выходящая на заднее крыльцо.

Аманда перевела взгляд вправо, где за открытой дверью располагалось нечто вроде гостиной. Правда, никакой мебели в поле зрения — вдоль стен лишь неровные ряды пустых бутылок и банок из-под пива. Тоже никого не видать. Но в этом-то все и дело. Если отсюда вдруг кто-то выскочит, то застанет ее врасплох.

На секунду Аманда отступила от ведущей туда двери.

Едва оказавшись в доме, она окончательно уверилась, что тянущиеся через прихожую следы — действительно кровавые. Похоже, тот, кто оставил их, вышел из гостиной через эту самую дверь, а потом направился в кухню.

Она как следует прислушалась.

Тишина.

Осторожно вытащив из кармана телефон, Аманда набрала номер местной полиции и занесла палец над иконкой звонка. Подобравшись, боком шагнула в гостиную.

И немедленно нажала на «вызов».

Двигал ею скорее инстинкт, поскольку разуму понадобилась секунда, чтобы сообразить, на что она смотрит. Первым делом взгляд упал на темно-красный диван, придвинутый к стене слева от двери. А потом — на неподвижную фигуру, сидящую на нем. Аманда не сразу опознала в ней человека — лишь что-то более или менее человеческих очертаний, но при этом и нечто совершенно жуткое. Голова показалась ей слишком большой и практически лишенной каких-либо узнаваемых черт, и Аманда не сразу поняла, что видит перед собой мужское лицо, обезображенное настолько, что стало практически неузнаваемым — дико распухшее от многочисленных синяков и порезов.

Аманда поднесла телефон к уху, прислушиваясь к гудкам.

«Ну отвечай же, отвечай!»

— Отдел полиции Гриттена, как...

— Сотрудник полиции запрашивает помощь! Кэбл-стрит, дом восемнадцать. Мне срочно нужно подкрепление и «скорая». Здесь, похоже, труп. Обстоятельства подозрительные. Местонахождение подозреваемого неизвестно.

Произнося эти слова, она осторожно подступила к телу, чтобы получше его рассмотреть. Сложенные руки мужчины безвольно лежали у него на коленях, переломанные пальцы — словно перепутанное птичье гнездо. Еще шаг, и под ногой негромко чавкнуло. Аманда опустила взгляд. Диван вовсе не был красным, осознала она. Он был просто-таки залит кровью, которая пропитала и ковер под ним.

Слева, за диваном, виднелась еще одна открытая дверь. Судя по длине комнаты, та могла вести только в кухню.

«Местонахождение подозреваемого неизвестно».

— Мэм, можете назвать свое имя и фамилию?

— Детектив Аманда Бек, — отозвалась она. — И давайте побыстрее, черт побери!

Мужчина на другом конце линии продолжал что-то бубнить, но Аманда опустила мобильник, чувствуя, как стук сердца гулко отдается в ушах, и полностью сосредоточила внимание на открытой двери в дальнем конце гостиной. Подумала про следы в прихожей. Они исчезали в кухне, но наиболее очевидный путь отсюда вел через эту самую дверь. И все же тот, кто их оставил, вышел вместо этого в прихожую, к передней двери.

Припомнилось ощущение, возникшее у нее после того, как она постучалась. Чувство, будто кто-то на нее смотрит.

«Не дергайся!»

Не сводя взгляда с двери, ведущей в кухню, Аманда опустила мобильник в карман куртки и вытащила ключи, зажав их в кулаке, как кастет. А потом осторожно двинулась к ней, стараясь сохранять максимальный угол обзора и помня о необходимости оставить пространство для отступления. Хотя вряд ли у нее были какие-то шансы выстоять с таким жалким оружием против кого-то, недвижимо притаившегося за дверью и способного на подобную жестокость.

Кухня открывалась перед ней частями. Вот показался конец кухонной стойки, заваленной грязной посудой, потом край раковины. Окно.

Аманда помедлила, ощутив себя запертой между тем, с чем могла столкнуться в кухне, и изломанной окровавленной массой, застывшей у нее за спиной.

Ее начала охватывать паника.

«Ты не справишься!»

На несколько секунд Аманда опять почувствовала себя восьмилетней девчонкой. Пребывающей в полнейшем ужасе, но все же слишком испуганной, чтобы позвать кого-то, тем более что она знала — прийти на ее зов некому.

«Еще как справишься! — прозвучали вдруг в голове слова отца. — Забыла, что я тебе говорил?»

Она сдвинулась еще на шажок вбок.

Кухня была пуста. Теперь она была видна целиком — на всю длину до ниши в дальнем конце, откуда на Аманду уставился черный глаз старой стиральной машины и блеснуло рифленое стекло задней двери, распахнутой и уткнувшейся в водогрейку на стене — на пол рядом с ней лился пестрый солнечный свет.

«Обошлось».

Волной нахлынуло облегчение, и теперь Аманда стала двигаться быстрее, стараясь не наступать на кровавые следы, тянущиеся из прихожей, и наконец добралась до задней двери. Несмотря на жаркий день, воздух за ней почему-то показался прохладней и свежее, чем та истерзанная атмосфера, что пульсировала у нее за спиной. На задах дома обнаружилась кое-как выложенная из грязных бетонных плиток дорожка, заросшая проклюнувшейся из трещин травой, которая упиралась в сплошную стену деревьев на границе участка.

По-прежнему никого не видать.

Аманда опустила взгляд.

Кровавые следы вели по плиткам дорожки к дальнему концу двора, постепенно тускнея, — словно тот, кто их оставил, прямо на бегу исчезал. И у края леса они окончательно сошли на нет.

17

Тогда

Помню, как самый последний раз отправился в лес под названием Сумраки вместе с остальными.

Это было на первых же выходных после того стука в дверь Джеймса. Как обычно, мы встретились на детской площадке, а потом вчетвером направились к его дому. Существовало множество маршрутов, которые мы могли избрать, но почему-то Чарльзу всегда нравилось проникать в лес именно отсюда. Пока мы шли через сад на заднем дворе Джеймса в тот день, я поймал себя на том, что плетусь немного позади остальной троицы. Стена деревьев передо мной казалась еще более темной и негостеприимной, чем обычно, постепенно заполняя собой небо по мере того, как мы пробирались к ограде на задах участка, и в их тени по коже у меня пробежал озноб.

Я бросил взгляд за спину. В одном из окон второго этажа маячила темная фигура. Там стоял Карл, наблюдая за нами, — отражения облаков в стекле слегка закрывали его лицо, и я не мог разглядеть, что на нем написано. Я поднял руку, чтобы показать, что вижу его, и секунду он никак не реагировал. А потом его рука нерешительно двинулась к стеклу.

Отвернувшись от него, я раздвинул тонкие проволочины ограды и пролез между ними, а потом последовал за остальными к краю леса. Сразу же словно кто-то слегка прикрутил громкость, и тихий ропот реального мира вскоре окончательно умолк у нас за спиной. Тишина в лесу была какой-то потусторонне жутковатой, и, продвигаясь в самом хвосте нашей маленькой процессии, я не впервые поймал себя на том, что постоянно оборачиваюсь, а сердце гудит от странного ощущения, какое испытываешь, когда за тобой кто-то внимательно наблюдает.

Глупо, конечно же. Здесь не было никого, кроме нас. Но этот лес всегда заставлял меня нервничать. Моя мать предупреждала, что ходить сюда небезопасно. Натоптанных тропинок тут имелось всего ничего, так что заблудиться можно было на раз, но и без того сама местность тут была достаточно коварной и небезопасной. Здесь встречались заброшенные шахты и вообще места, где земля обрушилась, образуя ненадежные козырьки над осыпающимися ямами. Это был отнюдь не приветливый лес. Далеко не самое подходящее место для детских игр.

И, конечно, сказывались еще все эти байки Чарли про то, будто лес заколдован. Эта мысль червем проникла мне в голову. Всегда именно Чарли затаскивал нас сюда, и всегда именно он прокладывал путь, ведя нас различными маршрутами между деревьев. У меня было ощущение, будто он тут что-то ищет, и я частенько ловил себя на том, что приглядываюсь к чему-нибудь сбоку или оборачиваюсь назад. В тени деревьев было так темно и тихо, что было легко вообразить, как где-то за ними что-то крадется нам вслед, то забегая вперед, то отставая, и внимательно следит за каждым нашим шагом.

В тот день мы безостановочно шли где-то с полчаса. А потом Чарли стащил свой рюкзак с плеча и бросил его прямо на землю.

— Здесь, — объявил он. — Не совсем то, что надо, но тоже сойдет.

— А где «то»? — спросил я.

Ответа я не ожидал и такового не получил. За прошедшие недели я почти вплотную подошел к состоянию открытого конфликта с Чарли, и в ответ он начал вести себя так, словно меня нет рядом или я ничего и не говорил.

Оглядевшись по сторонам, я посмотрел, куда он нас привел.

Бóльшая часть леса была практически непроходима, но сегодня Чарли вел нас без всяких тропинок — и все же ухитрился выйти на нечто вроде открытой поляны. Земля здесь была черной и опаленной, словно тут когда-то был пожар и местность так до конца и не оправилась. Обугленные деревья торчали ввысь прямо из черной почвы, раскинув свои ветки, словно растопыренные пальцы, высоко у нас над головами. Ощущалось в этом месте и то странное потрескивание неведомой энергии, исходящей словно прямо из-под земли. Я обошел полянку по периметру, впитывая ее атмосферу и размышляя про фей и чудищ. Если что-то подобное и обитало в этом лесу, то именно здесь они и устраивали бы свои сборища. В воздухе так и висело чувство какого-то мрачного предвкушения, словно это место напряженно ожидало появления чего-то.

Билли прихватил свой собственный рюкзак — старый и довольно грязный армейский вещмешок. Он вытащил из него нож и рогатку «Черная вдова» — внушительного вида штуковину фабричного изготовления с откидывающимся упором для руки, причем последнюю передал Чарли, а нож оставил себе, вертя его в руках и пробуя заточку. Рогатку я уже видел раньше, однако нож заставил меня занервничать. Он был дюймов шести в длину, с зазубренным лезвием и злобным изгибом у кончика, и даже в том слабом свете, что улавливал металл, на поверхности клинка были заметны многочисленные царапины. Я представил себе, как Билли в мастерской своего отца затачивает этот нож по инструкции, вычитанной в одном из своих любимых журналов.

Какое-то время слышалось лишь ширканье земли под кедами, пока Чарли искал подходящий камешек для рогатки. Найдя его, он закрепил упор «Черной вдовы» на предплечье, зажал камешек в кожаной вставке трубчатой резинки и растянул ее на всю длину.

Я услышал, как она потрескивает, натягиваясь.

Он прикрыл один глаз для точности, а потом вдруг резко повернулся и прицелился мне прямо в лицо.

— Блин!

Я инстинктивно среагировал, прикрыв глаза и выбросив перед собой руку. Чарли двинулся так быстро, что мозг сам дорисовал все остальное, и я уже вообразил себе резкую боль в глазу. Но ее не последовало. Когда я опустил руку и вновь посмотрел на него, Чарли улыбался мне, теперь целясь куда-то в землю.

— Что, подловил? — хмыкнул он.

— Господи, чувак... — Сердце у меня билось так быстро, что было трудно произносить слова. — Что ты, блин, творишь?

— Просто прикалываюсь.

Но беспечность в голосе не добралась до его глаз. Отвернувшись, он прицелился в одно из деревьев. Я сглотнул, пытаясь успокоиться.

Если б его рука тогда сорвалась, он наверняка меня убил бы.

«Надо что-то делать».

Так и подмывало что-то предпринять, но рогатка была по-прежнему у него. И Билли теперь придвинулся ближе, принявшись тыкать острием ножа в соседнее дерево. Как если бы пытаясь не заколоть его, а лишь помучить из пустого любопытства, с ничего не выражающим лицом.

«Я больше не знаю этих людей».

— Гудболд, — произнес Чарли.

И выстрелил. Камешек промелькнул слишком быстро, чтобы проследить его траекторию, но неподалеку послышался жуткий треск, и, посмотрев туда, я действительно на миг *увидел* Гудболда, стоящего там, — один глаз наливается красным, череп над ухом разлетается в пыль. Потом это опять стало просто деревом. Выстрел Чарли вырвал кусок коры примерно на высоте человеческой головы.

— В самый лобешник, — сказал он.

Я помотал головой — то ли выражая несогласие, то ли чтобы просто стряхнуть наваждение, вызванное его словами.

— Не в лобешник, — возразил я. — Скорее в глаз.

— В глаз так в глаз. Все равно прямо ему в мозги — или что там у него за них сходит. Ты следующий, Джеймс.

Чарли протянул ему рогатку, и Джеймс нерешительно взял ее, шаря взглядом по земле в поисках камешка. Найдя подходящий, он вложил его в резинку и встал, широко расставив ноги и неуклюже целясь в то же самое дерево, в которое стрелял Чарли.

— Чуть левее, — подсказал тот.

Обращение с оружием не было для Джеймса чем-то естественным. Было ясно, что он уже приготовился промазать — точно так же, как это происходило с ним на спортплощадке. Пока он целился, Чарли тронул его за руку, мягко направляя его.

— Еще чуть-чуть.

А потом уже практически шепотом:

— И чуть выше. Вот так. А теперь — видишь там Гудболда?

Один глаз у Джемса был закрыт, вид сосредоточенный.

— Да.

— Тогда давай.

Джеймс отпустил резинку, но слегка придержал ее в последний момент. Камешек улетел куда-то в кусты, и он опустил рогатку с удрученным выражением на лице.

— Просто нужно потренироваться, — сказал Чарли. — Давай еще разок.

Джеймс вложил в резинку еще один камешек.

— Жаль, что нельзя сделать это с ним в реальной жизни.

— Обязательно сделаем.

На несколько секунд время на поляне воцарилась тишина, не считая размеренных тычков Билли в дерево. Я бросил взгляд на Чарли. Уверенность, что звучала в его голосе, зеркально отображалась у него на лице. Вид у него был совершенно спокойный. И совершено серьезный.

— В каком это смысле? — спросил я. С кем-нибудь другим я принял бы это за пустую похвальбу, но Чарли редко что-нибудь предлагал, не намереваясь это выполнить.

Он посмотрел на меня, после чего размеренно произнес:

— Мы в натуре убьем его.

— Я не… я не думаю, что нам следует это делать.

— Почему нет? Этот мужик — жлоб и бычара. И еще педофил.

— Что-то я сомневаюсь, что он педофил.

— Да ну? — Чарли нахмурился. — А как бы ты назвал человека, который заставляет мальчиков раздеваться перед ним?

Лично я всегда считал, что Гудболд — это всего лишь взрослая версия Хейга.

— Он просто бычара, — сказал я.

— Нет, хуже.

— Может быть. Но, господи… Даже если и так, это вовсе не означает, что мы можем так вот запросто убить его. — Я помотал головой — весь этот разговор просто не укладывался в голове. — Помимо всего прочего, я не хочу, чтобы кто-то из нас попал в тюрьму.

— Вовсе не обязательно, — сказал Чарли.

— Ну да, как же!

— Потому что это сделает за нас наш друг Красные Руки.

И вновь я мог понять по его голосу и выражению лица, что говорит он абсолютно серьезно. Я обвел взглядом лес, чувствуя себя еще более неуютно, чем всегда. «И что же это тогда за мистер Красные Руки?» Чарли так тогда и не ответил на мой вопрос, но в глубине души никто из нас этого и не требовал. Явно имелся в виду призрак, который, как он уверял, обитает в этом лесу и которого он также вызывал в мир своих снов. И по какой-то странной причине казалось, что как раз многозначительное умалчивание данного факта и делает всю эту историю более правдоподобной. Когда люди думают, что сами обо всем догадались, то более склонны держать это за правду. Единственное, чего я тогда не понимал, — так это зачем это ему вообще понадобилось.

Теперь я смотрел на Джеймса и Билли. Похоже, слова Чарли не вызвали у обоих абсолютно никакого недоумения.

В голову пришла все та же мысль:

«Я больше не знаю этих людей».

— Но он же ненастоящий, — осторожно произнес я. — Это всего лишь сон.

— Ты так говоришь, потому что просто не видел его.

— Нет, я так говорю, потому что просто быть такого не может.

— Джеймс?

Мы оба повернулись к Джеймсу, который с неловким видом уставился в почерневшую землю.

— Так что? — спросил я.

Джеймс все медлил.

— Я видел его, — наконец произнес он. — Видел вместе с Чарли.

— Да что ты там мог видеть?

— Видел — прямо на этой неделе. Мне снилось, что я здесь, в лесу, и они оба тоже тут были. Красные Руки — в точности такой, как описывал Чарли. Он был в этой старой армейской куртке, совершенно разлохмаченной на плечах: словно у него когда-то были крылья, которые потом у него оторвали.

— И мне снилось то же самое, — вмешался Чарли. — Разве не так?

Джеймс кивнул. А потом с надеждой посмотрел на меня.

— Волосы у него были спутанные и нестриженные, Пол. А руки — ярко-красные. Но лица я не разглядел. Оно было сплошь темное. Просто как дыра.

Убежденность у него на лице испугала меня. Я отвернулся. Пространства между деревьями вокруг нас теперь казались зловещими — словно что-то прислушивалось к нам оттуда, притягиваемое тем тихим безумием, что разворачивалось сейчас на поляне.

— Расскажи ему остальное, — велел Чарли.

— Помнишь ведь то утро? — Джеймс сделал шажок в мою сторону. — Тот ночной стук в дверь?

«О боже!»

Лицо его горело неподдельной страстью. Было ясно, что он искренне верил в то, что собирался поведать, и отчаянно желал, чтобы я тоже в это поверил. Что он хотел поделиться этим со мной — взять меня с собой в то путешествие, в которое пустился сам.

— Да, — ответил я. — Помню.

— И отметины на двери тем утром?

«Кровь».

— Да.

— Чарли показывал мне свой дневник сновидений. Свою запись за ту ночь. Это был он. Он сделал это во сне.

— Нет, — уточнил Чарли, протягивая руку. — Не я.

Без лишних слов Джеймс передал ему рогатку.

— Это *он* стучал тогда в дверь, — продолжал Чарли. — Громко и сильно. Помню, что тот сон казался даже еще более реальным, чем обычно, словно мы оба действительно стояли там. Я поднял взгляд и увидел, как наверху зажегся свет.

— И *именно так* все и было! — Теперь Джеймс практически не обращал на меня внимания. — Моя мать спустилась вниз, но никого там не увидела. Помнишь ведь?

Прежде чем я успел ответить, Чарли помотал головой.

— Это оказалось для меня чересчур, — сказал он. — Чересчур уж реально. Прямо перед тем, как дверь открылась, я проснулся. Как будто меня просто выкинуло из этого сна.

Я прикрыл глаза, припомнив, как Айлин яростно оттирала дверь тем утром — смывая кровь, будто та и в самом деле на ней осталась. И сразу понял, как это произошло, пусть даже рациональное объяснение было почти столь же невероятным, как и то, что Джеймс, похоже, был готов принять. Просто Чарли ночью потихоньку пробрался туда и все это обстряпал. А потом сделал запись в своем дневнике, чтобы убедить Джеймса.

Намеренно и расчетливо.

Это же было так очевидно!

Но, опять открыв глаза, я увидел, что Джеймс верит — по крайней мере, верит достаточно, чтобы с готовностью идти у Чарли на поводу. От выражения его лица мне стало тошно. Но что я в тот момент мог сказать? Я вдруг осознал, что остался совсем один, а в радиусе как минимум пары миль вокруг нас — ни единой живой души. Рядом лишь Чарли, стоящий с взведенной рогаткой. Билли, который отвернулся от дерева и теперь наблюдал за мной, с ножом в руке. И Джеймс — невинная пешка в какой-то игре, которую я все еще не понимал.

«Теперь тебе надо вести себя поосторожнее, — сказал я себе. — Как можно более осторожно».

— Ладно, — медленно произнес я. — Красные Руки должен ожить и убить для нас Гудболда. И как это выйдет?

— Для этого понадобятся все четверо из нас, — объявил Чарли. — Все вместе, с его помощью, мы обретем достаточно силы, чтобы оказать воздействие на реальность.

— Ну пожалуйста, Пол, — тихо произнес Джеймс.

«Ты спятил, — подумал я. — Вы все спятили».

Вот только я не был до конца уверен, что это так. Чарли, похоже, значительно лучше контролировал ситуацию для подобного объяснения. Настоящий вопрос заключался в том, чего он хочет достичь. Поскольку, пусть даже до сих пор ему удавалось убедить Джеймса, этот его эксперимент явно уже не мог продвинуться хоть сколько-то дальше. Пробраться ночью в наш поселок и молотить в дверь Джеймса — это одно, но я сомневался, что даже у Чарли хватит духу убить Гудболда.

«Главное сейчас — поскорей свалить из этого леса, Пол».

Осознание этого заставило меня поежиться.

— Ладно, — сказал я. — И как мы это сделаем?

Чарли пнул лежащий на земле вещмешок и улыбнулся мне.

— Инкубация, — многозначительно произнес он.

18

В ту ночь я сидел за письменным столом в своей комнате, окруженный со всех сторон темнотой и молчанием спящего дома, и держал в руках то, что Чарли дал мне днем в лесу.

Куклу.

Самодельную, дюймов шести в длину. Основой ее послужила старая деревянная прищепка, которой Чарли придал более или менее человеческие очертания при помощи старых тряпочек, обрывков шпагата, толстых слоев высохшей краски и мазков клея. Волосы на том, что сходило тут за голову, были темные и спутанные, а лицо, которое они окружали, сплошь закрашено черным. Тело куклы было обернуто во что-то вроде камуфляжной ткани, из которой торчало некое подобие рук, выгнутых из пушистой синельной проволоки. К концам их Чарли приделал по пять отрезков красной тесьмы — пальцы, заключил я, но они были такие длинные, что, когда я держал куклу вертикально, они свисали до самых ее ног.

Я повертел куклу в руках. Она была просто физически отвратительна. Было в ней что-то грязное и вызывающее зуд, словно у игрушки, долго пролежавшей под диваном или в том углу комнаты, в котором никогда не подметали.

«Инкубация».

Почему я просто не выбросил ее? Там, в лесу, у меня просто не было выбора. Чарли сделал четыре таких куклы, и остальные три были столь же замысловаты и тщательно изготовлены, что и моя. Сколь бы отталкивающе они ни выглядели, было ясно, что Чарли очень старался, и Билли с Джеймсом приняли свои с благодарностью. Показалось, что отказываться от предложенной мне будет опасно. Так что вместе с остальными я стал слушать, что говорит нам Чарли, и делал вид, что со всем соглашаюсь, постоянно повторяя себе, что избавлюсь от этой дряни, как только окажусь в полной безопасности.

И все же вот она, по-прежнему у меня в руках.

Я уставился на черное отсутствие лица.

Вручив нам куклы, Чарли объяснил, что от нас требуется. Идея заключалась в том, что если мы будем держать кукол при себе и сосредоточимся на них перед тем, как отправиться спать, это поможет олицетворяемой ими фигуре найти нас ночью. Заснув и обретя контроль над своими сновидениями, нам следует переместиться в комнату «С5-б» и собраться там, и тогда Чарли покажет нам, что делать.

Полная дурь, конечно же. Сейчас я не более верил в то, что нечто подобное может произойти, чем тогда в лесу, и осознал, что вписался во всю эту фигню исключительно из-за Джеймса. Повернуться спиной к Чарли означало бы потерять своего лучшего друга. Вдобавок я боялся, что если оставлю Джеймса без присмотра, то подвергну его какой-то опасности.

Так что пришлось подыгрывать.

До какой степени мог Чарли утратить связь с реальностью? Никакого мира совместных сновидений просто не существует! Наши сны никоим образом не могут оказать какого-либо ощутимого влияния на реальный мир. И никаких Красных Рук тоже не бывает.

Из чего следовало, что ничего такого и не произойдет.

И что завтра все благополучно завершится.

Но даже в этом случае существовал предел, до которого я был готов дойти. Чарли велел всем положить куклу под подушку перед тем, как лечь спать, но об этом было противно даже подумать. В итоге я засунул ее в ящик письменного стола. Уже в кровати выключил свет и полежал какое-то время, а когда вообразил остальных в их собственных постелях, то даже немного испугался оттого, как легко пришли ко мне их визуальные образы. Пережитое днем, видать, дурно на меня повлияло. Я перевернулся на бок в темноте, а потом стал повторять мантры, которые давно уже затвердил наизусть.

«Я запомню то, что мне снилось».

«Я проснусь в своем сне».

Ничего с Гудболдом не случится. А Джеймс скоро раскусит Чарли, пробудится от чар, под которыми находится сейчас, и через несколько недель все будет благополучно забыто.

Что еще такого может произойти?

Но я по-прежнему не представлял, на что способен Чарли.

■ ■ ■

«Я сейчас сплю и вижу сон».

Помню знакомый трепет, который пришел с осознанием того, что все, находящееся у тебя перед глазами, тебе только снится.

И помню крайне неуютное чувство, которое почти сразу же испытал.

Поскольку стоял я в самом низу лестницы в цокольном этаже школы, глядя на комнату «С5-б». Дверь напротив меня была закрыта, окошко из армированного стальной сеткой стекла сбоку от нее оставалось мутным и серым. Охватившая меня тревога сделала картинку сновидения размытой по краям и почти разбудила меня, так что я присел на корточки и воспользовался «тактильной техникой», положив руку на холодный каменный пол и кругами потерев ладонью его шершавую поверхность. Это ощущение «заякорило» меня, позволив не проснуться по-настоящему.

Я опять поднялся на ноги.

«Бояться нечего».

Это был сон, а значит, я мог его контролировать и не было нужды переживать. Перед тем как уснуть, я постоянно думал про дневные события, и вполне естественно, что мое подсознание вызвало именно это место.

Но не было никаких причин и дальше торчать здесь. Стоя спиной к лестнице, я сказал себе, что когда повернусь, то увижу наверху дверь, а когда я открою ее, она выведет меня на морской пляж. Это было гораздо проще попыток резко телепортироваться в какое-то другое место и какой-то другой сюжет. В осознанном сновидении ваш мозг может по-прежнему цепляться за знакомые правила относительно того, что выполнимо, а что нет, и эта техника, которую мне уже приходилось использовать, всегда приносила результат.

Я четко представил себе, как эта дверь выглядит, а потом развернулся на месте.

Площадка наверху оставалась серой и мертвой, а еще...

Блям!

Этот звук послышался откуда-то издалека. Словно молотком стукнули по трубе. Дребезжащий звон пометался под сводами полуподвала и потух. Я так и не понял, откуда он донесся, и теперь мне стало еще больше не по себе. Да, я проснулся в своем сновидении, но казалось, что теперь оно за пределами моего контроля — словно кто-то другой каким-то образом оказывал на него влияние, причем был в этом деле гораздо лучше меня.

Блям!

Тот же звук еще раз. На сей раз громче.

Отвернувшись от лестницы, я подошел к двери помещения «С5-6». Окно сбоку от нее оставалось серым, но воздух за ним словно закручивался вихрями, как будто комната была заполнена дымом. И было там еще что-то, как я теперь понял. Некий бледный силуэт, прижавшийся к стеклу.

Это было лицо — или по крайней мере кошмарное его подобие. Оно было вытянуто в узкий сплюснутый с боков овал: глаза словно потекли, превратившись в размытые мазки, нос — лишь две крошечные вертикальные щелки, рот — тонкий черный разрез. Как бы оно ни было искажено, я все равно узнал Джеймса. При виде меня его глаза расширились, а губы, причудливо выгибаясь, зашевелились в какой-то дикой манере, когда он попытался воззвать ко мне через преграду, которую ни один из нас не был в состоянии преодолеть. Казалось, будто он где-то под водой и тонет — его образ беспомощно плавал передо мной по ту сторону стекла.

Блям!

И вдруг гораздо более громкий звук у меня за спиной. Жуткое скрежетание металла о металл. Визг и скрип приржавевших друг к другу деталей, которые сто лет не трогали, но теперь вдруг резко сорвали с места.

Я медленно обернулся.

В тени рядом с лестницей, над дверями старого лифта рос и ширился треугольник тусклого желтоватого света. Взвизгивающее скрежетание металла доносилось как раз оттуда. Сердце забилось так сильно, что это просто не могло не разбудить меня по-настоящему. Но я не проснулся.

Тон скрежета изменился.

«Просыпайся!» — приказал я себе.

Металлические двери стали с содроганием открываться.

Я опять повернулся к стеклу. Джеймс попрежнему висел за ним, теперь отчаянно мотая головой, отчего его ужасающие черты расплылись в один пульсирующий по бокам мазок, словно в замедленной киносъемке — когда он увидел, что именно поднимается откуда-то из самых глубин здания и выступает из лифта у меня за спиной.

«Ну просыпайся же!»

Я закрыл глаза, пытаясь представить себя лежащим в постели и страстно желая опять оказаться в собственной комнате.

«Просыпайся!»

Но когда я вновь открыл глаза, сон вроде как стал даже еще более живым и реалистичным, чем до этого. Комната «С5-б» была по-прежнему прямо здесь, передо мной, и я буквально кожей ощутил, как что-то стоит прямо у меня за спиной — вдоль позвоночника даже пробежал озноб.

«Просыпайся!»

Я почувствовал запах прелых листьев и перевернутой земли, услышал жуткий клокочущий хрип, словно кто-то изо всех сил пытался дышать через перебитое горло.

«Просыпайся, просыпайся, просыпайся!»

А потом откуда-то из-за спины возникла мокрая, красная рука, потянулась к моему лицу; ее вонючие пальцы перекрыли мне нос и рот, крепко захватив их в щепоть. Я попытался вдохнуть. Воздух не шел в легкие. Ощутив удушье, я стал панически вырываться, беспомощно размахивая руками по сторонам.

Теперь я знал, почему не мог проснуться.

Потому что никакой это был не сон.

19

В наши дни

Вернувшись в дом, я запер все двери, а потом прислонился к кухонной стойке, глядя в окно на Сумраки и пытаясь обрести контроль над дыханием.

Помимо мух, мелькающих над забором, все вокруг словно застыло.

Теперь в лесу никого не было.

И все же меня всего трясло.

Помню, как тогда, двадцать пять лет назад, проснулся после ночного кошмара, который мне подарили Чарли и его кукла. Я сделал все возможное, чтобы найти этому жуткому сну какое-то рациональное объяснение. Объективно разложить все по полочкам. Естественно, та комната в цокольном этаже мне только приснилась, и Красные Руки — тоже. После испытанного днем напряжения, когда мне пришлось иметь дело с Чарли с его рогаткой, а также коллективным помешательством своих друзей, было бы странно, если б чего-то такого не произошло.

Теперь я пытался делать то же самое.

Отметины на двери вполне могли быть обыкновенным розыгрышем. И у людей есть полное право шляться по окрестным лесам. Наверное, видел я просто бродягу — человека, который живет там, потому что больше жить ему негде. И нет ничего странного в том, что подобный тип и одет соответственно — в потертую и драную армейскую куртку.

Мне очень хотелось в это верить.

Но, хоть сам и не был готов это признать, прямо сейчас я был всерьез испуган. Я мог сколько угодно твердить себе, что просто не было смысла и дальше преследовать этого человека — мол, лес так густ и непроходим, что я, скорее всего, очень быстро потерял бы его из виду, — но как бы разумно это ни звучало, я понимал, что на тот момент мне было не до подобных холодных расчетов.

Нет, вид его буквально поверг меня в ужас.

И я просто стоял там, застыв на месте, вновь ощутив себя пятнадцатилетним подростком.

Вдруг что-то клацнуло у меня за спиной, отчего я вздрогнул. Но этот звук сразу отозвался эхом невинных детских воспоминаний. Просто захлопнулась крышка щели для писем на передней двери. Обернувшись, я увидел, что доставили утреннюю почту.

Выйдя в прихожую, я собрал разлетевшиеся по полу письма — в основном счета и рекламные проспекты. Вначале отложил их в сторонку к остальным, но тут же передумал. Ничего интересного там явно быть не могло, но все равно в какой-то момент ими предстояло заняться, так что отвлечься на что-то обыденное было бы сейчас только кстати — на что-то такое, что опять накрепко приземлило бы меня в реальном мире. Так что я подобрал всю стопку целиком, отнес в гостиную и уселся там на диван.

Моя мать была человеком решительно старой закалки и все еще получала почти все в бумажном виде. Здесь были стандартные квитанции по коммунальным платежам, которые я вскрыл и без интереса просмотрел, а также банковская выписка, которую я решил пока не трогать. Меню из заведений, работающих на вынос, рекламные листовки местных фирм, предлагающих услуги садовников и водопроводчиков...

А еще телефонный счет.

Вскрыв конверт, я лишь выпучил глаза. Это был обычный ежеквартальный счет за использование стационарного телефона с детализацией звонков, но аж на трех листах. Мой взгляд пробежался по длинному списку номеров, на которые звонила моя мать — почти все вызовы здесь были исходящими, — а потом переместился на следующий лист и наконец на последний.

Где-то среди строчек с датами двухмесячной давности я отыскал и свой собственный мобильный номер. Казалось, это было в какие-то незапамятные времена. О чем мы с ней тогда говорили? Я осознал, что не могу припомнить. Да наверняка, как всегда, ни о чем — это был обычный коротенький разговор, который я, несомненно, поспешил поскорее завершить, даже об этом не задумываясь. Мать всегда звонила мне сама, и, похоже, в промежутках между этими нечастыми созвóнками я никогда не испытывал нужду связаться с нею сам.

При этой мысли накатила волна грусти.

«Мне все равно, если ты даже вообще ни разу не подумаешь обо мне».

«Главное, что это я буду о тебе думать».

Поскольку так ведь родители всегда и поступают, верно? Они хотят оградить своих детей от всех возможных неприятностей. Желают им как можно лучшей жизни. И ничего не ожидают взамен. Но, судя по количеству приведенных здесь исходящих вызовов, моя мать испытывала острую нужду поговорить с кем-нибудь, и теперь меня охватило чувство вины за то, что этим кем-то был не я. Что я не вспоминал о ней чаще.

С кем же она общалась?

Я опять вытащил наверх первый лист. В списке значились несколько звонков на номер, в котором я опознал телефон Салли, но остальные мне ни о чем не говорили. Хотя один из них сразу выделялся даже среди столь обширного перечня. Это был какой-то мобильный номер, и хотя моя мать и не названивала по нему каждый день, вызывался он более чем часто. Разговоры были совершенно разной продолжительности и имели место в разное время суток, часто посреди ночи. Я совершенно не представлял, кто это мог быть, хотя чего удивляться-то? Увы, о жизни своей матери я давно уже не имел ни малейшего представления.

Наверное, было еще не поздно это исправить.

Вытащив свой собственный мобильник, я набрал этот номер. Гудки шли чуть ли не целую вечность, прежде чем переключиться на безликий механический голос автоответчика, предложивший мне оставить голосовое сообщение. Я не стал этого делать. Просто сбросил звонок и попробовал через минуту набрать тот же номер — может, у того, кому он принадлежал, просто не было в тот момент возможности ответить...

На сей раз вообще никаких гудков — сразу последовало уведомление, что аппарат вызываемого абонента выключен или находится вне зоны действия сети.

Нажав на «отбой», я хмуро уставился на мобильник. Тот, кто находился на другом конце линии, решил, что не хочет отвечать, и просто выключил телефон. Вряд ли ситуацию можно было трактовать как-то по-другому, хотя я совершенно не представлял, какие из этого сделать выводы.

Я немного посидел в растерянности.

И тут мой мобильник вдруг зазвонил — внезапный удар звука и вибрации у меня в руке. Я глянул на экран, ожидая увидеть там тот самый номер, но звонила Салли.

— Алло?

— Это насчет вашей матери, — сказала она мне. — Она проснулась. И спрашивает вас.

■ ■ ■

Всю дорогу до хосписа я гнал как сумасшедший. В том, что сообщила мне Салли, вроде не было никакой срочности — ничего не подсказывало, что мне нужно поскорей добраться туда, пока еще не слишком поздно, — но все равно. Мать проснулась и первым делом спросила меня, а я был достаточно хорошо знаком с фазами ее сна, чтобы упустить это открывшееся наконец «окошко». После долгих лет, отмеченных в основном молчанием между нами, казалось, что надо так о многом ее расспросить.

Поставив машину, я выбрался из нее и нашел Салли, которая уже ожидала меня за приемной стойкой. Я зарегистрировался, и мы быстро двинулись к лестнице.

— Она все еще не спит? — спросил я.

— Еще минуту назад не спала.

— О чем она хотела со мной поговорить?

— Не знаю. — Салли сочувственно посмотрела на меня. — Но я бы на вашем месте особо не обнадеживалась. Да, ваша мама спрашивала именно вас, но мне все равно кажется, что она немного витает в облаках.

Когда мы дошли до комнаты, Салли осталась ждать в коридоре. Я медленно толкнул дверь и увидел свою мать, лежащую на кровати. Она казалась еще меньше и слабее, чем вчера, — ее тело чахло теперь с каждым часом, — но глаза были открыты. Мать посмотрела на меня, когда я осторожно прикрыл дверь, и потом провожала взглядом по комнате, пока я шел к стулу возле кровати.

— Привет, ма.

— Здравствуй, Пол.

— Салли сказала, что ты хочешь мне что-то сказать?

Она нахмурилась.

— Какая еще Салли?

«Женщина, которая ухаживает за тобой уже несколько месяцев», — подумал я.

— Ладно, неважно, — сказал я.

— Это твоя подружка?

— Ни в коем случае.

— Та, с которой ты так и не разрешаешь мне познакомиться?

Она улыбнулась и посмотрела в потолок. Я промолчал. Явно имелась в виду Дженни — вот где и когда мать была прямо сейчас.

— Тебе придется попросить у отца.

Отца, которого вот уже шесть лет нет в живых. Даже при его жизни я терпеть не мог хоть что-то у него просить и секунду не мог сообразить, что мать имеет в виду.

Посмотрев на меня, она ободряюще улыбнулась, желая, чтобы я понял.

— Попросить *конверты*, Пол. Сам знаешь, у него всегда есть запас. Тебе ведь нужно две штуки, так? И марки, естественно.

Тут я окончательно понял, где сейчас мать. Это было в тот день, когда я показал ей журнал, который дала мне Дженни — с объявлением о конкурсе на лучший короткий рассказ на задней обложке. Участие было бесплатным, но это не означало, что у меня было все, что для этого требовалось. Конверты и марки. До сих пор помню, как у меня противно закрутило в животе от перспективы обращаться за помощью к отцу, и хорошо помню пренебрежительное выражение у него на лице, когда я все-таки так поступил и он потребовал у меня объяснений, для чего мне все это понадобилось.

— Хотя вряд ли они завернут твой рассказ, — пробормотала мать, обращаясь больше к самой себе. — Должны же там понимать, что хорошо, а что плохо!

— Не думаю, что он был так уж хорош, ма.

— Не говори ерунды! Знаешь, я как-то потихоньку пробралась в твою комнату и прочла его, пока ты был в школе. Тот, что про человека, который бродит по улицам, на которых вырос. Помоему, просто блестяще.

Тут мать нахмурилась, все так же не глядя на меня.

— Ну да, я знаю, что мне не следовало этого делать… Но ты никогда ничего мне не показывал, Пол. Прости.

Я сглотнул. В то время я оскорбился бы до глубины души, если б узнал, что она так поступила, но теперь все это казалось таким далеким, что едва ли имело какое-то значение.

— Все нормально, ма.

Она опять перевела взгляд на потолок и прикрыла глаза. Я выжидал, не особо представляя, что бы еще сказать или сделать. Я примчался сюда, поскольку моя мать проснулась и у нее вроде было о чем мне поведать. Может, это глупо, но после того, что сегодня произошло в доме, я вообразил, что тут может быть какая-то связь — с тем стуком в дверь, с человеком, которого я видел в лесу...

Но нет — похоже, это было и все.

— Мам, помнишь, как я тебе рассказывал, что поднимался на чердак?

Некоторое время она лежала молча. Потом вздохнула.

— Они все одинаковые.

— Эти... убийства?

— Нет. — Все еще не открывая глаз, мать улыбнулась, словно тихо чему-то радовалась. — Они все одинаковые. Вот почему он его никогда не найдет.

— Кто? И чего он не найдет?

Но она лишь покачала головой. Казалось, что кем бы этот «он» ни был и что бы она от него ни прятала, мать была решительно настроена держать это в тайне и от меня. Ну что ж, потом можно будет еще разок порыться в газетах... Я заставил себя подавить раздражение, которое ощутил при этой мысли, и попробовал зайти с другой стороны.

— А ты... ты не видела кого-нибудь в лесу?

И вновь ответила она не сразу. Но улыбка исчезла, а потом, через несколько секунд, ее глаза вдруг раскрылись и мать встревоженно посмотрела на меня.

— Он в лесу, Пол!

— Все нормально, ма.

— Он в лесу! Он там *прямо сейчас*!

Протянув руку, я осторожно подоткнул ей под ноги край одеяла, свесившийся с кровати. Вряд ли это могло успокоить ее, но через секунду она вроде и впрямь немного расслабилась.

— Кто в лесу, ма?

— Не хочу даже произносить имя этого ужасного мальчишки! — Она опять покачала головой и прикрыла глаза. — Только не после того, что он сделал. Не после всего того горя, которое он принес за все эти годы.

Я замялся.

— Ты видела в лесу Чарли?

Мать с отсутствующим видом кивнула.

— Мельком среди деревьев.

Этот образ встревожил меня, и я убрал руку с кровати. Итак, теперь моя мать видела призраков. Но я тут же сказал себе, что она наверняка уже видела их долгие месяцы.

И это вовсе не означало, что они реальны.

— О! — вдруг оживилась она. — Вспомнила!

— Вспомнила что?

— Что хотела тебе сказать.

Ее глаза оставались закрытыми, и голос теперь звучал еле слышно. Мать задремывала. «Окно» закрывалось, и я не знал, сколько их еще может быть впереди.

Я опять наклонился ближе.

— И что же?

— Я так горжусь тобой!

Мать слабо улыбнулась. Опять проваливаясь в забытье, ее разум перескакивал туда-сюда во времени, и я понял, где она на сей раз. Стоит на железнодорожной платформе со своим сыном, ожидая его отъезда и зная, что он не вернется. Выталкивая его в большой внешний мир и не думая о самой себе.

Несколько секунд молчания.

— Спасибо тебе, — тихонько проговорил я.

— Думаю, что ты станешь писателем…

И пусть даже в этот момент ее голос был едва слышен, мать произнесла это с такой убежденностью, что поначалу я просто не сумел ничего ответить. Просто сидел там, наблюдая, как с каждым ее вдохом почти незаметно поднимается и опадает одеяло. А потом, далеко не сразу, нашел нужные слова.

— Я люблю тебя, — произнес я.

Но в этот момент моя мать уже опять спала.

Я тихонько поцеловал ее в лоб, а после посидел рядом с ней еще немного.

■ ■ ■

«Я так горжусь тобой!»

Двигаясь к выходу, я постоянно думал об этих ее словах. Вроде они должны были хоть немного облегчить душу, но я знал, что на самом-то деле обращалась она не ко мне — или по крайней мере не ко мне сегодняшнему. В моей нынешней жизни не было абсолютно ничего, чем стоило бы гордиться, а если некогда что-то и стоило упоминания, то было с тех пор впустую растрачено. И хотя моя мать радовалась тому, что я сумел избавиться от Гриттена и всего, что произошло здесь, на самом деле я так этого и не сделал. По большому-то счету. Их мрачная тень по-прежнему падала на меня.

«Ты станешь писателем».

Какая грустная шутка… Что-то во мне лишь втайне радовалось тому, что разум матери укрылся в том месте и времени, где она по-прежнему могла верить, будто я чего-то стою.

Толкнув двери хосписа, я сразу прищурился, едва только шагнул на яркое дневное солнце. Двинулся на стоянку по хрустящему под ногами гравию, и из-за света, жары и бурливших во мне эмоций, лишь подойдя к машине, осознал, что рядом с ней стоит еще один автомобиль и что к нему прислонилась какая-то женщина, сложив руки на груди и наблюдая за мной.

Выглядела она лет на тридцать восемь, с длинными каштановыми волосами, завязанными в хвост на затылке. Одета незнакомка была не по погоде — в темные джинсы и длинную черную куртку — хотя, судя по выражению ее лица, жара сейчас волновала ее меньше всего.

Она отлепилась от своей машины.

— Пол Адамс?

— Да.

Женщина кивнула сама себе, словно я был лишь очередным разочарованием в длинной цепи прочих.

— Детектив Аманда Бек, — представилась она. — Тут есть поблизости какой-нибудь бар, Пол? Я вас не знаю, но мне реально нужно выпить.

20

Ехать оказалось недалеко.

Всего через пару минут после того, как они оказались за территорией больницы, Пол включил поворотник и свернул на площадку автостоянки. Аманда въехала следом и припарковалась позади его машины, а потом двинулась за ним к бару, расположенному по соседству. Учитывая общее состояние Гриттена, она опасалась, что это будет какая-нибудь дыра, но паб оказался вполне приличным: темное дерево и надраенная медь, а обилие телевизионных экранов наводило на мысли, что ближе к вечеру здесь будет оживленно — не то, что сейчас. Но, естественно, на данный момент важнее всего было то, что здесь имелась барная стойка с батареей бутылок за ней.

«Мне реально нужно выпить».

Аманда понимала, что произносила эту фразу множество раз — даже, по зрелом размышлении, после сравнительно спокойного дня на работе. Сегодня же это была чистая правда. Едва не случившееся столкновение с убийцей в доме Билли Робертса привело в действие обычный для таких случаев механизм «бей или беги», и после появления полиции и медиков адреналин в ее взбаламученном организме стал понемногу выпадать в осадок. Адреналин — это отрава: если ты его не переработаешь, он начнет перерабатывать тебя. Вводя в курс дела старшего опергруппы — детектива, которого звали Грэм Двайер, она только поеживалась, и даже сейчас у нее по-прежнему тряслись руки.

Барменша без лишних слов придвинула Полу бутылку пива. Прикинув, что можно взять, не превысив дозволенный законом лимит содержания алкоголя в крови — все-таки за рулем, — Аманда заказала себе водку с колой и стопочку чистой, которую без лишних слов опрокинула прямо у стойки. Пол полез было за бумажником, но она лишь отмахнулась — в горле у нее горело.

— Не заморачивайтесь.

— Спасибо.

Расплатившись, Аманда огляделась по сторонам, а потом отвела его к столику в стороне, как можно дальше от горстки остальных посетителей. Как только они уселись, она едва устояла перед побуждением заглотить залпом и водку с колой. Лишь пригубила, прикрыв глаза и перекатывая приторную горьковатую жидкость во рту.

— Вы насчет утреннего происшествия? — спросил Пол.

Не спеша проглотив, Аманда открыла глаза.

— Какого еще происшествия?

— С этими отметинами на двери дома моей матери, — объяснил Пол. — Приезжал патрульный. Холдер, по-моему, его звали. Он все зафотал, но вроде это его особо не заинтересовало.

Определенно в отличие от Аманды, судя по ее виду.

— Какими еще отметинами?

— Кто-то ночью стучал в дверь и оставил отпечатки кулаков на двери. Ваш коллега сказал, что это наверняка просто розыгрыш.

— Довольно странный розыгрыш.

— Угу, я тоже так думаю.

Пол секунду смотрел на нее, словно прикидывая, стоит ли вдаваться в дальнейшие подробности. Потом покачал головой.

— Но вы ведь здесь не из-за этого.

— Совершенно верно. — Аманда продемонстрировала ему свое удостоверение. — Я не из отдела полиции Гриттена. Я из места, которое называется Фезербэнк.

Она внимательно наблюдала за его реакцией на сказанное. Если за аккаунтом «ЧК666» скрывался Пол Адамс, то название городка явно должно быть ему знакомо. Но на его лице не промелькнуло и тени узнавания.

Аманда убрала удостоверение.

— Я здесь из-за преступления, совершенного там в недавние выходные. Убийства. Два подростка убили своего одноклассника.

А вот это уже вызвало видимую реакцию. Пол прикрыл глаза и принялся потирать лоб кончиками пальцев. Она по-прежнему не сводила с него глаз. Сейчас ему, наверное, лет сорок или около того, прикинула Аманда, но с такой симпатичной физиономией в других обстоятельствах он явно выглядел бы значительно моложе. Однако прямо сейчас вид у него был настолько пришибленный, что все эти годы явственно читались у него на лице. И, похоже, она только что прибавила к ним еще несколько.

— Что, опять? — проговорил он.

— Почему опять?

— В прошлые годы было еще два. По меньшей мере.

«Блин!» Аманда вытащила телефон.

— У вас есть имена?

Она вбила сведения, которые он сообщил, в приложение для заметок. Надо будет потом взглянуть на все это поподробней. Нет ли и там какой-либо связи с ЧК666?

— Не знала про них, — призналась Аманда.

— Я сам только вчера узнал. До этого и понятия не имел. Я всегда считал, что все это… что все это давно забыто.

— Только не в интернете.

Пол поднял брови.

— Ну да, я видел. Не понимаю, по какой причине.

— Ну, знаете… — Аманда пожала плечами, а потом как можно небрежнее бросила: — Люди всегда интересуются нераскрытым и непознанным.

Он покачал головой.

— Но то преступление не было *нераскрытым*.

— Да, верно. — Если он когда-либо и слышал про этот форум, то был отличным актером. Немного поколебавшись, она раскрыла карты: — Вообще-то это название веб-сайта. «Нераскрытое и непознанное». Слыхали когда-нибудь про него?

— Нет.

— Я до недавних пор тоже. Дело в том, что те ребята в Фезербэнке оба были его участниками. Совсем помешались на деле Чарли Крабтри. И есть там еще один пользователь, который, похоже, их подстрекал. Этот человек очень много чего знает про то, что случилось здесь, в Гриттене.

— Угу, вообще-то я заметил, что это тут чуть ли не каждого касается.

— Но этот неизвестный намекал, что он и есть Чарли.

Это произвело магический эффект. На миг Пол застыл всем телом. А потом на лице у него появилось недоверчивое выражение и некая смесь отвращения, растерянности и тоски. Ну да, нельзя быть настолько уж хорошим актером, решила Аманда. Что бы еще ни представлял из себя Пол Адамс и какие бы беды ни происходили в его жизни, теперь она точно знала, что к аккаунту «ЧК666» он не имел абсолютно никакого отношения.

Что ее почти разочаровало.

— Но зачем кому-то изображать из себя Чарли? — удивленно спросил он.

— Не знаю. — Аманда замешкалась. — В смысле, вы считаете, что это и в самом деле он?

— Нет. Чарли давно нет в живых.

Но ответил он чересчур уж быстро, и прозвучало это неким магическим заклинанием: как будто от частого повторения эти слова должны были в конце концов соответствовать истине.

— Откуда такая уверенность? — спросила она. — Насколько я могу судить, тогда полиция тщательно обыскала этот лес, практически целиком.

Пол некоторое время обдумывал ее слова.

— Я это помню, — произнес он наконец. — Помню, как слышал лай собак за окном своей комнаты. Как то и дело видел полицейских на краю леса.

Но дело в том, что в интернете это подается так, будто Чарли просто исчез без следа. Хотя чего-чего, а уж следов-то осталось более чем достаточно. В этом-то все и дело.

— В смысле?

— И Чарли, и вся наша компашка настолько часто бывали в этом лесу, что наши следы там были буквально повсюду. Собаки могли найти какой-то его след, который привел бы их к другому, и дело кончилось бы тем, что они стали ходить кругами. В буквальном смысле слова гоняясь за собственными хвостами. Так что да, поиски велись очень тщательно, но если вы только там сами не бывали, то просто не представляете, насколько велик этот лес. Как легко там затеряться.

Все это могло быть и так, но Аманда все еще испытывала сомнения на этот счет. Пол не был настолько уверен в своих словах, насколько делал вид. Даже перед лицом совершенно непреложных фактов, практически исключающих какое-то альтернативное их толкование, что-то в нем попрежнему гадало, так это или не так. И было хорошо заметно, что это пугает его.

— А вы знали, что Билли Робертс жил в Гриттене? — спросила она.

— Нет. — Он заморгал. — Ни фига себе! И понятия не имел.

— Он жил в старом доме своих родителей.

— Я даже не знал, что его выпустили.

— В самом деле? — Опять правда, поняла Аманда, хотя ответ ее несколько удивил. — С учетом того, что произошло, я бы подумала, что вы следили за делом все эти годы.

— Отнюдь. Я изо всех сил старался вообще о нем не думать. После того, как я уехал отсюда, мне хотелось обо всем этом прочно забыть. Делать вид, будто ничего и не случилось.

«Господи, — подумала Аманда, — да просто у всех есть эта чертова коробка в голове, чтобы прятать такие вещи!» В отличие от нее, естественно. Ей не требовалось прямо сейчас закрывать глаза, чтобы припомнить, как выглядел Билли Робертс на пропитанном кровью диване. Этот образ продолжал давить на нее, мерцая где-то на самом краю сознания — затолкать его куда-то поглубже так и не удавалось. А там жди и кошмарных снов на эту тему.

— Именно *жил*? — вдруг спросил Пол.

— Простите?

— Вы сказали, что Билли *жил* там — в прошедшем времени.

Оказывается, он следил за ее словами куда более внимательно, чем она предполагала. Аманда подхватила свой стакан и отпила еще водки с колой, размышляя, сколько ему можно сообщить. Вряд ли эта новость успела так быстро распространиться.

— Сегодня его обнаружили мертвым, — наконец произнесла она.

«Это я обнаружила его мертвым».

— Каким образом?

— Не хочу прямо сейчас вдаваться в подробности. Я просто хочу подчеркнуть следующее: официально я в расследовании этого дела не участвую. У полиции Гриттена уже есть несколько подозреваемых, с которыми они хотят пообщаться. Я приезжала к нему совсем по другому вопросу.

Пол поразмыслил над ее словами.

— Вы думаете, что он и стоял за этими постами в интернете?

Да, в проницательности ему не откажешь.

— Не знаю. Это лишь одно из направлений следствия. А вы думаете, что он был способен на что-то подобное?

— Билли-то? Я ничего про него не знаю.

Настоящее время. Пусть даже Полу только что сообщили, что Робертс мертв, эта информация еще не настолько осела у него в голове, чтобы скорректировать его речь. Аманда уже обрела уверенность, что Пол не имел никакого отношения к аккаунту «ЧК666». И вот теперь убедилась, что он никак не замешан в убийстве Билли Робертса.

Тогда кто?

«По совершенно другому вопросу», — сказала она только что Полу, и, в принципе, это вполне соответствовало действительности. Никакого отношения к расследованию убийства Робертса она не имела, пусть даже первой оказалась на месте преступления — лишь дала подробные показания, а после пообщалась с детективом Грэмом Двайером. У Двайера уже был целый список людей, которых он хотел вызвать для предварительного допроса. Билли Робертс входил в местный кружок пребывающих на грани бездомности алкашей с его абсолютно непредсказуемыми отношениями, где подавленный гнев и взаимная неприязнь регулярно вырывались наружу, а братание в ходе совместного распития бутылки могло в любой момент смениться внезапно вспыхнувшей ссорой и мордобоем. В ожидании результатов криминалистической экспертизы было вполне естественно сосредоточить внимание именно на такой «бытовой» версии, и Аманда считала: все шансы за то, что Двайер окажется прав.

Но она никак не могла избавиться от ощущения, которое испытала тогда на крыльце дома Робертса — когда казалось, будто кто-то стоит с другой стороны хлипкой ободранной двери и внимательно смотрит на нее в глазок. Если и в самом деле было так, то это наводило на мысли, что убийца гораздо лучше контролировал ситуацию, чем это предусматривали рабочие версии следствия. Аманде становилось крайне неуютно при мысли, что тот, кто натворил те ужасные вещи, которые она видела в доме, действовал столь хладнокровно и собранно.

Ведь что за чудовищем надо для этого быть?

Пол беспомощно смотрел куда-то в пространство, явно перегруженный информацией, которой она только что с ним поделилась.

— Простите, что пробудила плохие воспоминания, — сказала Аманда.

Он покачал головой.

— Можете мне поверить — их успели пробудить и без вас.

— Ваша мать... нездорова?

— Она умирает.

— Ну, я просто попыталась выразиться поделикатней.

— Вообще-то не было нужды.

Аманда кивнула, припомнив, каково это было, когда умирал ее отец. Бесконечные посещения, больничный запах, то, как он словно уменьшался с каждым днем, все меньше походя на того человека, который наполнял ее воспоминания. В детстве и юности она и помыслить не могла, что нечто подобное когда-нибудь произойдет. Но все хорошее рано или поздно кончается. Вот кто-то рядом с тобой, во всей своей красе и воспринимаемый как должное, — а вот уже нет.

— Ну что ж, крайне сочувствую, — произнесла Аманда. — Вам, должно быть, сейчас очень тяжело.

— Думаю, что ей гораздо тяжелее.

Пол подхватил свое пиво и залпом отпил половину бутылки.

Аманда выжидала.

— Я очень давно ее не видел, — продолжал он. — И в этих краях давно не был. Знаете, как это бывает: откладываешь что-то в сторонку, напрочь о нем забываешь, и кажется, что этого уже нет. Но потом сознаешь, что на самом-то деле никуда все это не девалось и все время было с тобой.

— Как коробка, которую все никак не закрыть?

— Вот именно.

— Поверьте — очень хорошо знакомая мне ситуация. Вы остановились в доме своей матери, насколько я понимаю?

Пол кивнул.

— Странно, что вы не предпочли гостиницу, — сказала она.

— Чтением лекций столько не заработаешь.

— И все-таки…

Пол не ответил, и Аманда поймала себя на том, что пытается представить себе, каково это — после всех этих лет вернуться в дом своего детства, в самих стенах которого засела столь гнилая история.

Тем более что, в отличие от Билли Робертса, Пол не был просто вынужден так поступить. Но, глядя на него сейчас, Аманда осознала, как много из той ноши, которую он сейчас тащил на себе, приходилось на чувство вины. Может, несмотря на все его нежелание ворошить прошлое, где-то в глубине души он чувствовал, что без этого не обойтись?

— Не знаю, — медленно произнес он наконец, словно и сам пришел к такому же выводу. — Как это ни тяжело, но, по-моему, это просто мой долг перед матерью. Она присматривала за мной, когда я был маленьким. Защищала меня. Воспитывала. Может, это последнее, что я могу для нее сделать. Хотя, думаю, теперь уже слишком поздно.

— Вовсе необязательно.

Тут зажужжал ее телефон. Бросив взгляд на экран, Аманда обнаружила сообщение от Лайонса, требующего немедленно поставить ее в известность, что, черт возьми, происходит. Уже только по тому, с какой ледяной вежливостью оно было сформулировано, становилось ясно, в каком бешенстве он пребывает оттого, что его держат в потемках. Ладно, подождет. Она прокрутила список сообщений к началу — вдруг пропустила что-нибудь новенькое от Тео, но нет. Загадочный пользователь, скрывающийся за ником «ЧК666», явно пока еще не клюнул. И, естественно, если им был Билли Робертс, то этого никогда уже и не произойдет.

Перед глазами помимо воли вновь возникла та жуткая сцена.

Аманда вытряхнула ее из головы и осушила свой стакан.

— Ладно, — сказала она. — Мне пора.

— Ну что ж, спасибо за пиво.

— Не за что. Теперь, когда я знаю, как бедствуют университетские преподаватели, была только рада хоть чем-то помочь. Я с вами еще свяжусь. Было бы полезно поговорить о том, что здесь тогда произошло — пусть даже если это просто наведет меня на какие-то мысли, в каком направлении искать.

— Не знаю, чем я тут могу особо помочь.

— Я тоже. Но посмотрим. — Аманда встала. — А между тем, не присоветуете ли кого-нибудь в этих краях, с кем мне стоило бы пообщаться?

При этих ее словах Пол посмотрел мимо нее на двери паба.

До сих пор он производил впечатление настолько открытого и искреннего человека, что Аманда не сомневалась ни в едином его слове. Но теперь в его манере вести себя появилось что-то новое. Пол не походил на человека, который роется в памяти в поисках какого-то имени — скорее напоминал того, кто уже держит это имя в голове и пытается решить, произносить его вслух или нет.

— Да нет, — наконец произнес он. — Вряд ли.

21

Въехав в Гриттен-Вуд, бывший наш дом я оставил далеко в стороне.

После съезда с двухполосной автомагистрали далеко впереди открылась сплошная стена Сумраков — темное непроницаемое сгущение пространства у самого основания неба. Дело было к ночи, и я нервничал при мысли, что мне предстоит лечь спать в моей старой комнате после всего, что там сегодня произошло. Со всем тем, что я недавно узнал, бурлящим в голове. В компании одного лишь старого дома, пощелкивающего и поскрипывающего вокруг меня, и леса за ним, полного тьмы и призраков.

Естественно, призраки тут были буквально повсюду.

Остановив машину у совсем другого участка, я выглянул в боковое стекло машины. Сад невероятно зарос, упругие заросли ежевики сгорбились над лужайкой, словно наваленные кучей мотки колючей проволоки. Трава и бурьян у самого дома вымахали так высоко, что дотягивались до грязных черных окон первого этажа. От дома осталась лишь одна пустая оболочка. У меня возникло чувство, будто лес за ним запустил свои пальцы на задний двор и медленно сжимает их, требуя возвращения строения в дикую природу.

Старый дом Джеймса...

Мне смутно припомнились слова матери, что Карл и Айлин съехали отсюда много лет назад. Возможно, предварительно они пытались продать дом, но кто вообще станет покупать жилье в Гриттен-Вуде? Поселок медленно умирал — дома, словно фонари, гасли один за другим, и перегоревшие лампы никто не заменял. Строение, теперь стоящее передо мной, явно пребывало в полном забросе многие годы, и сердце было вырвано из него задолго до этого.

«Билли мертв», — подумал я.

Эти слова несли в себе совершенно четкий смысл, но почему-то не легли на карту окружающего меня мира так, чтобы я мог его до конца ухватить. Казалось, что эта новость должна была оказаться важной для меня — что полагалось бы испытать какие-то чувства. Наверное, следовало только порадоваться. Испытать удовлетворение по поводу того, что после всего, что он натворил, этот поганец наконец получил по заслугам. Это была бы вполне естественная реакция, разве не так? Но каждый раз, когда я рылся внутри себя в поисках хоть какой-то реакции на это известие, то никак не мог ее найти.

Правда заключалась в том, что во всех отношениях, имеющих хоть какое-то значение, все эти двадцать пять лет Билли и так был для меня мертв. Он был всего лишь старой фотографией, которую я уже давным-давно убрал с глаз долой. Тогда, в те времена, я и сам с радостью убил бы его за то, что он сделал, но со временем это желание полностью перегорело. Теперь, задним числом, я хорошо видел, что им всегда было легко манипулировать. У Билли было трудное детство, и, насколько я мог себе представить, его взрослая жизнь тоже была далеко не сахар. Единственной эмоцией, которую сейчас его смерть у меня вызвала, было странное чувство печали — при мысли о том, сколько жизней разрушило то давнее событие и насколько все это было никчемно.

А теперь убили еще одного подростка.

«Чарли давно нет в живых».

Так я сказал Аманде, но эти слова вырвались чисто инстинктивно. Это то, что я годами твердил себе, потому что просто не мог иначе. Я посмотрел мимо дома в сторону леса. Наиболее вероятным объяснением исчезновения Чарли оставалось то, что он сейчас где-то там, в Сумраках, — что после того, что они с Билли сотворили, Чарли проснулся и побрел куда-то в никуда, и сейчас его кости рассыпаются в прах где-то в самой глубокой чаще, растасканные по сторонам проросшей сквозь них травой и надежно укрытые густой растительностью подлеска.

И все же по коже у меня пробежали мурашки.

Пока вечерняя тьма сгущалась вокруг меня, я думал про стук в дверь в ночи, и про фигуры в лесу, и про слова матери, которая якобы мельком видела Чарли где-то среди деревьев.

Про то, как кто-то в интернете притворяется им.

«Вы считаете, что это и в самом деле он?»

Прямо в тот момент мне очень хотелось обрести такую же уверенность, какую я пытался изобразить в пабе, но реальность заключалась в том, что я по-прежнему ощущал Чарли буквально повсюду. Опять заведя мотор и тронувшись с места, я испугался этой мысли. Если он по-прежнему жив, тогда что тут вообще происходит?

«Билли мертв».

Эти слова опять возникли у меня в голове, когда я выруливал на дорогу. И несмотря на то что, по словам Аманды, никакой связи тут не было, а у следствия уже имелся круг подозреваемых, некий сверхъестественный страх по-прежнему рос во мне. Поскольку измазанные кровью ладони вновь прижались к окружающему меня миру, и я не мог избавиться от ощущения, что должно опять произойти нечто столь же ужасное.

Но больше всего не давали покоя те слова матери.

«Тебе нельзя здесь находиться».

■ ■ ■

Остановив машину возле дома, я несколько секунд пытался взять себя в руки. Почти боялся зайти внутрь, а это уже никуда не годилось. Возвращение в Гриттен просто разбередило мне душу — вот и все. И хотя самые тяжелые моменты меня еще лишь ожидали, главное — поскорее их пережить. Разделавшись здесь со всеми своими делами, я смогу вернуться к своей нормальной жизни и опять про все это прочно забыть. И ничего удивительного, что в каждом углу мне мерещились призраки из прошлого. Это вовсе не означало, что они и на самом деле там.

«Прошлое — это прошлое».

И теперь оно ничем не может мне навредить.

Дом был темен и сумрачен. Когда я отпер входную дверь и повернул ручку, на секунду дверь за что-то зацепилась, а затем стала открываться с бóльшим усилием, чем обычно. Что-то застряло в самом ее низу. Я кое-как протиснулся в образовавшийся проем, после чего закрыл ее за собой. То, что мешало двери открыться, теперь отцепилось от нее и валялось на полу.

Я щелкнул выключателем.

И тут же застыл.

«Это еще что?»

Только вот я уже знал, что это такое. Я заставил себя присесть на корточки возле коврика и, пытаясь перебороть отвращение, осторожно прикоснулся к штуковине, которую просунули сквозь щель для почты. Ткань была пыльной и ветхой. Кое-где она отошла, открывая липкие заплаты клея под ней. А когда я повернул куклу в руке и заглянул в ее угольно-черное лицо, длинные «пальцы» из красной тесьмы мазнули по тыльной стороне моей руки.

Какого черта она здесь делает?

Ответ, пришедший в голову, обдал меня холодом, как только я представил себе обширное, темное пространство леса, раскинувшееся сейчас у меня за спиной. Всего одно-единственное слово.

«Инкубация».

22

Помню, что был еще порядком напуган, когда наутро после кошмарного сна с Красными Руками шел по поселку к дому Джеймса. Я понимал, что все привидевшееся мне в нем — обстановка возле лифта в цокольном этаже школы, появление там Красных Рук — это всего лишь сон, который на тот момент мог показаться осознанным, но на самом деле таковым не являлся. Я не был способен дышать только лишь потому, что это был обычный ночной кошмар, и я вообще никак не контролировал происходящее. Но неважно: как бы настойчиво я ни пытался подобрать ему какое-то рациональное объяснение, его ужасный осадок по-прежнему не давал мне покоя. Подспудная мысль, что Чарли каким-то образом все-таки ухитрился столь глубоко пролезть мне в голову, откровенно пугала меня.

Вид у Джеймса был усталый и настороженный. Когда мы вместе направились к автобусной остановке, стало ясно, что приснившееся ему ночью тоже не шло у него из головы. Никто из нас не упоминал об этом, пока автобус не съехал с магистрали.

— Ну и как все прошло? — спросил Джеймс.

— Что прошло?

— Этой ночью. Эксперимент. Что тебе снилось?

Я заставил себя пожать плечами, как будто и говорить тут было не о чем. Однако утром я исправно записал основной сюжет сна в свой дневник, и если собирался в итоге зачитать эту запись на большой перемене, сейчас не было смысла врать.

— Мне снилась наша комната в подвале, — признался я.

— Мне тоже. И что там происходило?

— Да ничего особенного.

— Но ты сказал, что сон был про комнату?

— Ну да.

Я был бы только рад на этом месте и закончить разговор, но Джеймс ожидал от меня продолжения, не желая оставлять эту тему. Сюжет его собственного сна явно его напугал. Так что я вздохнул и вкратце рассказал ему, как стоял перед дверью комнаты «С5-б» и видел, как он плавает за стеклом. Но не стал подчеркивать, насколько страшной была вся эта сцена, и, уж конечно же, и словом не обмолвился о том, что произошло в конце.

— И больше никого там не было, — закончил я. — Честно говоря, я даже не уверен, что это был ты. На редкость дурацкий сон.

Джеймс отвернулся к окну автобуса.

— Ну, а у тебя? — спросил я.

— Даже не хочу рассказывать.

— Почему?

— Потому что это было ужасно. — Он покачал головой. — Я всерьез волнуюсь насчет всего этого, Пол. По-моему, мы могли сделать что-то по-настоящему плохое.

«Какую-нибудь глупость, больше похоже на то». И все же я этого не сказал. Что-то в его тоне не давало мне покоя. Вчера я и на секунду не верил, что Чарли осмелится повторить свой фокус со стуком в дверь и попробует устроить нечто подобное Гудболду. Хотя теперь, утром, уже отнюдь не чувствовал подобной уверенности.

— Все будет хорошо, — заверил я. — Сейчас приедем в школу, и все будет как обычно. Гудболд будет там, поверь мне. И будет таким же гадом, как и всегда.

Джеймс ничего не ответил.

Автобус содрогался и погромыхивал.

— Вот увидишь, — добавил я.

■ ■ ■

Но Гудболда в школе в то утро не оказалось.

После того как мы дотащились до раздевалки, чтобы приготовиться к тренировке по футболу, появился другой учитель физкультуры, мистер Дьюхерст, чтобы проводить нас на поле. При других обстоятельствах оставалось бы только этому порадоваться. Любимчиков у Дьюхерста не было, и даже самых хулиганистых ребят он всегда держал в узде, в результате чего на поле всегда было куда меньше насилия. Но, наверное, впервые после нашего перевода в Гриттен я был бы только рад видеть на его месте Гудболда, и когда по пути на поле увидел, как Чарли улыбается каким-то своим мыслям, это лишь усилило чувство смутной тревоги, не отпускавшее меня с самого утра.

Что-то и впрямь произошло.

«Я всерьез волнуюсь насчет всего этого, Пол».

К началу большой перемены нервы у меня уже буквально гудели. Мы с Джеймсом направились вниз, в комнату «С5-б», — наши шаги гулко отдавались внутри пустой лестничной клетки, и было ясно: то, что давило на Джеймса с самого утра, за последние несколько часов навалилось на него еще большей тяжестью. Когда он толкнул дверь, мне опять захотелось его успокоить. Сказать ему, чтобы не волновался. Что все обязательно будет хорошо.

Вот только я никак не мог подобрать слова.

Чарли и Билли сидели на своих обычных местах, но остальная часть комнаты сегодня казалась гораздо темнее. Мне понадобилась секунда, чтобы понять почему. Ближайшие к двери лампы были выключены, в результате чего оба устроившиеся в самой глубине комнаты были ярко освещены и словно притягивали нас к себе из темноты. Это что, нарочно? Подумалось, что наверняка да. Чарли, как всегда, тщательно обставил сцену предстоящего действа.

Пока мы с Джеймсом пробирались между штабелями парт, я окончательно решил, что с меня хватит — что я больше не позволю Чарли собой манипулировать. Сейчас мы не в полном одиночестве в лесу, где вокруг ни одной живой души — здесь мне ничего не угрожает. Так что я позволил себе выпустить на поверхность некоторую часть того гнева, который изо всех сил пытался подавить вчера. В чем бы ни заключалась конечная цель всего этого эксперимента, его явно было пора прекратить.

— Ну, — произнес я. — И че это, блин, за спектакль?

— Сядь.

Я демонстративно проигнорировал Чарли, — но Джеймс, естественно, поступил как велено. Когда он вытаскивал из сумки свой дневник сновидений, руки его дрожали.

— Итак, что всем нам снилось? — вопросил Чарли.

— Вообще-то я спросил тебя, что за дела.

Он терпеливо улыбнулся.

— Джеймс?

Тот нервно посмотрел на меня.

— Я хочу, чтобы Пол рассказал первым.

Чарли покачал головой.

— Нет.

— Я не хочу рассказывать, что мне снилось.

— Что ж, тогда я это сделаю.

Чарли протянул руку за дневником Джеймса — жестом, полным уверенности в том, что никто не посмеет ему перечить.

— Ты не обязан, — сказал я Джеймсу.

Но Чарли продолжал протягивать руку, и я увидел, как Джеймс послушно повинуется. Да, он не хотел, чтобы его запись зачитывали, но Чарли заимел над ним такую власть, что Джеймс был просто не в силах ему отказать.

Чарли открыл дневник Джеймса.

— «Мне снилось, что я комнате «С5-6», — начал зачитывать он. — Чарли и Билли тоже там были, без Пола. Воздух был какой-то странный и жидкий — как будто плаваешь в воде. Потом я подошел к двери, выглянул в окошко сбоку от нее и увидел, что Пол стоит там, с обратной стороны».

Джеймс стрельнул в меня взглядом и тут же быстро отвернулся.

— «Мне не было его видно как следует, — продолжал Чарли. — Его лицо было искажено, и вроде было похоже, что он присутствует в этом сновидении как-то не полностью. Вид у него был испуганный. Я попытался заговорить с ним, но не думаю, что ему были слышны мои слова. А потом он куда-то пропал».

Теперь Джеймс окончательно уставился в пол, совершенно неспособный встретиться со мной взглядом. Я просто не мог поверить тому, что только что услышал. Его сон почти полностью соответствовал моему собственному, и даже принимая во внимание инкубацию, они никак не могли закончиться столь сходным образом. В голову мне могло прийти только одно объяснение.

Он сделал эту запись в дневнике после разговора со мной в автобусе.

«Я хочу, чтобы Пол рассказал первым».

Поскольку, зачитав ее после моей — когда бы выяснилось, что они практически идентичны, — Джеймс произвел бы впечатление на Чарли и доказал его правоту, пусть даже и знал бы в глубине души, что все это вранье и фантазии.

«Господи», — подумал я.

После всего, что у нас с ним было за прошедшие годы — когда я всегда горой стоял за него и всячески опекал, — теперь Джеймс докатился до того, что был готов использовать меня, только чтобы подтвердить весь этот бред, придуманный Чарли.

— Полная чушь, — сказал я.

Чарли оторвался от чтения.

— Что?

— Я сказал, что это полная чушь.

— Почему? — Он перевел взгляд с меня на дневник и обратно, изображая растерянность. — Это то, что записал Джеймс. Ты вообще о чем?

На миг я был слишком зол — слишком обижен, чтобы ответить. Обвел всю троицу взглядом. Посмотрел на Чарли, ждущего моего ответа. На Билли, сидевшего с совершенно безразличным видом. И на Джеймса, который все еще глядел в пол, явно настолько пристыженный, что я просто не мог подобрать слов.

«Я собираюсь сказать, что мой лучший друг — врун и обманщик».

— Пол? — произнес Чарли.

— Просто дочитай, что там приснилось Джеймсу.

Но вместо этого Чарли положил дневник на стол.

— Ты всегда сомневался в этом, так ведь? — сказал он. — Почему бы тебе не рассказать нам, что *тебе* снилось? Я могу дочитать запись Джеймса после.

Я опустил взгляд на свою сумку, стоящую на полу у меня под ногами, с моим дневником сновидений внутри. Ну как я мог после всего рассказать содержание собственного сна? Пришлось бы либо подтвердить подлинность записи Джеймса, либо попробовать опровергнуть ее, и оба варианта на тот момент представлялись мне совершенно невыносимыми.

— Просто дочитай то, что записал Джеймс, — потребовал я.

— Через минуту, — пообещал Чарли. — Но вообще-то, пожалуй, лучше я сейчас зачту запись из своего собственного дневника — или пусть это сделает Билли. Таким образом мы избежим любых сомнений или подозрений. Давай, Билли.

Они обменялись дневниками.

— «Билли, Джеймс и я находимся в нашей комнате, — начал читать Билли. — Поначалу я не уверен, сознают ли они сон точно так же, как я, но в конце концов решаю, что да. Пола тут нет. Я чувствую, что он где-то поблизости, но по какой-то причине не хочет присоединяться к нам. Я сильно разочарован, поскольку знаю: могут потребоваться все четверо из нас, чтобы успешно осуществить задуманное. Всего лишь втроем придется значительно труднее, особенно если рядом есть кое-кто, кто не верит. Пол изначально не хотел присоединяться к нам...»

Чарли вытянул руку.

— Остановись здесь, Билли. Сейчас я прочитаю начало из твоего.

Я помотал головой.

— Это просто какая-то психопатия!

— «Я и Чарли были в комнате, — начал читать Чарли. — Джеймс тоже был там, но какой-то мерцающий, словно ему не удалось окончательно войти в сновидение, как нам с Чарли, — словно у него постоянно обрывалась связь. Хотя Чарли я видел совершенно четко. Пола нигде поблизости не было. Его вообще там не было».

Чарли остановился и поднял на меня взгляд.

— А что *тебе* снилось, Пол?

Я ничего не ответил, и тишина в воздухе стала звенящей. Через какое-то время Джеймс с умоляющим видом поднял на меня взгляд, отчего мне окончательно стало тошно. В свойственной ему робкой манере он всеми силами пытался вернуть меня обратно в общую обойму. Предоставить мне возможность внести в фантазии Чарли точно такой же вклад, как его собственный.

Я уставился на него в ответ, мое лицо затвердело.

— Мне ничего подобного не снилось, — ровным голосом объявил я. — Меня там не было. И никого из вас я не видел.

— Насколько ты помнишь, — поправил меня Чарли. — Джеймс написал, что он-то тебя видел.

— По-моему, с меня хватит.

— Да. — Чарли откинулся в кресле. — Пожалуй, это и к лучшему. Твое участие препятствует нам троим. Вот почему мы и не смогли должным образом законнектиться — потому что ты не был должным образом предан идее.

— Джеймс? — сказал я.

А потом немного постоял, дожидаясь, не соберется ли тот что-то сказать. Не придет ли наконец в чувство и, может, даже признается в подлоге — развенчает весь этот фарс. Из слов Чарли ясно вытекало, что он намерен изгнать меня из группы прямо сейчас, и моему якобы лучшему другу представился шанс открыто выступить против Чарли и положить всему этому конец.

Уйти отсюда вместе со мной.

Но Джеймс так ничего и не сказал.

— Ты прав. — Я очнулся и подхватил свою сумку. — Ну ладно — покеда, ребятки!

Пошел к двери. И уже подходя к ней, замедлил шаг и обернулся назад. Поскольку пусть даже и знал, что ничего наверняка не могло произойти, оставался тот факт, что Гудболда сегодня не было в школе.

— Так чем все это кончилось? — поинтересовался я.

— Сон развалился на части, — сказал Чарли. — Из-за тебя. Я помню, как Джеймс и Билли стали уплывать от меня, а сон начал тускнеть. Я и Красные Руки добрались до дома Гудболда только вдвоем, но я знал, что у нас двоих не хватит силы, чтобы проникнуть внутрь без посторонней помощи. А все из-за тебя.

Я помотал головой и презрительно фыркнул.

— Так что ничего у вас не вышло.

Чарли улыбнулся.

— Нам удалось убить его собаку, — произнес он.

23

Гудболд появился в школе только на следующий день.

По вполне понятным причинам я поймал себя на том, что постоянно посматриваю на него.

Внешне в нем вроде абсолютно ничего не изменилось — он по-прежнему расхаживал вразвалку, крутя плечами, как и всегда, на шее у него болтался все тот же свисток на шнурке... Но я-то знал, на что обращать внимание, и казалось, что двигается он чуть медленнее и опасливее, чем обычно, — словно человек, оправляющийся после серьезной операции. И я то и дело подлавливал его на том, что он подозрительно оглядывается по сторонам, словно выискивая кого-то.

Я даже точно не знал, действительно ли Чарли убил его собаку. Это не того рода происшествие, о котором станут сообщать в новостях или даже хоть как-то обсуждать в школе. Но Гудболд и впрямь казался мне каким-то пришибленным. Когда я видел его лицо в те моменты, когда с него слетала его обычная самодовольная маска, казалось, что ему и впрямь нанесен некий жестокий урон, и он все никак не может понять, за что же он так поплатился.

В общем, пусть даже никаких подтверждений и не имелось, я все равно знал.

Поскольку видел, что Чарли, Билли и Джеймс тоже втихаря наблюдают за Гудболдом. В тот первый день, когда он вновь появился в школе, помню, как на перемене заметил их троих сидящими бок о бок на скамейке возле школьной стены. И хотя со вчерашнего дня я всеми силами старался избегать их, но оказался в тот момент достаточно близко, чтобы увидеть, как Гудболд проходит мимо в сторону игровой площадки, на которой в тот день дежурил, — а потом что случилось, когда он подошел к их скамейке.

Джеймс уставился в землю. Билли смотрел куда-то вбок. Но Чарли все это время не сводил глаз с приближающегося к ним Гудболда, открыто наблюдая за ним.

Я увидел, как Гудболд бросил на него безразличный взгляд.

Посмотрел еще раз, более пристально.

А потом вдруг остановился как вкопанный.

Потому что Чарли улыбался ему. Это была откровенно ехидная и многозначительная улыбочка — легко отрицаемая, но вполне достаточная, чтобы передать Гудболду такое послание, смысл которого он сразу уловил бы. Ставящая его в известность, что это Чарли сделал ему эту ужасную вещь и что ничего-то Гудболд не может с этим поделать.

Показалось, что этот момент длился целую вечность. Сердце едва не остановилось у меня в груди, когда я подумал, чем все это может кончиться. Подойдет ли Гудболд к Чарли и поинтересуется, чего это тот так на него лыбится? Или, может, даже потеряет контроль над собой и накинется на него?

И все же Гудболд ничего такого не сделал.

Он просто стоял столбом. Но выражение его лица переменилось. Как будто он не мог вполне осмыслить, что перед собой видит, — словно примерно догадывался, с чем имеет дело, но никак не мог понять почему. И за эти несколько секунд я увидел этого человека в совершенно ином свете. Я припомнил те случаи, когда видел Гудболда прогуливающимся со своим псом в Гриттене, и поймал себя на том, что представляю себе всю унылую беспросветность его повседневной жизни, полной одиночества, тоски и разочарования.

Словно наяву вижу, как вчерашним утром он просыпается, спускается вниз, выходит во двор и видит, что у него отобрали. И несмотря на все унижения, которым он несколько месяцев подвергал нас, я почувствовал к нему нечто вроде жалости.

А потом Гудболд отвернулся от Чарли и ушел.

■ ■ ■

Жизнь после этого шла своим чередом.

На протяжении последующих недель было достаточно просто избегать Джеймса. Поселок у нас совсем крошечный, но имелись и маршруты, позволяющие по утрам обходить его дом стороной. Не обращать на него внимания, ожидая автобуса на остановке, тоже оказалось достаточно просто. В поездке до школы Джеймс занимал место на нижнем ярусе, так что всегда выходил из автобуса раньше меня. По пути домой я частенько видел, как он быстро семенит по мосту над автомагистралью, затолкав руки в карманы, ссутулившись и опустив голову, словно пытаясь оторваться от кого-то, преследующего его по пятам.

В школе на переменах, насколько я понимаю, все трое по-прежнему в основном торчали в комнате «С5-б», где у меня больше не было причин появляться. Равно как и в лесу. По выходным я старался держаться подальше от Сумраков. У меня не было абсолютно никакого желания случайно натолкнуться на них в этих диких местах, где они строили свои дурацкие планы, покупаясь на фантазии друг друга и общаясь с монстром из своих сновидений.

Но, конечно, полностью избегать их не получалось. Я видел всех троих на уроках и время от времени на игровой площадке. И хотя всеми силами старался делать вид, будто их там нет, получалось это не лучшим образом, поскольку у меня создавалось впечатление, что уж они-то меня отнюдь не игнорируют — или по крайней мере Чарли. То и дело по затылку вдруг ползли мурашки, и, обернувшись, я видел где-то поблизости всех троих — Чарли всегда посматривал на меня с ехидной улыбочкой и выражением коварного торжества на лице.

«Может, ты и вышел из игры, — словно говорил он. — Но эта игра для тебя еще далеко не закончена».

Каждый раз я отворачивался, удивляясь, почему вообще когда-то был с ним в друзьях. Исключительно из-за Джеймса, конечно же. Но я не видел, чтобы Джеймс хоть раз глянул на меня. Вместо этого он всегда смотрел куда-то в землю, словно не зная, куда себя девать, и помню, казалось, что в компании этих двоих Джеймс чувствует себя все более и более неуютно. Наша маленькая группа с самого начала отличалась властным неравенством, но мое присутствие слегка уравновешивало баланс сил, — теперь же казалось, что без меня Чарли и Билли даже еще больше сблизились, откровенно доминируя над Джеймсом.

Как-то на одной из больших перемен я стоял на самом краю игровой площадки и увидел вдалеке всех троих. Джеймс шел между Чарли и Билли — с таким пришибленным видом, что напомнил мне пленника, которого ведут куда-то помимо его воли.

Но ведь он сам сделал свой выбор, разве не так?

Я некоторое время наблюдал за ними, повторяя себе, что мне плевать, что мне он больше не нужен.

«Да пошел он в жопу!»

А потом закинул свою сумку на плечо и двинулся мимо стройплощадки в сторону теннисных кортов и стоящей там скамейки.

Потому что у меня было с кем проводить время, помимо моих бывших друзей.

24

В наши дни

«Странно, что вы не предпочли гостиницу».

Вот что вчера сказала мне Аманда. При этих словах я и сам тогда удивился. Эта мысль никогда не приходила мне в голову. Действительно, почему я так не поступил? Вопрос на самом деле был не в деньгах — просто, наверное, какая-то часть меня желала, чтобы я так себя наказал. Или, если подумать о том, как вся моя жизнь на протяжении всех этих лет спотыкалась и обламывалась в тени того, что тут произошло, то, может, на каком-то подсознательном уровне я решил, что это просто нужно сделать — почти как бросить вызов самому себе.

«Вот видишь? Оказывается, ничего страшного».

Если даже и так, то появление сделанной Чарли куклы все изменило. На сей раз я никак не собирался ночевать в доме. Собрал вещи, в том числе коробки, которые сохранила моя мать, а потом сел в машину и поехал обратно в Гриттен. Нашел самый дешевый отель, какой только смог, и заселился в него, решив, что утро вечера мудренее.

Но мне никогда не удавалось нормально спать в отелях. И даже здесь, вдали от материнского дома, то смутное ощущение угрозы и дурное предчувствие не оставляли меня. Да, стук в дверь вполне мог быть чьей-то дурацкой шуточкой, а тот человек в лесу — просто бродягой, но подброшенная мне кукла не поддавалась никакому рациональному объяснению.

Она же не по воздуху ко мне прилетела, кто-то ее подбросил. Кто-то, нацелившийся на меня.

И сколько бы я ни твердил себе, что это совершенно исключено, но все равно никак не мог избавиться от ощущения, что за всем этим стоит Чарли. Я проворочался в постели до самого утра, припоминая, как он смотрел на меня и через несколько недель после того, как я покинул группу. Как и то чувство, которое при этом у меня возникало, — чувство, что это отнюдь не конец.

«Эта игра для тебя еще далеко не закончена».

Ранние часы застали меня за пределами гостиницы, шагающим по улицам Гриттена.

В этот час мир вокруг был полон тишины и покоя. Ни ветерка, только легкие прикосновения прохладного воздуха — почти желанное ощущение в преддверии жары, которая, как я знал, наступит чуть позже. Перепутанные ленты и нити облаков низко нависали над головой под рассветным небом. Они были так близко, что казались призраками, опустившимися пониже, чтобы присмотреться ко мне, и застыли настолько неподвижно, что, казалось, так и будут висеть там до скончания веков.

Я бродил по улицам, которые хорошо помнил — с бесконечными рядами безликой ленточной застройки, где домишки из красного кирпича неловко громоздились друг на друга. В те давние времена прямо над улицами были натянуты бельевые веревки, с которых растрепанными флагами свисало разномастное бельишко. Улицы немного изменились, но оставались знакомыми. И хотя я уверил себя, что брожу без всякой цели — просто куда ноги несут, но знал, что это не так, и в конце концов оказался на вершине подъема, который помнил гораздо лучше остальных.

Прямо передо мной возвышался дом, в котором тогда жила Дженни.

Я остановился прямо посреди тротуара, немного не доходя до него. Выглядел он практически так же, как и двадцать пять лет назад. Мой взгляд переместился на одно из верхних окон — в то время окно ее комнаты, и я представил себе ее узенькую девичью кровать, застеленную простеньким покрывалом, письменный стол с крошечным телевизором на нем, акустическую гитару на стойке в углу. Стены здесь были уставлены книжными стеллажами. Они вздымались до самого потолка — явно самодельные — и всегда казались мне слишком хлипкими, чтобы выдержать внушительную массу книг, нагруженных на полки. Казалось, что лишь фундамент из не поместившихся в них томов внизу не давал всей этой конструкции немедленно обрушиться.

Господи, до чего же четко я мог сейчас все это себе представить!

Помню, как самый первый раз пришел сюда и как неожиданно было увидеть Дженни не в школьной форме. Когда она открыла дверь, на ней были джинсы, выцветшая футболка «Айрон мэйден», которая казалась великоватой ей на пару размеров, и рубашка в черно-белую клетку.

Мы вдвоем поднялись наверх.

— Прости за беспорядок, — сказала она мне.

Дженни не было никакой нужды извиняться. Контраст с моей собственной комнатой немедленно поразил меня, и мне стало стыдно — когда я подумал о голых половицах и простом матрасе, кучках одежды и книг, о сырых стенах в нашем собственном доме. О личном одежном или книжном шкафе я мог тогда лишь мечтать — не говоря уже о телевизоре.

— Видела бы ты мою комнату, — сказал я.

Ответом мне стали поднятые брови.

— Не слишком ли ты торопишь события?

Теперь это воспоминание вызвало у меня улыбку. Тогда эти слова заставили меня покраснеть, но в то же самое время подарили восхитительный трепет где-то внизу живота. И оба эти чувства опять вернулись, когда Дженни закончила убирать в полиэтиленовый пакет книги, которые хотела отнести в свой любимый букинистический магазин.

— Пора спускаться вниз, — сказала она. — Мы ведь не хотим возбудить у моей мамы какие-нибудь подозрения?

Теперь чуть дальше по улице открылась входная дверь.

Захотелось немедленно спрятаться, но податься было некуда. Может, это и не Дженни сейчас появится из дома...

Но вышло, наоборот, естественно.

Я посмотрел, как она выходит на дорожку перед домом, что-то кричит кому-то оставшемуся за дверью и забрасывает сумку на плечо. Не набитый книгами магазинный пакет на сей раз, а нечто куда более взрослое — дизайнерское и явно дорогое. Повернувшись, Дженни могла в любой момент заметить меня, по-дурацки застывшего прямо посреди тротуара.

«Ты больше не подросток».

Ну да. Так что вместо того, чтобы медлить хоть сколько-нибудь дольше, я двинулся к ней.

Повернув голову, она явно не поверила своим глазам, увидев меня. Потом улыбнулась.

— Привет, бродяга.

— Я как тот фальшивый пенни из сказки, — сказал я. — Постоянно возвращаюсь.

— Однако сурово... ты стоишь дороже. Что привело тебя в сии пределы в такую рань?

— Мои ноги. Я не преследую тебя, честно. Просто гулял.

— Ну да, ну да... Верю. В отличие от прочих. — Дженни махнула рукой на дом у себя за спиной. — Кстати, раз уж так, не хочешь зайти ненадолго? Повидать мою маму?

Вообще-то на тот момент я не мог себе такого даже представить.

— Спасибо. Но я могу оказаться далеко не лучшей компанией. И я действительно вышел просто прогуляться.

— Звучит серьезно. — Она похлопала по сумке. — А я просто собиралась заглянуть куда-нибудь перекусить. Немного почитать. Сделать кое-какие заметки. Проводишь?

— Конечно!

Я пристроился рядом. Припомнилось, как мы частенько ходили так вот бок о бок тем летом — просто петляли по улицам, болтая обо всякой ерунде и делясь своими великими планами на будущее.

Шли недели, и казалось, что наши жизни начинают постепенно переплетаться, и это порождало в наших отношениях легкую натянутость — оба понимали, что между нами что-то возникает, но еще не были готовы это признать. Много времени прошло с тех пор, конечно же, и все стало по-другому, но непринужденность, пришедшая с возрастом и опытом, оказалась тоже по-своему приятной.

— Почему мы потеряли друг друга из виду? — спросила Дженни.

— Не знаю.

Я засунул руки в карманы, вызывая в памяти те времена, когда она навещала меня в университете, и те считаные случаи, когда мы виделись после этого, — помню лишь, что с каждым разом оба ощущали все бóльшую неловкость. Дженни была моей первой любовью, а когда ты молод, то еще долго цепляешься за нее — даже после того, как уже знаешь, что впереди ждет тупик. Когда понимаешь, что оба должны наконец отпустить друг друга, но это настолько трудно и тоскливо, что так и тянешь до последнего — пока боль от того, что продолжаешь упорно держаться за кого-то, не перевесит боль утраты.

— Не знаю, — повторил я. — Это было так давно... Единственное, что я знаю, так это что просто здорово опять с тобой повидаться.

— Аналогично. — Она улыбнулась мне. — Итак, что нового?

Я немного помедлил с ответом.

— Не хочу прямо сейчас про это говорить.

— Угу, вижу. Тем больше оснований все-таки попытаться.

И вот так, после секундного колебания, я и поступил. Рассказал ей про стук в дверь и про фигуру, которую видел в лесу. Про то, что Билли больше нет в живых.

— Ну что ж, — сказала Дженни насчет последнего, — я очень этому рада.

— Я так и думал. Я знаю, что тоже должен.

— Пожалуй, но ты всегда был более деликатным. — Она нахмурилась. — Так что, по-твоему, происходит?

— Не знаю. Но помнишь кукол, которых сделал Чарли?

— Помню, как ты мне про них рассказывал.

— Кто-то вчера сунул мне такую в щель для писем.

— Что?!

Дженни резко остановилась рядом со мной, явно ужаснувшись.

— Зачем кому-то такое делать? — вопросила она.

Это был один из вопросов, не дававших мне покоя. До сих пор внимание, которого я удостоился, лишь пугало меня, не причиняя реального вреда. Тот, кто стоял за всем этим, совершенно очевидно задался целью меня от чего-то отпугнуть. Но теперь казалось, что все это идет по нарастающей — подводит к чему-то, — и я не мог избавиться от ощущения, что мне реально грозит опасность.

Но был и вопрос, который пугал меня больше всего: «Кто?»

— Не знаю, — сказал я.

— Тебе нужно пойти в полицию, — сказала мне Дженни.

Я посмотрел на нее.

— Нет. Я всегда могу просто уехать.

И стоило мне это сказать, как я понял, что сказал это совершенно серьезно — что эту мысль подбросили мне вчера вместе с этой чертовой куклой, пусть даже я и не признавался себе в этом вплоть до настоящего момента. Да, можно просто спастись бегством. Никакой закон не вынуждает меня торчать здесь, в Гриттене. Если я таким образом подведу свою мать, то все эти годы я уживался и с худшим чувством вины. И разве она сама мне не сказала, что мне нельзя здесь находиться?

Да, у меня не было никакой нужды и дальше оставаться здесь.

Дженни печально улыбнулась.

— Не думаю, что тебе стоит поступать так и на сей раз, Пол.

А потом протянула руку и коснулась моей руки.

Это был первый наш физический контакт более чем за двадцать лет. Меня словно ударило током, и когда она не убрала руку, я ощутил, как по коже растекается приятное тепло.

«Не думаю, что тебе стоит поступать так и на сей раз».

— Потому что я в долгу перед своей матерью, так? — спросил я.

— Нет, ты в долгу перед самим собой. И знаешь что? По-моему, какая-то часть тебя хочет этого. В конце концов, ты вообще не обязан был сюда возвращаться, так ведь? Ты не обязан был останавливаться в этом доме или заглядывать на чердак. Но ты это сделал.

— Да.

— Потому что в глубине души ты знал, что это просто нужно сделать.

Я ничего не ответил. Через секунду Дженни убрала руку.

— Ну, вот и пришли.

Я отвел от нее взгляд и только тут сообразил, что мы стоим возле какого-то кафе на одной из главных улиц. Я был настолько поглощен разговором с ней, что совершенно не обращал внимания на мир вокруг.

— Тогда я тебя тут оставлю, — сказал я. — Но спасибо тебе.

— Эй, — всегда пожалуйста.

И потом Дженни зашла внутрь, оставив меня на тротуаре в полном одиночестве, — только руку еще покалывало в том месте, которого она касалась. Ее слова тоже остались со мной, и я знал, что она права. Да, я могу побросать свои вещички в машину, и только меня тут и видели. Это было бы проще всего на свете. Но не было тем, что мне действительно нужно.

И в этот миг я осознал, что касательно той куклы есть и еще один вопрос, на который нужно обязательно получить ответ. Выяснить не только «зачем?» и «кто?», но и «как?». Я не знал, что сталось с остальными тремя куклами, но как-то не припоминал, чтобы избавился от своей. В таком случае она должна была бы лежать в коробке вместе с остальным моим барахлом. Но это оказалось не так. И если мне подбросили мою собственную куклу, то как кто-то мог завладеть ею?

В голову приходил только один ответ.

Этот «кто-то» в какой-то момент должен был побывать в доме.

25

День еще только вступал в свои права, когда наконец пришли результаты вскрытия тела Билли Робертса, но Аманда уже валилась с ног. Она всегда недолюбливала отели. Или это они ее недолюбливали? Эта мысль на миг озадачила ее. А потом Аманда встряхнула головой, отхлебнула дрянного кофе и попыталась опять сосредоточиться на экране перед собой.

Что было непросто. В числе прочей полезной информации, полученной при работе над делом, она выяснила, что сновидения приходят лишь в неглубоких фазах сна. Этой ночью неудобный матрас всеми силами старался держать ее в этой фазе как можно дольше и обеспечил их во множестве.

Кошмарные сны, разумеется.

С учетом того, что всяких ужасов за свою карьеру Аманда навидалась предостаточно, можно было ожидать, что и сниться после такого должно бы что-нибудь кровавое, жестокое и до предела реалистичное. Но тот дурной сон, который она видела чаще всего, выглядел на первый взгляд довольно безобидно.

Вокруг — лишь сплошная чернота, бесконечное пустое пространство, словно во всем мире больше ничего не осталось, кроме этой совершеннейшей пустоты. Ни единого звука. Никаких реальных ощущений вообще, за исключением туго стянувшей голову тревожной мысли, что где-то здесь, в темноте, потерялся ребенок. Что он погибнет, если она его не найдет. И что она не успеет сделать это вовремя.

Аманда всегда просыпалась от этого сна в состоянии полного смятения, с болью в груди — даже не столько с физической болью, сколько с гнетущим чувством беспомощности и отчаяния. Нынешним утром это ощущение было отягощено еще и паникой. Комната вокруг нее была почти столь же темной, как и обстановка кошмарного сна, и то немногое, что она сумела разглядеть в сумраке, казалось незнакомым и угрожающим.

Детектив быстро села на кровати.

«Где я?» Несколько секунд Аманда была не способна мыслить связно. В тот момент она опять почувствовала себя ребенком — отчаяние лишь росло при смутном осознании того, что отца нет в живых и что если она позовет, то никто не придет к ней на выручку.

Ну по крайней мере прямо сейчас Аманда знала, где находится. В кафетерии отдела полиции Гриттена. До боли знакомая обстановка, классика жанра: крошечное помещение с бежевыми стульчиками и хлипкими складными столиками с отбитым по краям пластиком. Вся кухня — торговый автомат в углу. Аманда отхлебнула еще дерьмового кофе, добытого из него, и подумала: «Сосредоточься, женщина!» А потом открыла отчет о вскрытии на своем лэптопе.

К нему были прицеплены фото, но пока она избегала смотреть на них. И к самому тексту отчета прекрасно подходило известное выражение «дьявол — в деталях», причем в прямом смысле слова. Она просмотрела изложенные в нем подробности, стараясь не терять хладнокровия. Приблизительное время смерти — вчерашний день, около одиннадцати утра. Этот пункт заставил ее поежиться. Аманда была уверена, что убийца все еще находился в доме, когда она туда приехала, и криминалистический отчет фактически подтверждал это. Когда она постучала, с обратной стороны двери таилось чудовище, глядя на нее в смотровой глазок.

Господи, если бы она с ходу попробовала повернуть дверную ручку…

Аманда всеми силами постаралась выбросить эту мысль из головы и продолжила чтение. Причиной смерти, судя по всему, стала жуткая ножевая рана на горле Робертса, но, как она и сама заметила на месте преступления, имелись также многочисленные иные повреждения, перечисленные в отчете: порезы лица и рук, сильные ушибы головы и тела, методично переломанные кости… Билли Робертса жестоко пытали перед тем, как в конце концов убить, а отметины вокруг запястий позволяли предположить, что на протяжении почти всего этого своего испытания он был скован наручниками.

Собравшись с духом, она открыла одну из фотографий.

Та крупным планом показывала, что осталось от лица убитого. Аманда слегка откинулась назад, передернувшись от этого зрелища. В ходе своих изысканий она уже видела фотографии Билли Робертса в юном возрасте, и та, что крепче всего застряла в памяти, была из какого-то газетного материала: неприветливое лицо, неподвижно уставившееся в объектив — то ли еще мальчик, то ли уже мужчина. Несоответствие между этим подростковым снимком и тем, что она видела сейчас, было разительным в любом возможном смысле слова.

«Кто это сделал с тобой, Билли?» — подумала Аманда.

Но, как всегда, больше не давал покоя другой вопрос. В данный момент он казался еще более важным, чем когда-либо.

«И почему?»

■ ■ ■

Детектив Грэм Двайер был практически уверен, что у него есть ответ на оба этих вопроса.

— Уолт Барнаби, Джимми Тилл и Стивен Хайд, — объявил он. — Те еще подонки.

Аманда шла вслед за ним по одному из зачуханных коридоров отдела полиции Гриттена, борясь с противоречивым стремлением и не отставать от своего провожатого, и немедленно остановиться.

Двайер был мужчина крупный и грузный. На спине его едва заткнутой за пояс рубашки проступили темные сырые пятна, жиденькие седые волосы влажно поблескивали от пота — она могла унюхать его даже на расстоянии, причем было ясно, что гриттенскому детективу совершенно на это плевать. И было столь же ясно, что он скорее просто терпит ее присутствие здесь, а отнюдь не приветствует его — за какие бы ниточки ни подергал Лайонс в верхах полиции Гриттена, похоже, что все они по пути к «земле» малость перепутались.

Что вполне объяснимо, подумала Аманда, — она, наверное, вела бы себя точно так же, если б они вдруг поменялись ролями. Хотя как сказать... Ей сразу припомнилось то дело об исчезновении маленького мальчика и как она поначалу возмутилась, когда к ней в помощь прикрепили другого офицера полиции — которого теперь ей так отчаянно не хватает.

— Это три человека, — сказала она.

Двайер не сбился с шага.

— Считать вы умеете.

— Я видела только один набор следов на месте преступления, — не отставала Аманда.

— Один набор *кровавых* следов.

— Указывающих на одного убийцу.

— Которым наверняка и является один из трех только что упомянутых мною людей.

Двайер провел ее в свой кабинет. Тот оказался опрятнее, чем она ожидала, — стеллажи уставлены разноцветными коробчатыми скоросшивателями с аккуратными ярлычками на корешках, письменный стол пуст, не считая компьютера и нескольких аккуратно уложенных друг на друга коричневых картонных папок. Окно за письменным столом — к счастью! — было открыто.

Двайер тяжело опустился в кресло и вздохнул.

— Да поймите же вы наконец — вы просто не представляете, что это за люди. Барнаби, Тилл и Хайд. Как я уже сказал, те еще подонки. Если не верите, то вот вам их досье. — Он махнул рукой на стопку папок, не делая никаких усилий передать их ей. — Милости просим.

— Спасибо.

Пролистав содержащиеся в папках материалы, Аманда подумала, что под определением «те еще подонки» Двайер понимает несколько не то, что она сама. Может, она просто размякла с возрастом, но Аманда поймала себя на том, что испытывает к этим троим нечто вроде жалости. Всем было чуть больше сорока, но на стандартных полицейских снимках — анфас и в профиль — они выглядели гораздо старше. Землистая кожа. Сальные всклокоченные волосы. Дикие глаза. Она узнала этот тип, естественно, и, просматривая протоколы приводов и задержаний, могла читать между строк. Это были люди, которые скатились на самый край общества или провалились в его многочисленные трещины. Ты найдешь их повсюду: сидящими в дневное время в дешевых грязных пабах или с пивными банками в парке, напивающихся до беспамятства в домах и квартирах друг у друга, когда что день, что ночь — все едино. Случайные знакомства среди таких же алкашей, сомнительные компании, где тихо булькающая где-то внутри угроза насилия в любой момент готова вырваться на поверхность. Всего-то надо — одно сорвавшееся с губ слово или неправильно понятый взгляд. Какой-то совершенно чепуховый спор.

Двайер неотрывно смотрел на нее.

— Мы их уже задержали, — сказал он. — У нас есть многочисленные свидетели, которые утверждают, что все трое выпивали в доме Билли Робертса за день до убийства.

Аманда припомнила крики и ругань, которые слышала во время своего короткого телефонного разговора с Робертсом.

— Ну а они что?

— Все в один голос уверяют, что в какой-то момент ушли. — Двайер раскинул руки. — Только вот никто из них не может этого подтвердить. И все их истории противоречат друг другу.

— Может, они слишком пьяные были?

Двайер расхохотался.

— О, это уж точно!

— Ладно, — сказала она. — А из дома что-то взято?

— Да кто его знает... И прежде чем вы успели спросить: да, мы ждем отчета криминалистов. Могу предположить, что улик будет просто море.

— Ну, вы уже сказали, что все они бывали в доме...

Двайер пропустил ее слова мимо ушей.

— Мы обыскали то, что сходит у них за жилье. А также пообщались с ними — или же попытались пообщаться. Двое из этой троицы до сих пор в сопли. Но поверьте: собственный опыт мне подсказывает, что один из них и окажется тем, кто оставил эти кровавые следы.

Аманда положила досье обратно на стол, разрываясь между голосом интуиции, подсказывающим ей не согласиться с Двайером, и пониманием того, что он наверняка прав. Не имелось никаких причин считать, что убийство Билли Робертса каким-то образом связано с тем, что было совершено в Фезербэнке — чаще всего наиболее очевидное решение оказывается единственно верным. Двайер поставил на то, на что она сама наверняка поставила бы на его месте. Далеко не у всего есть какое-то более глубинное значение: иногда сигара — это просто сигара, а не фаллический символ, как считают некоторые психоаналитики.

И все же...

Невероятная жестокость, с которой обошлись с Робертсом, не давала ей покоя. Да, нечто подобное вполне мог сотворить и какой-нибудь отброс общества, чей разум разрушен многолетним употреблением алкоголя, наркотиков и бог знает чего еще. Но все равно казалось, что для такой версии убийца гораздо лучше контролировал ситуацию и что-то они тут упускают.

— Что-то у вас вид озабоченный, — заметил Двайер.

— Так и есть.

— И что вас беспокоит?

— Беспокоит, что это может иметь какое-то отношение к причине моего появления здесь.

Двайер закатил глаза.

— Детектив Бек, — произнес он. — Я прекрасно знаю, почему вы здесь. И позвольте мне заметить: у городков вроде нашего — длинная память. Никто не забыл, что тут произошло. Но дело в том, что никто и не любит вспоминать об этом. Что было — то было. Это дело прошлое. Жизнь продолжается.

— Кто-то оставил кровавые отметины на двери Пола Адамса.

— Предположительно. Да, я сказал, что люди не любят вспоминать об этом, но, может, они не против, чтобы *кто-то другой* припомнил?

Опершись руками о стол, Аманда нависла над ним.

— Чарли Крабтри так и не нашли.

На секунду в кабинете воцарилась тишина. Взгляд Двайера остановился на ней, а лицо затвердело, словно она вторглась на какую-то запретную территорию, переступила некую границу.

Ей было на это плевать.

— Если вы ошибаетесь, — негромко произнесла Аманда, — то убийца все еще где-то тут. И то, что сейчас меня беспокоит, — так это чего еще от него ждать.

Она собиралась продолжить, но тут в кармане у нее зажужжал телефон. Аманда отодвинулась от стола, достала его и обнаружила эсэмэску от Тео.

«СРОЧНО ПЕРЕЗВОНИ!»

Двайер саркастически приподнял брови.

— Что там у вас? — произнес он. — Признание?

Аманда опять посмотрела на него.

— Угу, — отозвалась она. — Не исключено.

■ ■ ■

Выйдя в коридор, чтобы перезвонить Тео, она прислонилась к стене, ожидая ответа на звонок. Когда детектив ответил, на заднем плане ей было слышно тихое жужжание жестких дисков, в окружении которых он проводил свои рабочие часы. Если, конечно, не показалось.

— Это Аманда, — сказала она. — Ну, что там у нас?

— Вообще-то, как такового ответа от ЧК666 мы не получили, — сообщил Тео. — Но есть попадание по ссылке, которую я тогда отправил. Я мог бы загрузить тебе мозг всей информацией, которую выудил на компьютер пользователя, но сейчас не буду. Самое главное, что по ай-пи-адресу оказалось достаточно легко локализовать реальное местонахождение. Погрешность порядка пары улиц. Место называется Бренфилд. Это около ста миль от Гриттена.

— А давно это было?

— Этой ночью. Прости, но только сейчас обнаружил.

— Все нормально.

Тот, кто скрывался за ником «ЧК666», явно не был Биллом Робертсом. Но название городка что-то шевельнуло в голове. Бренфилд. Она точно видела его где-то в прочитанных материалах. Но Аманда так устала, что было трудно с ходу протралить огромный объем информации, впитанной за последние несколько дней.

Звук на линии слегка переменился, и она представила, как Тео перемещается по своей «темной комнате», по очереди поглядывая на экраны.

— Название места узнала, верно? — спросил он.

— Слушай, у меня была просто сумасшедшая пара дней...

— Тогда ничего удивительного.

Так что он сказал ей. И Аманда припомнила. И даже продолжая слушать, уже быстро направлялась по коридору к выходу.

26

Присев на краешек кровати в гостиничном номере, я вытащил мобильник и набрал номер. Я не совсем представлял, что собираюсь сказать и как поступить с тем, что в результате выясню, но твердо знал: это надо сделать.

Ей понадобилось несколько секунд, чтобы ответить.

— Салли Лонгфеллоу, слушаю.

— Здравствуйте, Салли, — сказал я. — Это Пол Адамс.

— О, привет, Пол! Я в данный момент дома. Как там Дафна?

— Я у нее еще сегодня не был.

— Вполне могу вас понять. Хотя, думаю, она все равно спит. — Салли слегка понизила голос. — Как ни печально это звучит, на самом-то деле это лучшее, на что сейчас можно рассчитывать, так ведь?

Я был не в настроении обсуждать эту тему и решил побыстрее перейти к делу.

— Думаю, что да. Почему я, собственно, звоню: мне хотелось бы поподробнее узнать про обстоятельства происшествия с моей матерью.

— Конечно. Что конкретно вас интересует?

— Насколько я понимаю, она упала с лестницы?

— Да.

Я немного выждал, глядя в окно на улицу внизу, но, похоже, Салли не была расположена что-либо добавить без дополнительных подталкиваний. Если б молчание могло звучать оборонительно, то это был как раз такой случай. Наверное, она подумала, что я собираюсь обвинить ее в случившемся — в какого-то рода халатности.

— Она поднималась или спускалась, когда упала?

— Вообще-то не в курсе. А это существенно?

— Пока не знаю. — Я помотал головой. Вопрос возник совершенно ниоткуда, и все же вдруг показался очень важным. — Говорила ли она что-нибудь после того, как это произошло?

— Нет. Она довольно сильно ушиблась. И вы сами знаете, в каком состоянии находилась ваша мама в последнее время, мистер Адамс. Я не уверена, что она вообще поняла, что случилось.

— Долго она там пролежала?

— Опять-таки не знаю. Все, что я могу сказать, это что я сразу же примчалась туда.

Я примолк. Я-то думал, что это было плановое посещение.

— Погодите-ка... Так вы *уже* знали, что она упала?

— Не то, что упала, но у Дафны была тревожная кнопка. Мы называем ее «писк летучей мыши» — в хорошем смысле слова, конечно. Это нечто вроде пейджера, который пациент постоянно носит с собой и который отправляет сигнал на наши мобильные телефоны. От Дафны поступил тревожный вызов, так что я первым делом попробовала перезвонить ей домой. Никто не ответил, и я сразу поехала туда.

— Она была в сознании после падения?

— Нет, когда я приехала, — но на момент вызова, думаю, уж всяко была. Все, что я могу вам сказать, мистер Адамс, это что я была на месте в течение получаса. Могла бы и раньше, но дело было практически к ночи.

«На момент вызова явно была».

Если только по какой-то причине мать не нажала на эту кнопку еще до падения. Может, что-то в доме испугало ее. Или кто-то.

— Мистер Адамс? Есть еще вопросы?

— Да, простите. — Я помотал головой. — Вообще-то только еще один. Дверь не была заперта, когда вы приехали?

Секунда молчания.

— У меня есть ключи. Ну, то есть были — они сейчас у вас.

— Да. А вы воспользовались ими тем вечером?

— Стоило вам об этом спросить… Точно не помню. Не думаю, что воспользовалась. Я постучала, а когда никакой реакции не последовало, прямиком зашла внутрь… Нет, вряд ли мне понадобились ключи.

— Ладно. Спасибо.

— Но что…

Я оборвал звонок. Что было просто-таки похамски, конечно же. Но, учитывая все обстоятельства, я решил, что вселенная простит меня, даже если и не простит Салли.

Уставившись за окно на улицу и магазины напротив отеля — люди занимались своими обычными делами, — я попытался как-то состыковать то, что уже знал, с тем, что только что выяснил.

Итак, в тот вечер, когда моя мать упала с лестницы, она отправила тревожный сигнал, показывая, что ей нужна помощь, и когда приехала Салли, дверь была не заперта. Всему этому явно можно было подобрать какое-то совершенно невинное объяснение, и наверняка люди так и поступили.

Вот только мать давно уже была не в себе и чего-то боялась. Она уверяла, будто видела в лесу Чарли. И если мне подбросили мою собственную куклу, тогда в какой-то момент в доме должен был находиться кто-то еще. Не было ли это падение с лестницы чем-то бóльшим, чем все думали? И была ли мать одна в тот вечер?

А может, она вообще ниоткуда не падала?

И пока я, растерянный и испуганный, сидел в гостиничном номере, одна и та же мысль постоянно возвращалась ко мне.

«Игра для тебя еще далеко не закончена».

■ ■ ■

Так что в конце концов я решился.

Впрочем, это вовсе не означало, что моя решимость выдержит столкновение с реальностью, и еще только подъезжая к отделу полиции Гриттена, я уже начинал чувствовать себя несколько подурацки. Это ощущение лишь усилилось, когда я зашел внутрь. За все эти годы приемная практически не изменилась, и я сразу припомнил, как входил сюда вместе с матерью, растерянный и оцепеневший, и ее руку у себя на плече, направляющую меня вслед за двумя полисменами, которые привели нас сюда.

Но я больше не был подростком.

За регистрационной стойкой я первым делом спросил Аманду, что поначалу вызвало некоторое недоумение, но в итоге выяснилось, что в отделе ее нет. Тогда я потребовал констебля Оуэна Холдера, лично видевшего кровь на двери дома моей матери, а потом немного подождал в приемной.

— Мистер Адамс? — При виде меня Холдер был явно ошарашен, но всеми силами постарался это скрыть. — Прошу за мной.

Он провел меня в крошечную комнатку сбоку от приемной. Та больше напоминала кладовку, чем кабинет, но здесь имелся компьютер, и, усевшись напротив меня, Холдер тут же принялся быстро колотить по клавишам. Я сел напротив него и стал ждать. Наконец лицо его немного разгладилось — наверное, он волновался, что не зарегистрировал происшествие со стуком в дверь, как я его просил, и теперь с облечением убедился, что все-таки сделал это.

— Вашей собственности нанесен еще какой-то… ущерб, мистер Адамс?

— Это не моя собственность, — ответил я. — Дом принадлежит моей матери.

— Ну да, конечно.

— С ней недавно произошел несчастный случай — она упала с лестницы. Только вот я далеко не уверен, что так все и было.

— О?

— По-моему, в доме мог находиться кто-то еще.

Холдер наконец оторвался от компьютера и посмотрел на меня. По пути сюда я вполне представлял себе, что подобное предположение может показаться просто смехотворным, будучи высказанным вслух, и, возможно, так оно и вышло, но лично мне сейчас было не до смеха. Холдер откинулся на стуле и задумчиво уставился на меня.

— Так-так...

Я рассказал ему, как все произошло. Вначале он только кивал моим словам, но потом вновь наклонился вперед, отыскал на столе ручку и бумагу и начал что-то записывать. Похоже, что человек, которого я видел в лесу, вызвал у него некоторый скепсис.

Но тут я выложил на стол куклу с красными тесемками вместо пальцев.

Холдер поднял взгляд от своих записей и застыл.

— Господи, да это еще что? — вопросил он.

— Кукла, — объяснил я. — Кто-то просунул ее в щель для писем. Ее давным-давно сделал Чарли Крабтри. Он был...

— Я знаю, кем был Чарли Крабтри.

Холдер опасливо взял куклу и внимательно изучил ее. Он был слишком молод, чтобы помнить тот случай, но, возможно, я недооценил память, свойственную подобным местечкам, — то, как подобные истории в них пересказываются годами. А тем более память Гриттена, который упорно цепляется не только за своих обитателей, но и за свои старые события, пусть даже никто и не склонен открыто говорить о них.

— Экая пакость, — наконец произнес Холдер.

— Да. Вы правы.

Он положил куклу обратно, а потом убрал руки под стол. Интересно, подумал я, уж не вытирает ли он сейчас пальцы о штаны, даже сам того не сознавая, — в попытках стереть невидимую грязь, которую оставила на них эта кукла.

— Так, говорите, кто-то подбросил ее вам в дом через щель для писем?

— В дом моей матери, — уточнил я. — Но да.

Холдер все не сводил взгляд с куклы. Как будто вдруг увидел в реальной жизни то, о чем до сих пор лишь читал в учебниках истории. Мне было видно, что сказанное мной его встревожило, но он и понятия не имеет, что со всем этим делать.

Но по крайней мере он слушал меня.

— Итак, вы знаете, кем был Чарли Крабтри, — произнес я.

— Конечно. Все в этих краях знают.

— Так что вы наверняка в курсе и что тогда произошло. Понимаете, что это за штуковина.

— Да. И я знаю, кто вы. Буду с вами честен, мистер Адамс: это была единственная причина, по которой я воспринял отметины на двери вашего дома — дома вашей матери, в смысле, — настолько серьезно. И...

Холдер вдруг с неловким видом отвернулся.

— И?.. — подтолкнул я.

— И я также понимаю, что вернуться сюда вам было непросто, особенно после столь долгого перерыва.

Я выжидал.

— Что я хочу сказать, — продолжал он, — это что пережитое порой творит с людьми странные вещи. Пожалуйста, только не сочтите за грубость, но я вот сейчас размышляю, не накрутили ли вы все это в какой-то степени у себя в голове. Так, что это показалось чем-то бóльшим, чем на самом деле. Не преувеличиваете ли вы масштаб проблемы.

И опять я ничего не сказал.

Я уже был готов чувствовать себя по-дурацки, приехав сюда, или услышать, что у полиции недостаточно оснований, чтобы что-то предпринять, но никак уж не ожидал, что меня обвинят во вранье — пусть даже и в завуалированной форме. На миг я смутился, но потом слова Дженни вновь вернулись ко мне.

«Обычно ты был более решительным».

— Я ничего не выдумал, — твердо сказал я.

— Вообще-то я такого не говорил.

— Нет, сказали.

Мой голос звучал холодно. Холдер был прав по крайней мере в одном: все эмоции последних нескольких дней так и бурлили во мне, и я рисковал брякнуть то, чего не следовало бы. Не хватало еще окончательно потерять контроль над собой — это мне уж точно ничем не помогло бы.

— А где детектив Аманда Бек? — спросил я.

— Кто?.. А, та оперативница из Фезербэнка? — Он покачал головой. — Я не знаю, где она сейчас. Думаю, что могла уже уехать.

— А как насчет Билли Робертса? Вы в курсе, что он мертв?

— Естественно, в курсе. — Холдер уже чуть ли не жалостливо посмотрел на меня. Махнул рукой на куклу. — Но эта штуковина не имеет к его убийству абсолютно никакого отношения. У нас уже есть задержанные, и...

— Кто? Кого конкретно вы задержали?

Холдеру понадобилась секунда, чтобы взять себя в руки.

— Вообще-то я не вправе в данный момент разглашать подобные сведения, мистер Адамс.

— Вы думаете, что я вру. — Я встал и подобрал куклу. — Или что я сошел с ума.

— Нет, я просто...

— Спасибо вам, черт побери, причем абсолютно неизвестно за что.

— Мистер Адамс...

Но я не был готов выслушивать то, что он там еще собирался сказать. И когда опять подошел к машине, был даже еще больше взбешен, ощущая в точности такую же беспомощность и тоску, как тогда подростком. Открыв багажник, я с такой силой зашвырнул туда куклу, что она чуть не выскочила обратно, а потом так громко захлопнул крышку, что на меня стали оборачиваться.

На что я не обратил ни малейшего внимания.

А потом встал на тротуаре, совершенно не представляя, что делать дальше. Отдел полиции располагался на одной из оживленных главных улиц, застроенной в основном магазинами, и десятки людей шатались по ней под жарким солнцем с пакетами в руках. Я поймал себя на том, что шарю взглядом по их лицам, пытаясь отыскать среди них знакомое — или кого-то, кто втихаря за мной наблюдает.

«Ты где-то тут?»

Кого я пытался сейчас отыскать взглядом — неужели и вправду Чарли?

В окружении залитой солнцем обыденной городской суеты такая мысль представлялась совершенно абсурдной. И все же я осознал, что занят именно этим. Что целенаправленно сканирую взглядом толпу вокруг себя в поисках того мальчишки, которого двадцать пять лет не видел, но чей облик до сих пор мог живо себе представить: крашеные черные волосы, зачесанные набок, пустые глаза... Теперь уже взрослого, но не так уж сильно изменившегося, чтобы не узнать его.

Мальчишки, существование которого в нынешнем мире так и оставалось для всех под вопросом.

Мир же этот продолжал крутиться вокруг меня, явно равнодушный к моему собственному существованию. Похоже, ни одна живая душа не уделяла мне даже малейшего внимания.

Постояв еще немного, я двинулся по тротуару, влившись в поток прохожих. Частично потому, что просто не знал, что еще делать, хотя где-то в самой глубине головы засела мысль, что если кто-то и вправду следит за мной, то так будет проще обнаружить слежку. Так что я продолжал все так же нога за ногу брести по городу, изо всех сил изображая праздного гуляку и при этом неустанно присматриваясь к людям вокруг себя.

Но ничего подозрительного так и не заметил.

А потом, минут через двадцать, вдруг осознал, на какой улице оказался. Изумленно огляделся, едва узнавая сияющие витрины новеньких магазинов и чисто выметенные от всякого мусора тротуары. Когда я был подростком, большинство из строений тут были заколочены, а те, что нет, дышали на ладан. Теперь же все здесь было занято и процветало. Даже появились деревья, аккуратно высаженные на узеньких огороженных газончиках вдоль тротуара.

«Вряд ли он по-прежнему здесь».

Теперь я слегка прибавил шагу.

Когда Дженни впервые пригласила меня к себе

домой, как раз на эту улицу она меня после этого и отвела, прихватив с собой набитый книгами полиэтиленовый пакет. Мы подошли к магазину, который — подобно многим в те времена — на первый взгляд представлялся полной развалиной: облупленная хлипкая дверь, витрины по фасаду сплошь затянуты стальной сеткой, а стекла за ними такие мутные от пыли, что и не разглядишь, что там внутри.

«Вряд ли он по-прежнему здесь...»

И все же вот он где — прямо передо мной.

Я остановился на углу. Дверь новая и крепкая, стальной сетки как не бывало, стекла витрин чисто вымыты. Но все равно казалось, будто во многом это место совершенно не изменилось. Я поднял взгляд. Зеленая вывеска была недавно заново покрашена, но все так же тянулась на всю длину магазина — знакомое название, выписанное замысловатым курсивным шрифтом, словно что-то из совсем иного века.

«Джонсон и Росс».

Я немного постоял на углу, не сводя взгляд с магазина. Он выглядел так знакомо, а все вокруг меня настолько затихло, что было трудно избавиться от ощущения, будто я каким-то образом переместился обратно во времени.

Протянув руку, я медленно повернул дверную ручку.

Толкнул дверь.

Внутри звякнул колокольчик.

И тут, так же нервничая, как и двадцать пять лет назад, впервые побывав тут с Дженни, я шагнул за порог — из настоящего в прошлое.

27

Тогда

В «Джонсон и Росс» я влюбился в ту же секунду, едва только шагнул вслед за Дженни в тот самый памятный день.

Дверь открывалась в тесноватый зальчик, где на меня моментально обрушилась натуральная какофония ощущений — атмосфера здесь была почти что осязаемой, и я просто не знал, на чем остановить взгляд или к чему прикоснуться рукой. Повсюду плотные ряды и стопки книг — на стеллажах вдоль стен, в застекленных шкафах, даже на столах, а в воздухе висел некий затхлый, но умиротворяющий аромат, словно впитавшийся в него за годы из пожелтевшей бумаги и кожаных переплетов, окружающих меня. Хорошо помню, на что это было похоже. Я не просто видел перед собой книги — я буквально собственной кожей чувствовал их, дышал ими.

Дженни повела меня по одному из тесных проходов между стеллажами. Но в тот момент я едва ли сознавал ее присутствие рядом — лишь озирался по сторонам в изумленном восхищении, почти шокированный своей бессознательной реакцией на то, что видел и чувствовал. Это было все равно что вдруг попасть в объятия того, кто заботился обо мне, когда я был слишком мал, чтобы как следует это помнить. До сих пор я в этом магазине ни разу не был, и все же казалось, будто я попал домой.

Прилавок был втиснут в совсем крошечный закуток среди нагромождения стеллажей и разномастных шкафчиков. На первый взгляд было непонятно, как кто-нибудь вообще мог туда пролезть, но за ним сидела какая-то женщина, раскрыв перед собой газету, — лет за сорок, с настолько высветленными волосами, что они были практически белыми, в маленьких очках. Она с любопытством приглядывалась ко мне поверх них, пока мы пробирались к ней.

А потом эта женщина посмотрела на Дженни и тепло улыбнулась, явно довольная ее появлением.

— Дженни! Гляжу, ты наконец готова меня порадовать?

Дженни приподняла пакет с книгами.

— Тут несколько штук с прошлого месяца.

— Я говорю не про книги, юная леди.

Дженни, обернувшись, бросила взгляд на меня, и впервые на моей памяти вроде как слегка занервничала.

— Я... я ее практикант, — нашелся я.

— О! — Теперь вид у женщины стал даже еще более довольный. Закрыв газету, она заговорщицки подмигнула Дженни. — Тот самый, про которого ты мне столько рассказывала?

— Это Пол, — представила меня Дженни. — Да.

Судя по выражению ее лица, похоже, она уже сомневалась, что это была хорошая мысль. Но потом повернулась ко мне.

— Это моя подруга — Мари.

■ ■ ■

Как выяснилось, Мари и была той самой Джонсон в названии книжного магазина. Некий Росс владел им раньше, и она работала у него, пока он не вышел на пенсию, несколько лет назад.

— Но я все равно сохранила название целиком, — сказала мне Мари. — Следует чтить традиции, согласен? Сохранять преемственность. Места — те же люди. Они должны знать, откуда они вышли — и где они сейчас, — иначе они никогда не будут знать, к чему движутся.

Я согласился, что это так, хотя, честно говоря, было трудно поступить как-то по-другому. Мари оказалась настоящим стихийным бедствием. Следующие двадцать минут она таскала меня по всему магазину, показывая мне его самые отдаленные закутки и без устали бомбардируя меня вопросами. Последнее частенько сопровождалось смешливыми взглядами в сторону Дженни, словно целью этих расспросов было не только испытать меня, но и подколоть ее.

— Так как вы оба познакомились?

— Мы ходим в одну школу, — ответил я.

— Это вообще-то не ответ. Дженни ходит в одну школу со множеством парней, а я что-то не припомню, чтобы она приводила кого-то из них познакомиться со мной.

Дженни подняла брови.

— И вас тут что-то удивляет? — бросила она.

Но я мог сказать, что нервное напряжение ее наконец отпустило, и теперь на лице у нее было написано тихое довольство, словно знакомство с Мари было чем-то вроде обряда посвящения, который я вроде успешно прошел. Было ясно, что они с Мари давным-давно знакомы и что мнение женщины обо мне важно для нее. Мне же было просто приятно видеть, что Дженни немного расслабилась. Свойственная ей отстраненная самодостаточность меня всегда восхищала, но здесь она явно чувствовала себя более непринужденно.

«В своей тарелке», — сказала бы моя мать.

Я не понимал этого в то время, но теперь, мысленно оглядываясь назад, прекрасно вижу, для чего эта нежданная для меня встреча затевалась. Мари, будучи старше и опытнее, решительно ухватила нас обоих за руки и притянула друг к другу, заставив приблизиться к той стадии наших отношений, вокруг которой мы оба до сих пор лишь опасливо кружили.

— Мы вместе ходим в клуб литературного творчества, — сказал я.

— О чем я вам уже рассказывала, — добавила Дженни.

— Ну да, конечно! — Мари изобразила забывчивость. — Ну что ж, доживете до моего возраста… Кстати, насчет этого вашего клуба — ты уже отправила свой рассказ на конкурс?

Дженни скорчила гримаску.

— Угу. Только ничего из этого не выйдет.

— Цыц! Не умаляй своих писательских достоинств. Ты читал какие-нибудь ее рассказы, Пол?

— Только один, в клубе. Ну… в смысле, читала она, а я слушал. Тот, который про собаку.

Мари рассмеялась.

— Лично мне понравилось. Может, малость эпатажно, но многие истории из жизни как раз такие.

— Мари — просто кладезь местного фольклора, — сообщила мне Дженни.

— Ты уж мне поверь: всяких историй про здешние места и вправду хватает.

— Я знаю, — сказала Дженни. — *Знаю*.

При этой мысли я немного воспрянул духом. Поскольку всегда считал Гриттен серым и скучным местом, мечтая когда-нибудь вырваться из него и оказаться там, где люди живут более насыщенной и яркой жизнью. До этого мне и в голову не приходило, что там, где я живу, может происходить что-нибудь столь же по-своему интересное, как в тех местах, которые я себе воображал.

— Пол тоже отправил рассказ, — сообщила Дженни. — Так ведь?

— Угу.

Я уже успел поступить так, как присоветовала мне мать. Помню, как отец насмехался надо мной, когда я попросил его два конверта с марками: один, чтобы отправить рассказ, а другой — с собственным обратным адресом, на тот случай, если его отвергнут и вернут.

Хотя какие там «если»?

— У меня тоже ничего не выйдет. — Повернувшись к Дженни, я быстро добавил: — Это я не в том смысле, что у тебя ничего не выйдет. Я просто уверен, что выйдет. Твой рассказ гораздо лучше моего.

— Этот ты еще не читал.

— Ну да, не читал. Но хотел бы. В смысле — если ты не против.

— Ну да, конечно не против. Но только если ты сам не против.

Мари следила за нашим обменом репликами, поглядывая то на меня, то на нее с недоверчивым выражением на лице.

— Эх, молодежь, молодежь!..

— Что такое? — спросила у нее Дженни.

— Ничего, лапочка. Ну ладно — дай-ка посмотрю, что ты там мне принесла, книгочейка ты наша.

Дженни принялась разгружать пакет, и они обе углубились в изучение его содержимого. Все книги были подержанными, и я пришел к заключению, что здесь же они и куплены. Наблюдая за тем, как Мари одну за другой раскрывает их и переписывает указанные на них карандашом цены на листок бумаги, я предположил, что по крайней мере некоторые ее клиенты рассматривают это место скорее как библиотеку, а не как книжный магазин.

Мари пригляделась ко мне сквозь очки.

— Можно попросить тебя об одном одолжении, Пол?

— Конечно.

— Замечательно! Мне он уже заранее нравится, Дженни... В общем, на вид ты парень большой и сильный, а у меня возле черного хода оставлена коробка с книгами, с которой мне одной не управиться. Не будешь так добр принести ее сюда?

— Запросто.

Мари вытащила из-под прилавка связку ключей и вручила ее мне.

— Можешь пройти вон там, через коридорчик. — Она мотнула головой куда-то в глубину зала. — Моя машина прямо у двери. Старый оранжевый «Форд». Мимо не пройдешь, он там один.

Я взял ключи.

— Коробка — в багажнике. Хотя будь поосторожней. Металл сильно нагревается на солнце, а я не хочу, чтобы ты обжег руки. — Мари покосилась на Дженни. — И уверена, что Дженни тоже этого не хочется.

Я успел заметить, как Дженни жутко краснеет, прежде чем решительно выбросить это замечание из головы и поспешить на зады магазина.

■ ■ ■

Оставшаяся половина последней четверти учебного года ползла, как улитка. Я ловил себя на том, что подсчитываю дни, оставшиеся до летних каникул, уже отчаявшись хоть когда-нибудь сделать ручкой опостылевшей школе под названием «Гриттен-парк».

Чарли, Билли и Джеймса я старательно избегал, и по большей части мне это успешно удавалось. Но не всегда, конечно же. Иногда они все-таки попадались мне на глаза, и всякий раз это не выглядело такой уж полной случайностью. Джеймс смотрел себе под ноги, а Чарли улыбался у него за спиной, словно демонстрируя мне отвоеванный у меня трофей.

Я всегда быстро отворачивался.

«Да пошли они в жопу!»

Но даже когда я не сталкивался с ними нос к носу, случалось, что я все равно почему-то ощущал их присутствие. Стоило оказаться возле лестницы, спускающейся к комнате «С5-б», как словно некий пульс начинал размеренно биться подо мной, и я невольно гадал, что там сейчас происходит. Что им всем троим снится.

Но каждую свободную минутку я старался проводить с Дженни. Мы столько раз сидели на этой ее скамейке на переменах, что та уже стала казаться нашей скамейкой, а не только ее. Мы делились своими заметками о прочитанных книгах и сюжетами рассказов, которые подумывали написать; просто сидели и разговаривали; иногда вместе прогуливались по окрестностям. По выходным я бывал у нее дома. Ее мать тоже всегда была там, что ограничивало наши возможности, но, помню, мы проводили много времени в ее комнате, целуясь и дурачась. Невидимая связь между нами крепла с каждым днем. Я ни с кем еще не чувствовал себя так комфортно и раскованно — ни с кем не был способен настолько быть самим собой, не опасаясь, что это может создать какие-то проблемы, — и от знания того, что она чувствует то же самое, просто захватывало дух.

И, конечно, мы ходили в тот книжный.

Мари угощала нас кофе с кексом и время от времени каким-нибудь игривым комментарием, но последнее вызывало все меньшее и меньшее смущение. Частично потому, что мы с Дженни чувствовали себя друг с другом все более непринужденно, но также и по той причине, что на тот момент шуточки Мари уже малость отстали от жизни. Но в основном мы втроем просто беседовали. Мне нравилась Мари, и я всегда старался ей чем-нибудь помочь, когда мы к ней заявлялись: переставлял и распаковывал коробки, наводил порядок на полках…

Как-то раз она болтала с Дженни, а к прилавку подошел покупатель. Она позвала меня.

— Пол? Не обслужишь этого джентльмена?

— Конечно!

Я и понятия не имел, как обращаться с кассой. Но нажал на несколько самых очевидных кнопок, повозился с выдвижным ящиком, произвел кое-какие мысленные подсчеты...

Потом Мари подошла ко мне.

— До летних каникул уже всего ничего, насколько я понимаю?

— Десять дней... — Я изобразил, будто смотрю на часы, которых у меня не было. — А еще шестнадцать часов, десять минут и пятнадцать секунд.

Она рассмеялась.

— Ну что ж, я тут подумала... У тебя появится бездна свободного времени. — Мари бросила взгляд на Дженни. — И мне почему-то кажется, что уезжать ты никуда не собираешься. Короче говоря: не хотелось бы тебе немного поработать?

Я заморгал, а потом оглядел магазин.

— В смысле, *здесь*?

— Давай покажу, как работать на кассе, — быстро сказала она.

■ ■ ■

Мать была довольна, что я нашел приработок и не буду болтаться без дела.

— Да еще и в книжном! — воскликнула она.

Можно было ожидать, что отца это тоже обрадует, но я давно уже оставил надежду произвести на него впечатление, и, если что, книжно-магазинная часть уравнения — а тем более букинистическая, — похоже, удостоилась еще большего презрения, чем обычно. Но вместо того, чтобы обескуражить, это скорее меня даже приободрило. Казалось, что работа в «Джонсон и Росс» каким-то образом приближает меня к моей мечте.

Когда начались каникулы, я стал помогать Мари в магазине на регулярной основе, три дня в неделю, а стоило мне освоить кассовый аппарат, как эта работа действительно стала доставлять мне удовольствие. Без дела я не сидел — то требовалось навести порядок на полках, то разгрузить и распаковать коробки с новыми поступлениями, и вскоре постоянные покупатели начали меня узнавать. Без Дженни, которую можно было подкалывать, Мари вела себя куда менее провокационно. Даже показала мне несколько самых дорогих книг в магазине и начала обучать тому, как самому в случае чего опознать потенциально ценное издание. Она все больше и больше мне нравилась. И Дженни была права: Мари оказалась просто-таки кладезем всяких историй про наши края, и не проходило и дня, чтобы она не попотчевала меня очередным местным преданием, от которого у меня иногда просто глаза на лоб лезли.

Поздними вечерами, когда родители отправлялись спать, я по-прежнему пытался и сам что-нибудь написать. Дело шло туго. Хотя в идеях у меня недостатка не было, проблема возникала, когда я садился за письменный стол и пытался облечь их в слова. Мари была просто природной рассказчицей, и я подозревал, что и Дженни тоже. Но только не я. Сюжеты, представлявшиеся блестящими у меня в голове, становились плоскими и безжизненными на бумаге. Я много чего начал, но так ничего и не закончил.

Все свободное же время я проводил с Дженни.

Сила моих чувств к ней пугала меня. Просто не укладывалось в голове, что в начале учебного года я вообще едва ее замечал. Теперь я едва ли мог заставить себя не думать о ней. Сердце билось как-то странно, словно втайне брало уроки и научилось новым незнакомым трюкам. Если мы с Дженни не сидели у нее дома, то не спеша прогуливались по улицам в ее части Гриттена. Она показала мне парк, в котором играла маленькой девочкой, и те места, где некогда располагались магазины, которые она помнила с детства… С одной стороны, совершенно обыденные и несущественные подробности, но наша растущая близость делала каждую чепуховую деталь яркой, живой и особенной. Дни стояли жаркие и ясные, и я вдруг поймал себя на том, что повсюду подмечаю яркие краски. Наконец-то наступило лето. В мире, который не так давно казался тусклым и серым, с каждым днем все сильнее закипала жизнь.

И ни Чарли, ни Билли, ни Джеймс мне больше на глаза не попадались.

Все эти годы спустя, когда я впервые увидел Дженни после возвращения в Гриттен, она напомнила мне, что здесь у меня остались и хорошие воспоминания, пусть даже и наряду с плохими. Полная правда. И никуда они не девались — воспоминания о той поре, когда я впервые в жизни влюбился. Три недели в начале тех летних каникул были счастливейшими во всей моей жизни.

А вот на четвертой все пошло вразнос.

28

В наши дни

Первый же шаг за порог «Джонсон и Росс» вызвал едва не ослепившую меня вспышку узнавания.

Фасад, может, и подновили, но внутри мало что изменилось. Стеллажи и шкафы были все так же битком набиты книгами, многие из которых были такими старыми и потрепанными, что было легко поверить: это те самые книги, которые стояли тут двадцать пять лет назад. Запах и вообще сама атмосфера оказались точно такими же, какие остались в памяти. Каждое ощущение было столь сильным, что я сразу припомнил, как впервые оказался здесь — как показалось, будто я попал домой, и на миг промелькнула совершенно сумасшедшая мысль: уж не совершил ли я какой-то совершенно невероятный скачок во времени, мгновенно переместивший меня из той поры в нынешнюю, и не возникали ли мои давно похороненные воспоминания из будущего, а не из прошлого?

На чуть подкашивающихся ногах я двинулся по проходу между стеллажами.

За прилавком никого не было. Оглядевшись по сторонам и прислушавшись, я понял, что нет здесь и никого из покупателей, кроме меня. Так часто бывало, когда я тут работал. Если тем летом вдруг выпадало подобное затишье, я мог просто тихо сидеть где-нибудь в уголке, вдыхая запах книг. Иногда даже казалось, будто я слышу вокруг себя тихое шуршание страниц, словно упрятанные в них истории тихонько посапывали во сне.

Не может же быть, чтобы Мари до сих пор работала здесь?

Я не знал, какого ответа на этот вопрос опасаюсь больше всего: что она давно куда-нибудь переехала или что я вот-вот увижу ее вновь после всех этих лет.

Не знал, какие в том или другом случае испытаю чувства.

Вдруг какой-то шумок в дальнем конце зала.

— Стойте где стоите! — послышался женский голос. — Потерпите немножко.

Мое сердце забилось чаще. «Еще не поздно», — подумал я. Даже сейчас можно было развернуться и уйти, прежде чем она появится. Но я заставил себя ждать. Наконец между стеллажами показалась Мари. Заметно постаревшая — некогда выцвеченные до белизны коротко стриженные волосы теперь были белыми сами по себе, и двигалась она немного неуклюже, — но в моих глазах совершенно не изменилась, как и сам магазин.

Мари никак не ожидала увидеть меня, естественно, так что пару секунд лишь без всякого выражения присматривалась ко мне — наверное, удивленная тем, как пристально я смотрю на нее в ответ. Но тут наконец узнала меня, и на ее лице прорезалась улыбка, от которой морщинки в уголках глаз разлетелись по сторонам.

— Пол!

Мари медленно подошла ко мне и крепко обняла.

Я совершенно не представлял, каково это будет — увидеть ее после всех этих лет.

И вновь это было все равно что вернуться домой.

■ ■ ■

Мари перевернула табличку на двери на «Закрыто», после чего приготовила нам обоим кофе в маленькой кухоньке позади прилавка.

— Только вот, боюсь, сегодня без кекса.

— Все нормально, — сказал я. — Я не голоден.

— Возможно. Но кофе тебе определенно не помешает.

В самом деле? После утренних событий я все еще чувствовал себя совершенно разбитым, но не сознавал, насколько это бросается в глаза. Может, это была еще одна причина, по которой в полиции подумали, будто я теряю связь с реальностью.

— Просто не выспался.

— Вполне объяснимо. Сейчас тебе, должно быть, очень непросто.

— Очень рад, что вы до сих пор здесь, — сказал я.

— Это тоже непросто. Держусь, пока могу. Хотя не думаю, что мне так уж много осталось.

— И на секунду в такое не поверю!

Мари улыбнулась, а потом подула на кофе и немного отпила.

— Жаль было слышать про твою мать, Пол. Она просто замечательная женщина.

Это меня удивило.

— Так вы что, знакомы с ней?

— Немного. Не особо хорошо, но она довольно часто сюда заглядывала.

Я поразмыслил над этими ее словами.

— Похоже, что она стала заядлой читательницей.

— Да, после смерти твоего отца.

Я кивнул своим собственным мыслям.

Мой отец был человеком суровым и беспощадным, который всю жизнь работал на земле, когда там находилась работа, но, похоже, всегда больше гордился тем, как земля обрабатывала его самого — как будто одни лишь страдания и лишения способны укрепить человеческий дух. Книги никогда не имели для него никакого смысла, равно как и я сам — его тихий, безвольный сын, несчастный книжный червь, вечно спешащий улизнуть в свою комнату наверху, чтобы затеряться в придуманных какими-то бездельниками историях или делать жалкие попытки сочинять свои собственные.

Припомнилась та фотография матери в детстве, где она лежит на освещенной солнцем траве с открытой перед глазами книгой. Можно было без труда представить, как она, наконец освободившись от неодобрительных взглядов моего отца, всецело отдалась подавленной страсти к чтению. Этот образ мог хотя бы немного согреть мне душу, но я видел лишь одинокую женщину, ищущую утешения и духовного родства в единственном месте, где она только могла их найти, и на меня накатило чувство вины за то, что искала она их не у меня.

«Ты никогда ничего мне не показывал, Пол».

— Как она вам показалась? — спросил я. — В смысле, в последнее время.

Мари явно колебалась.

— Все нормально. — Я отхлебнул из своей чашки. — Мне надо это услышать. Я знаю, что она уже давно была не в себе.

— Да. Иногда такое случалось.

Мари поставила чашку на прилавок и задумчиво опустила на нее взгляд. Мы оба знали, что она уже рассказала мне кое-что в прошлом, что привело к совершенно невообразимым последствиям, и мне было видно, что она взвешивает эффект, который ее слова могли произвести сейчас.

— Продолжайте, — попросил я.

— Она расспрашивала про тебя.

— Про меня?

— Да. Временами она думала, что ты до сих пор работаешь здесь. А иногда вдруг начинала искать книги, написанные тобой. Постоянно твердила, что мне нужно обязательно заказать несколько твоих книг. Мол, они просто улетят с полок.

Я ничего не ответил.

— Я обещала, что постараюсь, конечно же. — Мари улыбнулась. — Даже говорила ей, что вроде как недавно была у нас парочка экземпляров, но они уже проданы. В таком вот духе.

— С чем-то подобным, наверное... было трудно иметь дело.

— Проявлять доброту по отношению к твоей матери никогда не было трудно, Пол.

«Ну да», — подумал я. Это уж точно. Потому что моя мать и сама всегда была доброй — не только ко мне, но и ко всем без исключения. Осознание этого вызвало укол грусти. Только теперь мне окончательно открылось, сколько лет я бессовестно разбазарил и сколько всего мне хотелось бы сказать ей, пока у нее есть еще время слушать.

— Знаешь, у нее было множество друзей, — сказала Мари. — Она не была несчастлива. И очень гордилась тобой.

— У нее не было никаких причин мной гордиться.

— Эй, давай-ка... Я уверена, что это не так.

Я погрузился в молчание.

«Думаю, что ты станешь писателем...»

В некие незапамятные времена я тоже себе это воображал. Но хорошо помню, как однажды в тот год, прямо под конец последней учебной четверти, спустился из своей комнаты и обнаружил ожидающий меня конверт. Даже из двери кухни я узнал и свой собственный почерк на нем, и марку, которую сам прилепил в углу. Несколько недель после отправки своего творения на конкурс я всеми силами старался не думать о нем, повторяя себе, что рассказ не слишком-то хорош, что его не примут и что нет смысла будить в себе какие-то надежды. Но мысль о том, что он уже где-то там, все равно порождала мягкое трепыхание в сердце, словно бы какая-то птица поселилась там. Чудилось, будто какая-то часть меня оставила эти постылые места и вылетела в большой мир, и в глубине души я позволял себе мечтать, что, может, где-то там она найдет себе дом.

Открыв конверт, я обнаружил внутри свой рассказ — вместе с типовым уведомлением, в котором с сожалением извещалось, что на сей раз моя заявка не прошла отбор.

Помню, как перечитал его несколько раз и как показалось, будто то, что жило у меня у груди последние несколько недель, только что умерло.

— Я немного обучаю писательскому мастерству, — признался я Мари. — Это лишь часть того, чем я занимаюсь. Но сам практически не пишу.

— Стыд и позор. Почему ты прекратил?

— Потому что знал, что никогда не буду достаточно хорош в этом деле.

Строго говоря, это было не совсем так. Реальность заключалась в том, что я никогда не работал достаточно усердно, чтобы это выяснить, и мне следовало быть более честным на этот счет.

— После того, что произошло, казалось, что есть только один сюжет, который может иметь для меня хоть какое-то значение. А я не думаю, что когда-нибудь сумею подобрать слова, чтобы изложить его на бумаге.

— Наверное, это не всегда будет так.

— Не думаю. У этого сюжета даже нет концовки.

— Пока нет.

Я подумал про тех, кто до сих пор копается в том старом деле в интернете. Про абсолютно посторонних людей, до сих пор решительно настроенных разгадать загадку исчезновения Чарли, даже после всех этих лет.

— Слишком много воды утекло, — сказал я. — Теперь это уже древняя история. Все давно позади.

Мари опять улыбнулась.

— Не думаю, что время действует таким вот образом, Пол. Чем старше становишься, тем сильней все начинает сливаться воедино. Начинаешь понимать, что жизнь никогда не была чем-то вроде прямой линии. Что это всегда были какие-то… каляки-маляки.

Она тихонько рассмеялась — обычная ее шуточка мимоходом. Но это описание попало в точку. Повсюду, куда я ни бросал взгляд в Гриттене, виднелись следы прошлого, едва прикрытые теми деталями, которые годы водрузили на самый верх. Места. Люди. Где-то под настоящим здесь по-прежнему целиком и полностью присутствовало прошлое: не прямая линия, а действительно какие-то безумные каракули. И как ни пытаешься забыть его, без осознания этого, наверное, просто топчешься на месте.

Я уже собирался сказать что-то еще — поподробнее расспросить про мать, про книги, которые она любила, про то, о чем рассказывала, — когда в кармане у меня зажужжал телефон.

Звонила Салли.

Я ответил. А потом в основном только слушал и ловил себя на том, что реагирую в нужных местах — тихо, чисто для проформы и почти машинально. Мари все это время наблюдала за мной, с лицом, полным сочувствия. Потому что она все поняла.

Когда разговор завершился, все вопросы, которые я намеревался задать минуту назад, напрочь вылетели из головы. На самом деле слов у меня оставалась лишь жалкая горстка, и я совершенно будничным тоном их произнес.

— Моя мать умерла, — сказал я.

■ ■ ■

Когда я приехал, Салли в хосписе не было, и в комнату меня проводила одна из медсестер. Вела она себя уважительно, но профессионально. «Примите мои соболезнования», — сказала она мне в фойе, а потом, пока мы шли вместе, больше не проронила ни слова. Без сомнения, мне еще предстояло участие в каких-то многочисленных формальностях, но по ее манере вести себя было ясно, что это может подождать.

В настоящий момент — только это.

Мы остановились перед дверью.

— Побудьте там столько, сколько понадобится, — сказала она.

«Двадцать пять лет», — подумал я.

В комнате стояла умиротворяющая тишина. Я тихонько прикрыл дверь, словно входил к человеку, готовому в любой момент проснуться, а не к тому, кто не проснется уже никогда. Моя мать, как и обычно, лежала на кровати. И хотя ее голова все так же покоилась на подушке, уже казалось, что она утонула и затерялась в ней. Я сел рядом, пораженный тем, что не ощущаю абсолютно никакого человеческого присутствия в комнате. Черты лица моей матери, обтянутого желтоватой и тонкой, как пергамент, кожей, резко обострились. Ее глаза были закрыты, а рот слегка приоткрыт. Она была просто невероятно, не по-человечески неподвижна. «Неужели это и вправду моя мама?» — подумал я. Поскольку это была не она. Ее тело было здесь, а сама она — нет.

Во время моих прежних посещений ее дыхание порой было таким поверхностным, а тело — столь неподвижным, что мне казалось, будто она скончалась. Только тихое попискивание аппаратуры возле кровати убеждало меня в обратном, и даже это иногда выглядело каким-то фокусом. Теперь аппаратура молчала, и разница была огромной. Я никогда не был религиозным человеком, но какая-то живая искорка столь явно покинула эту комнату, что было трудно не подумать, куда она девалась. Не может же она просто исчезнуть без следа? Разве такое бывает?

Меня охватило странное оцепенение. Но каким-то непонятным образом тишина в комнате звучала так строго и торжественно, что казалась мало пригодной для эмоций. И я знал: они еще придут. Поскольку, несмотря ни на что, я действительно любил свою мать.

Что и сказал ей вчера, когда она заснула.

Когда она этого все равно не слышала.

Мне пришло в голову, насколько все между нами могло бы быть по-другому, если б Чарли и Билли не сделали того, что сделали. Это изменило курс, которым могла пойти моя жизнь, — и ту конечную точку, в которой мы с матерью могли бы оказаться, вместо той, в которой находились сейчас.

«Черт бы вас обоих побрал!» — подумал я.

Да, события последних нескольких дней напугали меня, и страх все не отпускал. Некая смутная угроза по-прежнему висела в воздухе.

Но теперь во мне горел и гнев.

Чуть позже — точно не помню насколько — я услышал тихие голоса за дверью, после чего последовал деликатный стук в дверь. Я встал и подошел к ней. В коридоре стояла все та же медсестра, а рядом с ней — Салли.

— Соболезную, мистер Адамс.

Салли мягко тронула меня за руку, а потом дала мне бумажный платок. Тут я осознал, что в какой-то момент плакал.

— Ну да, окно же открыто, — пробубнил я. — Аллергия — просто кошмар для меня в это время года…

Салли мягко улыбнулась.

— Послушайте, — сказал я. — Спасибо вам. За все, что вы сделали. Наверное, я не особо вправе так говорить, после всего, но моя мама хотела бы, чтобы я поблагодарил вас. И простите за недавнее.

— Вам нет нужды извиняться. Всегда пожалуйста.

Она начала объяснять мне, как все будет происходить дальше и что от меня при этом потребуется, но ее слова лишь обтекали меня, не застревая в памяти. Я понимал, что должен все хорошенько запомнить, но никак не мог сосредоточиться. Все, что более или менее отфильтровалось, это что на организационные хлопоты уйдет где-то с пару дней.

— Вы можете еще побыть здесь? — спросила Салли.

Я подумал обо всем, что недавно со мной произошло. О том, насколько меня это напугало. Насколько сильно мне недавно хотелось поскорее убраться отсюда и забыть о прошлом. И понял, что теперь ни в коем случае так не поступлю — что бы здесь сейчас ни творилось.

Поскольку наряду со страхом по-прежнему горел и гнев.

— Да, — сказал я. — Могу.

29

К тому времени, как она возвращалась из Бренфилда — городка, до которого они отследили аккаунт «ЧК666», — ночь уже окончательно вступила в свои права, и Аманда медленно и осторожно катила по двухполосной автомагистрали в сторону Гриттен-Вуда. Мелькающие наверху фонари купали ее в перемежающихся волнах желтого света, производя убаюкивающий гипнотический эффект. Мир за окнами машины казался не вполне реальным. Аманда пыталась сосредоточиться, но разум все сильней охватывала сонная одурь, а мысли постоянно путались.

Доехав до съезда на Гриттен-Вуд, она свернула влево. Погруженный во тьму поселок впереди словно вымер. Улицы — не более чем узенькие грунтовые дорожки, а дома — скорее какие-то наспех сколоченные хибары, наполовину похороненные во мраке на разрозненных клочках земли. Пару-тройку раз за стеклами машины промелькнули освещенные окна — яркие почтовые марки в ночи, — но, кроме них, никаких признаков жизни не наблюдалось.

И над всем этим вдалеке нависала черная стена леса.

Через пару минут Аманда остановила машину перед домом, который выглядел еще более заброшенным, чем остальные, и вылезла из машины. Хлопок двери эхом разнесся по пустынным улицам, и она немного нервно осмотрелась по сторонам, словно этот звук мог побеспокоить кого-то или что-то. Никого вокруг не было. Но, несмотря на отсутствие видимых признаков хоть какой-то человеческой деятельности, все равно показалось, будто из тьмы на нее внимательно нацелились чьи-то глаза.

Показалось, что ее появление не осталось незамеченным.

И после событий последних двух дней это ее изрядно пугало.

Она вновь перевела взгляд на дом. Калитка была сломана и висела на единственной ржавой петле. Кое-как протиснувшись за нее, Аманда двинулась по заросшей дорожке к входной двери. Потрескавшиеся окна по бокам от крыльца были серыми и мутными, стекла изнутри заклеены пожелтевшими газетами. С фонариком, может, и удалось бы прочитать заголовки — истории из другого века, — но ощущение, что за ней наблюдают, было таким сильным, что Аманде не хотелось привлекать к себе внимание.

Она подергала за дверную ручку.

Заперто, естественно.

Отступив на шаг, Аманда подняла взгляд на пошедший пузырями крашеный деревянный фасад. Окна наверху были дымчато-серыми, как перегоревшие лампочки, водосточные желоба на карнизах висели вкривь и вкось. Между балками над дверью нарос мох.

«Да и хрен с ним, если кто и смотрит!»

Вытащив телефон, она включила в нем фонарик, а потом осторожно шагнула в заросли травы сбоку от дорожки, посветив в окно, где клочок газеты отстал от рамы. Луч беззвучно заметался по комнате внутри, пятна света и тени перекатывались по голым половицам и отсыревшим стенам.

Аманда выключила фонарик.

Никого здесь не было — дом почти развалился и был заброшен уже очень давно. Но именно здесь жили Айлин и Карл Доусоны, и именно здесь двадцать пять лет назад рос Джеймс Доусон. Как раз отсюда по настоянию Чарли Крабтри компания подростков всякий раз отправлялась в походы в лес, лежащий позади.

Айлин и Карл Доусоны продолжали жить здесь еще лет десять, после чего Карл унаследовал небольшую сумму денег, и пара решилась на окончательный переезд из Гриттен-Вуда. Правда, дом им продать не удалось, поскольку кто захочет покупать жилье в таком месте? Но пусть даже так. Они собрали вещи и убрались отсюда, бросив дом вместе с плохими воспоминаниями, крепко запечатанными в нем.

Переехали за сто миль отсюда, в Бренфилд.

■ ■ ■

Вернувшись в машину, Аманда проехала еще несколько кварталов и остановила машину возле землевладения, зарегистрированного на Дафну Адамс. Здесь вроде как остановился Пол. И хотя дом с участком был не в пример лучше ухожен, чем тот, что она только что видела, Аманду не оставляло все то же ощущение пустоты и полной заброшенности, пока она шла к нему от калитки. В доме было темно и тихо, и сердце у нее упало. Аманда обернулась обратно на улицу. Машины Пола нигде не было видно. Так что наверняка и сам он отсутствовал.

Постучавшись, она немного выждала.

Особо не ожидая ответа — и так его и не получив.

Тоскливое раздражение лишь усилилось — ей нужно было срочно поговорить с ним. Где его черти носят? Аманда знала, что утром он ездил в отдел полиции Гриттена и пытался подать заявление о том, что в щель для писем ему пропихнули какую-то куклу, но сотрудник, который с ним беседовал — Холдер, — не воспринял его всерьез. Это была лишь одна из длинного перечня ошибок, которые уже были сделаны, и Аманда полагала, что некоторые из них допустила она сама. Например, даже не взяла у Пола номер телефона для связи. Что он здесь, в Гриттене, она узнала, пообщавшись с кем-то в университете, в котором Пол работал, но сейчас, на ночь глядя, там некому было ответить на ее звонок. У нее было смутное подозрение, что тут ей мог бы помочь Тео, но когда Аманда набрала единственный известный ей номер, выяснилось, что детектив уже ушел с работы.

Она отступила на шаг.

Сад здесь не так зарос, как возле старого дома Доусонов, и после недолгих колебаний Аманда, опять включив фонарик на телефоне, направилась по извилистой тропке в обход дома, на зады. Все это время она тщательно прислушивалась, но не слышала ничего, кроме легкого шелеста ночного ветерка. Оказавшись в саду на заднем дворе, повела по нему лучом фонарика. Свет проникал неглубоко, но можно было различить смутные очертания ограды из металлической сетки в глубине, над которой раскинулась безграничная чернота леса.

Леса, в котором исчез Чарли Крабтри.

Аманда поежилась.

«Чарли давно нет в живых».

Теперь она далеко не была в этом уверена. И, не сводя взгляда с темной бесконечной стены деревьев, теперь гадала, кто или что может сейчас таиться там.

Тем более что в Бренфилде до дома Карла и Айлин Доусонов Аманда так и не добралась. Про дороге она чисто из вежливости позвонила в отдел полиции Бренфилда, чтобы поставить коллег в известность о своем приезде, и ей сообщили, что полиция уже там. Поскольку утром проживающих по названному ею адресу мужчину и женщину нашли жестоко убитыми.

«Меня беспокоит, что это может иметь какое-то отношение к причине моего появления здесь».

Аманда помнила, как Двайер закатил глаза при этих словах и что она ему потом сказала: если он ошибается, то убийца по-прежнему где-то тут, и ее больше всего волнует, чего еще от него ждать.

«Ну где же ты, Пол?»

Теперь Аманда не сводила глаз с угольно-черного леса перед ней. С Сумраков, как его тут называют. Она не слышала ничего, помимо этой тяжелой тишины, но просто-таки чувствовала вес истории, упрятанной где-то в самой его глубине. Истории, которая, похоже, теперь возвращалась.

Истории, которая продолжала одну за другой забирать человеческие жизни.

Часть III

30

Тогда

Четвертая неделя летних каникул.

Я был дома у Дженни, в ее спальне. Мы целовались и дурачились. Ее мать, похоже, не возражала, что Дженни остается наедине с парнем в своей комнате, но дверь была открыта, и она постоянно моталась туда-сюда по лестнице, занимаясь какими-то домашними делами. В какой-то момент мы услышали, как она поднимается на второй этаж, и быстро отпрянули друг от друга, Дженни встала и отошла от кровати, на которой мы валялись, свесив ноги на пол. Помню, как ее мать что-то отсутствующе напевала себе под нос, проходя мимо по коридору.

Мы с Дженни несколько секунд прислушивались. А когда вновь услышали ее шаги на лестнице, Дженни улыбнулась мне и присела обратно на кровать.

— Все это хорошо, — шепнула она, — но хотелось бы несколько большего уединения, точно?

Мое сердце выполнило один из этих удивительных новых трюков, которым выучилось в последнее время.

— Да, — отозвался я. — Это уж точно.

Не сказать, чтобы я об этом уже не думал. И, конечно, притом, что обоих моих родителей весь день не было дома, мне давно приходило в голову, что мой собственный дом — это как раз то, что надо. У меня просто не хватало храбрости упомянуть об этом раньше. И еще, часто бывая у Дженни, я болезненно сознавал, насколько бедным и убогим он может выглядеть в ее глазах. Но было глупо этого стыдиться.

— Можем как-нибудь заглянуть ко мне для разнообразия.

— Да ну?

— Родителей в это время практически не бывает.

Дженни улыбнулась.

— А что — по-моему, неплохая мысль.

— Завтра я на работе. Может, в пятницу?

— Угу. Это было бы классно.

Мы на несколько секунд уставились друг на друга, и я вдруг осознал, что Дженни находится в том же нервно-приподнятом настроении, что и я.

— О! — Она неожиданно встала. — Мне надо тебе кое-что показать.

Подошла к комоду. Рядом с маленьким телевизором здесь были разбросаны какие-то бумаги и книги.

— Вообще-то я получила это несколько дней назад, но точно не знала, захочешь ты это увидеть или нет.

— А что это?

Дженни подхватила какую-то тонкую книжку в твердом переплете.

— Сборник рассказов. С того конкурса. Мне прислали экземпляр.

— Ничего себе! — Я был немного растерян, но при этом и тронут тем, что Дженни решила показать его мне. — Это просто здорово, честно! Очень хочу посмотреть! Выглядит обалденно.

Улыбнувшись, она положила книжку на кровать. Сделана та была и впрямь шикарно, хоть и без суперобложки. На бледно-голубом переплете, помимо заглавия, красовался и список авторов — всего их было двенадцать. Я нашел ее имя и провел пальцем по чуть рельефным напечатанным буквам.

— Все по-настоящему...

— А ты как думал?

— Твоя первая публикация.

— Вообще-то у меня уже есть опубликованный рассказ, еще в семь лет. В журнале «Кикс».

— Ну ладно — значит, вторая. Хотя первая с твоей фамилией на обложке. Думаю, что первая из многих.

— Спасибо, — улыбнулась Дженни. — Действительно очень приятно.

— Да это просто офигительно!

Я отнюдь не кривил душой. Разочарование оттого, что мой собственный рассказ завернули, теперь немного притухло, но мне все равно и в голову не пришло бы болезненно воспринимать успех Дженни. Я еще раз посмотрел на обложку, на миг представив себе собственное имя на книге вроде этой, и проникся решимостью удвоить усилия. Может, когда-нибудь и у меня будет что показать ей в ответ.

Корешок тихонько, но удовлетворяюще хрустнул, когда я раскрыл книгу, а потом, осторожно держа ее на ладони, перелистнул первую пару страниц, пока не добрался до содержания.

— Вообще-то она предназначена для того, чтобы ее читать, — заметила Дженни. — А не для того, чтобы пылинки с нее сдувать.

— Я просто хочу поаккуратней.

— Не такая уж это и драгоценность.

— Скажешь тоже!

Я пробежался по перечню авторов. Он был выстроен не в алфавитном порядке, и я нашел ее ближе к концу.

«Красные Руки», Дженни Чамберс.

Я на несколько секунд уставился на название, по спине у меня побежал холодок. Даже почти захотелось зажать нос, но в этом не было нужды — я и так знал, что это мне не снится. Не знал я лишь того, как все это понимать.

— Пол?

Я почувствовал, что Дженни нахмурилась. И все же продолжал таращиться на два этих невероятных слова. *Красные Руки*. Остальной текст на странице стал беспорядочно расползаться под моим взглядом. Уже больше трех недель я всеми силами старался забыть про Чарли и его дурацкие истории, и теперь казалось, будто он неожиданно выскочил на меня из засады, которую каким-то образом ухитрился устроить заранее. Словно продемонстрировал мне свой очередной фокус, который мне будет не под силу разгадать.

— Пол?

— Прости. — Я помотал головой, а потом быстро пролистал книгу, отыскивая начало рассказа. — Просто дай мне минутку.

Найдя нужную страницу, я углубился в чтение.

«Красные Руки»
Дженни Чамберс

Было уже около полуночи, когда тот человек в лесу позвал мальчика за собой…

Я вздрогнул, когда Дженни тронула меня за руку. И тут же отдернулась, будто ее ударило током.

— Господи! В чем дело? У тебя такой вид, будто ты увидел привидение! — Она попыталась улыбнуться. — И ты ведь этот рассказ даже не читал!

Я посмотрел на нее, чувствуя дурноту.

— Так это тот самый? История с привидениями?

— Типа того. Хотя да — тот самый рассказ, про который я тебе когда-то рассказывала.

— В смысле, грустный?

— Ну да. — Дженни с силой погладила меня по руке. На сей раз никто из нас не отдернулся. — Что не так, Пол?

— Не знаю. Можно, я для начала его прочту?

— Да. — Она слегка отодвинулась от меня. — Конечно.

■ ■ ■

Рассказ был про парнишку-подростка, которого выманил из дома посреди ночи какой-то человек, позвавший его из леса. Парнишка тихонько выскользнул на лестницу, чтобы не разбудить свою мать — которую, как было ясно из текста, он сильно недолюбливал. Спустившись вниз, как можно тише отпер заднюю дверь, а потом шагнул в холод и тьму. Сад на заднем дворе совсем зарос и был полон колышущейся черной травы.

Тот человек стоял на самом краю леса в глубине сада. Парнишка не мог различить его лица — видел лишь крупную, неуклюжую коренастую фигуру.

В нескольких абзацах ярко и убедительно описывалось, как парнишка пробирается в лес, который выглядит все более угрожающим и каким-то сказочным по мере его продвижения. Но хотя парнишке страшно, он все равно продолжает идти, даже когда тот человек иногда ощущается лишь как некое смутное присутствие между деревьями впереди. Парнишка отбрасывает от лица упругие ветки в темноте. Побеги вьюнков хватают его за ноги. Под ногами хрустит валежник.

И вот наконец он находит этого человека.

Прямо в тот момент, когда уже казалось, что идти нет больше сил, парнишка различил впереди проблески костра — пламя плясало и мигало среди деревьев. Вот что-то щелкнуло, и в дыму в небо взлетел сноп ярких искр. Шагнув вперед, он оказался на поляне, где в яме из мягкого серого пепла горели подобранные в лесу кривые сучья — ветки, торчащие из них, словно кости скелета, светились от жара.

Тот человек сидел, поджав под себя ноги. Его лицо почему-то оставалось в тени, но парнишка хорошо видел его руки, покоящиеся на замызганных коленях джинсов, и в свете костра они были ярко-красными. Красными от крови, все еще сочащейся из рваных порезов, которые тот сделал себе поперек запястий. Парнишке было больно смотреть на это. Человек все еще истекал кровью, пусть даже этим ранам было уже так много лет.

Парнишка уселся на лесную подстилку, отделенный от него костром. Выражение лица человека было неразличимо, но кровь по-прежнему была видна и все так же струилась из жутких порезов. Костер трещал и плевался между ними.

И тут отец парнишки наконец заговорил.

Закончив чтение, я несколько секунд посидел в молчании. Я по-прежнему совершенно не представлял, что сказать, так что поймал себя на том, что вновь и вновь перечитываю одни и те же фразы, делая вид, будто еще не дочитал до конца, и пытаясь тем временем собраться с мыслями.

— Ну как, понравилось?

Голос Дженни прозвучал несколько опасливо. Учитывая мою недавнюю реакцию, я едва ли мог ее в этом винить.

— По-моему, блестяще.

— Правда?

— Да, правда.

Да, так оно и было. В смысле качества, любым моим потугам что-либо написать было до этого как до луны. Несмотря на мою смутную тревогу по поводу сюжета, я действительно словно оказался там с этим парнишкой, пока читал рассказ, — боялся за него, но был также и заинтригован человеком, за которым он следовал. Дженни добавила тут и там достаточно небольших деталей, чтобы развязка казалась неизбежной, и для большего понимания сделала небольшое отступление: парнишка жил один с матерью, а мужчина, позвавший его, был призраком его отца, который покончил с собой несколько лет назад. Парнишке нужно было поговорить с ним — понять, что случилось и почему. Это была метафора горя и утраты, а также урона, нанесенного тем, кого коснулись последствия подобной трагедии.

Так что да, я искренне считал, что рассказ блестящий.

А вот понравился ли он мне?

Ничуточки.

Все это было слишком уж близко к тому сну, которым Чарли как-то поделился с нами, и к лелеемым им фантазиям, чтобы быть простым совпадением. Мы вчетвером рыскали по этому лесу в поисках того, что нам так и не суждено было найти. Подтверждения историй про некоего призрака среди деревьев. Человека с ярко-красными руками и лицом, которое никому не дано увидеть.

Но как вообще Дженни могла про все это узнать? Насколько мне было известно, она ни разу не общалась ни с Чарли, ни с Билли, ни с Джеймсом. И все же это явно не было простой случайностью.

Так что должно было существовать какое-то объяснение.

— По-моему, изумительно, — сказал я ей еще раз. — А откуда ты взяла идею?

И, едва задав этот вопрос, тут же осознал, что и сам это прекрасно знаю.

■ ■ ■

На следующий день я пришел на работу пораньше.

Еще в самый первый день Мари выдала мне ключи, так что я открыл магазин и занялся своими обычными делами. Покупателей в такую рань было всего ничего, и предстояло разобрать единственную новую поставку. Работал я методично, но практически машинально — в голове у меня вихрились вопросы. По-своему я чувствовал себя в столь же отчаянном положении, что и тот парнишка из рассказа Дженни, и какая-то часть меня не желала ничего знать. Та часть, которая боялась того, что я могу выяснить.

Мари появилась сразу после десяти, и на тот момент магазин был совершенно пуст, если не считать меня. Я встал, окруженный стопками книг в закутке за прилавком. Сердце забилось быстрее. Если я не сделаю этого немедленно, то не сделаю никогда.

— Мне нужно кое о чем с вами поговорить.

Мари бросила на меня любопытный взгляд.

— Ну что ж, — произнесла она. — И тебя с добрым утром!

— Ой, простите...

После чего я просто остался стоять, где стоял. Мари вздохнула, поставила свою сумку на прилавок, после чего заговорила более мягко.

— В чем дело, Пол?

— В рассказе Дженни, — сказал я.

— И что с ним?

— Я про тот, который она написала для конкурса. «Красные Руки».

Мари покачала головой.

— Не знаю, этот я не читала. Успокойся, не гони. Расскажи толком, что тебя беспокоит.

— Рассказ называется «Красные Руки», — начал я. — Это про мальчишку, который идет в лес. Там его отец — как раз его-то этот парнишка и ищет, — но на самом деле его отец давно умер. Он — призрак. Когда-то покончил с собой, и его порезанные руки до сих пор все в крови.

Я буквально выпалил это описание, но заметил, что, пока я все это выкладывал, выражение лица Мари успело смениться с любопытного на встревоженное. Сам рассказ она, может, и не читала, но прекрасно понимала, о чем я говорю.

— Это основывается на чем-то из того, что вы ей рассказывали, верно? — спросил я.

— О боже... — Она закрыла глаза и потерла переносицу. — Да, похоже на то, но я не думала, что Дженни возьмет этот сюжет за основу. Нужно быть осторожным, когда так поступаешь. В конце концов, не все истории принадлежат тебе. Кого-то это может задеть.

— Мне нужно знать, что произошло, — сказал я. — Подлинную историю.

Мари открыла глаза и несколько секунд смотрела на меня. Вид у нее вдруг стал какой-то усталый, словно она оценивала меня каким-то образом.

— Пожалуйста, — добавил я.

— Твои родители, Пол.

— А что с ними?

— Твои мама и папа. Они оба все еще живы?

— Ну да. — Перед глазами вдруг вспышкой промелькнуло лицо отца. — К сожалению.

— Ты будешь скучать по ним, когда их не станет.

Но тут она печально улыбнулась и поправилась:

— Конечно, бывает по-всякому. Но хорошо... Что ты хочешь знать?

— Все.

Я уже знал кое-что, поскольку Дженни успела рассказать мне то, что смогла припомнить. Несколько лет назад какой-то мужчина приехал в Гриттен-Вуд, зашел в лес и совершил там самоубийство. Ходили слухи, что у него остался ребенок. В этом и была отправная точка рассказа Дженни. То, что этот ребенок мог чувствовать много лет спустя, она уже домыслила.

Мари ненадолго погрузилась в молчание.

— Самое странное, что я ей все это выложила как раз из-за тебя, — произнесла она. — Это было некоторое время назад. Дженни рассказывала про тебя — говорила, что есть один мальчик на занятиях по писательскому мастерству, который ей нравится. Новенький, из Гриттен-Вуда... Да не смущайся ты так!

— А я и не смущаюсь.

То, что я на самом деле при этом почувствовал, так это укол страха где-то внутри. «Я ей все это выложила как раз из-за тебя». Мысль о том, что хоть что-то из этого — о чем бы ни шла речь — могло каким-то образом произойти по моей вине, было трудно принять.

— Тогда я посоветовала ей быть поосторожнее, — сказала мне Мари. — На самом-то деле просто пошутила. Я сказала, что этот лес считается заколдованным — после того, что там произошло.

— Никогда про такое не слышал.

— Да, но ты там вырос, — возразила Мари. — Когда в подобном местечке случается нечто ужасное, люди предпочитают закрываться. Считают, что лучше просто помалкивать об этом и надеяться, что все благополучно забудется. Может, иногда так даже и выходит.

— Кто-то и в самом деле покончил с собой в Сумраках?

— Да.

— А кто?

— Честно говоря, не помню, как его звали, Пол. Это было довольно давно.

— Насколько давно?

Но тут я сообразил, что она спрашивала у меня, живы ли до сих пор оба моих родителя.

— Лет шестнадцать тому назад?

— Да. Где-то в семидесятых. Это было в местной газете, но подробностей я не помню. Так что все в основном из людских разговоров. Слухов.

— А почему он покончил с собой?

— Сразу по целому множеству причин, насколько я это себе представляю. — Мари с печалью посмотрела на меня. — Порою жизнь — довольно сложная штука, Пол. Насколько я понимаю, тот человек какое-то время был военным, и это отрицательно на нем сказалось.

«Был военным».

Еще один звоночек. Припомнилось, как Чарли описывал мистера Красные Руки и как в итоге и все мы стали его себе хорошо представлять. Обитает где-то в самой чаще, вдали от цивилизации; не столько живет в лесу, сколько является частью его; старая потрепанная армейская куртка, лохмотья на плечах торчат, как перья...

— А что с тем ребенком, которого он оставил?

— Тут все немного сложнее. — Мари покачала головой. — Ты точно хочешь все это услышать? Потому что — хорошенько подумай, — может, есть какие-то серьезные причины, по которым ты про это до сих пор не знал? Может, всем действительно лучше просто забыть?

— Мне нужно знать, — твердо сказал я.

— Хорошо. Не знаю, насколько все это правда, но вот что я тогда слышала. Тот человек был женат на какой-то женщине в Гриттен-Вуде — в твоем родном поселке, — и его жена забеременела. Но он еще встречался и с какой-то другой женщиной. Не из вашего поселка. Из другой части Гриттена — не знаю точно, какой. И эта женщина в итоге тоже забеременела.

— Так что у этого человека было двое детей?

— Да. Та, вторая женщина — она знала, что он женат, конечно, и хотела, чтобы он ушел от своей жены. Но он этого не сделал. Предпочел свою законную супругу. Но когда признался ей, та отвергла его — выгнала из дому. И вот из-за этого-то он и пошел в лес и сделал то, что сделал.

Мари с каким-то беспомощным видом раскинула руки.

— Но я не знаю, что из всего этого — подтвержденный факт, Пол. Это лишь слухи, которые я тогда слышала. Кое-что из вторых, из третьих рук. Я не уверена, что хоть что-то из этой истории полностью соответствует действительности.

Я отсутствующе кивнул.

Мари могла быть и не уверена, но я-то практически не сомневался. И сразу подумал про Джеймса. Про то, как его мать, похоже, всегда терпеть его не могла. Как его биологический отец пропал еще до его рождения. Я всегда полагал, что отец Джеймса просто бросил семью, после чего Джеймс стал для Айлин постоянным напоминанием о полученной обиде. Но никто никогда не говорил мне, что именно так все и было.

А потом я подумал про Чарли. Про то, как они с Джеймсом иногда очень похоже выглядят. Про то, как при нашем появлении в новой школе Чарли вроде стал искать общества Джеймса, упорно настроенный подчинить его своей воле и обрести над ним полный контроль. Изолировать его от меня. Как у него вроде всегда имелся некий план в голове, в то время как все мы оставались в полном неведении и тянулись в нескольких шагах позади него.

Как только что сказала мне Мари, когда происходит что-то ужасное, обычно люди стараются побыстрее забыть об этом. Нормальные люди, по крайней мере. Но теперь, когда я размышлял о рассказанной Мари истории — про мальчишку, отчаянно пытающегося разыскать отца, поговорить с ним, быть принятым им, — то призадумался: не поступают ли травмированные подобными событиями люди и подобным образом.

Не выходят ли они на поиски.

31

«Надо что-то решать с Чарли...»

Помню, как в тот день, ставший кульминацией всех предыдущих событий, вдруг рывком проснулся сразу после рассвета. Солнце струилось сквозь тонкие занавески из окна над письменным столом, уже наполнив комнату теплом. Но, несмотря на жару, меня бил озноб. Впервые за многие месяцы я не мог припомнить точные подробности сна, от которого только что пробудился, — только то, что в нем был Чарли. Жуть, которую навеял этот сон, продолжала туманить голову, медленно впитываясь в мои мысли, словно черные чернила, пролитые на промокашку.

Я немного полежал неподвижно, стараясь успокоиться.

Пытаясь думать о чем-нибудь еще.

Родители рано ушли на работу, и в доме было тихо. Внизу, как я знал, меня ждал обычный список домашних дел. Как минимум пару часов с утра будет чем заняться. А потом, днем, придет Дженни.

«Хотелось бы несколько большего уединения, точно?»

Сердце опять скакнуло, но уже совсем по другой причине.

И все же виденный сон не отпускал. Через какое-то время я встал и уселся за письменный стол, раздернув занавески и посмотрев в окно на беспорядочное переплетение веток в саду на заднем дворе и на лес, подступающий к нему с тыла. Мир был ярко освещен солнцем и полон жизни, укрыт и укутан тысячами оттенков желтого и зеленого, в траве все еще поблескивала роса. Но теперь я знал, что шестнадцать лет назад один человек зашел в этот лес и перерезал себе запястья и его жизнь пролилась прямо на это зеленое разноцветье.

В другой день я сразу вытащил бы свой дневник сновидений и записал хотя бы то, что отложилось в памяти. Сегодня я решил этого не делать. Все, что я на самом деле запомнил с прошедшей ночи, — это Чарли, а мне больше не хотелось видеть это имя в своей тетради.

«Надо с ним как-то решать...»

Все та же мысль появилась опять, но на сей раз более властно и настойчиво. После того, что я узнал вчера, мне никак не удавалось избавиться от ощущения, что вот-вот произойдет что-то страшное — что Чарли представляет собой какую-то опасность. Но в то же самое время я совершенно не представлял, что именно нужно сделать. Наверное, найти кого-нибудь из взрослых, предположил я, и поговорить с ним. Выложить все, что я знаю, и поделиться кое-какими своими подозрениями. Начать со снов, а потом попытаться объяснить, как все это постепенно покатилось по наклонной. Рассказать про собаку Гудболда и про то, что теперь я уже и не знаю, то ли Чарли просто бредит и ему нужна помощь, или же он задумывает...

Что именно?

Нет, никто и слушать меня не станет.

Но тем не менее. Попытаться все-таки стоило. Надо составить план, решил я. Определиться, какого в точности рода историю мне нужно рассказать и кому именно. Лучшей кандидатурой наверняка была Мари. Из всех взрослых, которые приходили мне на ум, она действительно умела слушать, да и знала уже кое-какую подоплеку.

Да, именно Мари поможет мне определиться, что делать.

Такое решение позволило мне ненадолго выбросить все эти думы из головы. Я принял душ и оделся, приготовил на завтрак яичницу-болтунью, а потом просмотрел список заданий, приготовленный для меня на кухонном столе. Предстояло подмести, вытереть пыль, а еще мать оставила мне список покупок и деньги. Первым делом я управился с работами по дому, а потом наконец, уже ближе к полудню, направился в магазин.

■ ■ ■

День был жаркий и ясный, но, помню, атмосфера в поселке сразу показалась какой-то странной. На улицах было тихо — ничего необычного для этого времени в рабочий день, но сейчас они выглядели даже еще более пустынными, чем всегда. На пути к продовольственному магазину я не встретил ни единой живой души — словно все вдруг разом покинули этот мир и я остался в нем совсем один. В воздухе стояла буквально звенящая тишина, а все вокруг странно напоминало изображение на старинной пожелтевшей фотографии. Дороги, дома, деревья — все выглядело так, будто было пропитано некой янтарной жидкостью, которой еще только предстояло окончательно испариться в воздухе.

Я почти испытал облегчение, когда дошел до магазина и обнаружил там живых людей. Все вокруг опять стало более или менее нормальным. Я набрал продуктов из составленного матерью списка, и продавщица тщательно уложила их в пакеты на кассе. Не без труда подхватив их — растянувшиеся ручки больно врéзались в пальцы, — я вновь вышел на улицу, обратно в эту гнетущую тишину.

По какой-то причине мне не хотелось сразу идти домой. До прихода Дженни оставался примерно час, и я знал, что могу убить там это время только одним способом: нервно расхаживая из угла в угол. И хотя атмосфера в тот день казалась несколько необычной, по-своему это было красиво, так что я решил немного прогуляться и направился к дому окольными путями, наслаждаясь теплом и покоем.

Душа, как воздушный шарик, пыталась взмыть в небо, все проблемы казались не стóящими внимания. На протяжении последних месяцев я старательно избегал многих улиц и проездов поселка, чтобы случайно не наткнуться на Чарли, Билли или Джеймса, и теперь искренне не понимал почему. Это же *мой* поселок, в конце-то концов! Это же мой дом. Сегодня днем ко мне придет Дженни, а что мне эти трое в свете такого события? Просто кучка зануд, затерявшихся в собственных фантазиях, в то время как мой собственный мир вовсю расцветает, раскрывая разноцветные лепестки, а будущее передо мной полно возможностей одна другой краше. В тот момент мне казалось, что я и сам запросто могу нагнать на них страху, если понадобится.

Ноги понесли меня вдоль края поселка, а потом мимо старой детской площадки, расположенной в самом его сердце. Если я и мог где-то встретить эту троицу, то точно уж здесь. И впрямь: подходя к площадке по пыльному проезду, я увидел, что там кто-то есть.

Джеймс.

На тот момент он был один — сидел на нижней перекладине старой лазалки. Когда я был маленьким, эта штуковина казалась просто громадной — чудилось, будто земля опасно далеко, когда забираешься на самый верх, — но в действительности это сооружение едва ли было выше моего нынешнего роста. Даже если так, Джеймс все равно выглядел совсем крошечным по сравнению с ней — сгорбленная фигурка у самой земли. В последние недели перед каникулами он вообще словно уменьшился в размерах и вид имел совершенно изможденный, словно что-то понемногу высасывало из него жизнь; но теперь мой бывший друг и вовсе напоминал скелет — тень своего собственного тела, почти неотличимую от тех, что отбрасывали тонкие металлические трубы вокруг него.

Мой боевой настрой несколько пошатнулся. Но я заставил себя идти дальше, никуда не сворачивая.

Когда я подошел ближе, он с пустым лицом поднял взгляд, а едва узнав меня, быстро отвернулся.

Я прошел мимо, намеренно нога за ногу.

Сам не знаю почему. Возможно, чтобы выказать свое превосходство — в некой попытке заставить его осознать, что мне на него совершенно плевать, — но даже если и так, это было глупо. Потому что мне было далеко не плевать. Вообще-то за эти несколько секунд события последних двух месяцев были прочно забыты. Моя жизнь успела продвинуться достаточно далеко, чтобы оставить его предательство позади, и пусть я окончательно и не простил его за то, что он сделал, но теперь понимал, почему он так поступил, и скорее жалел его.

Пройдя мимо, я обернулся и еще раз обратил внимание, каким хрупким и ранимым он выглядит.

И каким испуганным.

Вот каким я запомнил Джеймса в тот день: потерянным мальчишкой, который не знал, как выбраться из ситуации, в которой он оказался. Сидящим повесив голову, словно приговоренный к смерти заключенный в ожидании казни.

«Надо что-то решать с Чарли...»

Опять все та же мысль. Не холодно-рациональная, но, думаю, у каждого в жизни бывают моменты, которые принято именовать поворотными — когда вдруг бессознательно понимаешь, что можно коренным образом все изменить, и ты будешь вечно грызть себе локти, если таким моментом не воспользуешься.

Наверное, именно некая странность дня и заставила меня увериться, что такой момент наступил. Что запланированное Чарли действо подходит к завершающей стадии, и что если я отвернусь и уйду, то буду вечно терзаться чувством вины.

«Надо что-то решать с Чарли».

«Пока не поздно».

Так что я медленно направился обратно к игровой площадке. Перешагнул через невысокий, ниже колена, деревянный заборчик, отделяющий ее от дороги, и подошел к лазалке. Джеймс сидел ко мне спиной. Не знаю, слышал ли он меня, но вроде даже не вздрогнул, когда я поставил пакеты с покупками на землю. Просто повернул голову и посмотрел на меня этими своими печальными, затравленными глазами.

— Привет, — сказал я. — Мне нужно тебе кое-что рассказать.

■ ■ ■

Помню чувство облегчения, которое испытал, когда потом вернулся домой и живенько раскидал по местам принесенные покупки. Наверное, я даже испытывал некоторое торжество.

«Надо что-то решать с Чарли».

Сказал — сделал.

Я выложил Джеймсу все, что узнал от Мари, — а значит, по-любому свой долг выполнил, и теперь уже его дело, как действовать на основании услышанного от меня. Я совершенно не представлял, помогут ли или изменят ли что те сведения, с которыми я с ним поделился, но прямо тогда не казалось, что это особо важно. Главное, что теперь все было в руках у Джеймса, а не у меня — вот пусть сам и разбирается, как с этим поступить.

Вдобавок я сумел все это проделать, нисколько не пойдя на попятный. Когда я начал свой рассказ, то заметил, что на лице у него что-то промелькнуло. Может, и надежда. Но мое собственное выражение лица напрочь это убило. Я сделал все возможное, чтобы он понял: я здесь не для того, чтобы спасти его или вновь навести мосты. Просто я вынужден предостеречь его, и я это делаю. Он недоверчиво мотал головой, но было хорошо заметно: все, о чем я ему рассказывал, каким-то образом гармонировало с его собственными мыслями, словно я дал ему недостающую детальку головоломки, которая, как он знал, обязательно куда-то подойдет, пусть даже и не совсем понятно, куда именно ее пристроить.

«Короче, будь поосторожнее».

Это были самые последние слова, которые он от меня услышал, и произнес я их холодным тоном, стараясь, чтобы вложенное в них послание было предельно ясным: «Мы не друзья с тобой опять и никогда не будем ими в будущем».

А потом я подхватил свои пакеты с продуктами и двинул домой.

Помню, как, закончив разбирать покупки, выбросил эту встречу из головы. Скоро должна была появиться Дженни, и я позволил себе полностью переключиться на предвкушение этого восхитительного события. В груди кипела странная смесь возбуждения и опаски, сердце с каждой минутой билось всей быстрей.

Тринадцать ноль-ноль.

Назначенный час наступил и прошел.

Я неустанно мерил шагами гостиную, постоянно выглядывая через выходящее на улицу окно и ожидая в любую секунду увидеть, как она, яркая и ослепительно красивая в солнечном свете, открывает калитку и идет к дому.

Но и улица, и дорожка во дворе оставались пустыми.

Я провел еще пару часов, теряясь в догадках, что пошло не так. Наверное, она пришла в чувство относительно меня и передумала. Или, может, возникло что-то непредвиденное, и Дженни просто не может прийти — прямо сейчас торчит у себя дома, терзаясь из-за того, что подвела меня. Ее мать могла узнать, куда она собралась, и запретить ей. Я перебрал в уме все возможные объяснения, из-за чего она так и не появилась. Всякие их варианты вихрем кружились вокруг меня.

Стук в дверь заставил их остановиться.

В тот момент я находился наверху в своей комнате, глядя на лес, и быстро сбежал вниз по лестнице. Я уже оставил любые надежды на приход Дженни, и скоро должны были вернуться с работы родители, но я все равно думал, что это может быть она. Это тоже было бы классно. Все остальное может подождать, повторял я себе. Может, я даже познакомлю ее с мамой.

Но когда я открыл дверь, за ней стояли двое полицейских. Их машина была припаркована перед домом, и мигалки без толку крутились под склоняющимся к закату солнцем.

— Пол Адамс? — спросил один из них.

— Да.

Полисмен оперся локтем в торец двери и заглянул внутрь, мимо меня, словно что-то искал. А потом оглядел меня с ног до головы, с жестким лицом, лишенным всяких эмоций.

— Насколько я понимаю, ты знаком с девушкой по имени Дженни Чамберс?

— Да. — Я на секунду примолк. — А что?

Он посмотрел на меня так, как будто я уже знал.

— Вообще-то она мертва.

32

В наши дни

«Я сейчас сплю и вижу сон».

Даже после стольких лет я так и не потерял восхитительного чувства свершившегося чуда, что всегда охватывает при осознании этого факта, и вот теперь оно посетило меня вновь, когда я обнаружил, что смотрю на школу под названием «Гриттен-парк» — как всегда изумленный тем, что мой спящий разум способен создать нечто столь реалистичное. За все эти годы я довел искусство контроля над сновидениями до полного совершенства, и многое из того, что тогда говорил Чарли, полностью соответствовало истине.

Я сразу же присел на корточки и воспользовался «тактильной техникой» — потер рукой по асфальту, ощутив его грубую текстуру. Откуда-то со стороны кортов доносилось мягкое постукивание теннисного мяча. Справа от себя я увидел синее синтетическое полотнище, туго натянутое вокруг строительной площадки. В реальной жизни его уже давно не было, конечно же. Но это была школа из тех времен, а не та, что сейчас.

Поднявшись, я двинулся мимо стройки, а потом — теннисных кортов и проржавевших беседок. Сон добавил им потеки ржавчины и разместил их на траве под странными углами, словно кто-то небрежно сбросил их с неба.

Скамейка стояла чуть дальше.

Там меня ждала Дженни. Выглядела она в точности так, какой я создал ее в собственной голове несколько ночей назад: все еще узнаваемой как та девчонка-подросток, которую я знал, но заметно постаревшей, чтобы соответствовать прошедшим годам. Даже просто сидя, она так и излучала спокойное самообладание и уверенность в себе. Но у ног ее стояла старая школьная сумка, а на коленях лежал раскрытый блокнот. Прошлое и настоящее наложились друг на друга.

«Не прямая линия, — подумал я. — Каракули».

И сердце сразу заныло при виде ее.

Закрыв блокнот, Дженни улыбнулась мне.

— Привет-привет!

Но и улыбка, и это приветствие показались чуть более натянутыми, чем в те предыдущие разы, когда она мне снилась. Сразу вспомнилось, как тогда, подростком, я впервые пришел сюда и как боялся помешать ей. Тогда это оказалось не так, но сейчас у меня было странное чувство, что теперь-то я ей и в самом деле мешаю. Что пусть даже это всего лишь сон, а Дженни — лишь плод моего воображения, она предпочла бы, чтобы я ее не тревожил.

— Привет, — отозвался я. — Не против?

— Нет, если ты не против.

Я присел рядом с ней на скамейку, оставив между нами некоторое расстояние.

— Ну как ты? — спросил я.

— Если честно? — Она отвернулась. — Я устала, Пол. Я хочу опять нормально заснуть.

Прозвучало это так, будто это я снился ей, а не наоборот, и я ощутил укол вины за то, что вызвал ее в своем воображении — знакомое уже чувство. «Почему мы потеряли друг друга из виду?» Вспоминая те времена, когда Дженни снилась мне после ее гибели — и здесь, в Гриттене, и потом в университете, — я уже четко знал ответ: потому что именно так это и стало ощущаться. Что бы там Чарли еще ни натворил, он снабдил меня действенным инструментом, которым я с готовностью воспользовался. В осознанном сновидении ты можешь сделать все, что угодно, так что в попытке смягчить боль и чувство потери я вернул Дженни к жизни. Но подсознательно все равно понимал это, и стало ясно, что пора с этим заканчивать.

Вновь оказавшись в родных местах, я подумал, что если повидаюсь с ней еще разок, то ничем это мне не грозит. Что так мне будет легче перенести свое возвращение, а также все, что предстояло тут сделать и с чем столкнуться. И, наверное, на какое-то время это и впрямь помогло. Но я знал, что это ненадолго и что теперь пора опять ее отпустить.

— Прости, — сказал я.

— Тебе не за что извиняться. Я знаю, что ты скучаешь по мне.

— Всегда.

— Но сейчас мне надо уйти. Хотя прежде я хочу дать тебе две вещи.

— Какие?

— Помнишь, как приехала полиция?

Я мысленно вернулся в тот день. Двое полицейских не имели права допрашивать меня в отсутствие родителей, но они спросили, можно ли им войти, и, естественно, я ответил, что да. Для начала, они не стали рассказывать мне, что именно произошло с Дженни.

«Вообще-то она мертва».

Эти слова эхом повторялись у меня в голове, но это были лишь слова, которые никак не соотносились с чем-то хотя бы отдаленно реальным. Если они были правдой, тогда мир должен был просто прекратить свое существование.

И все же мир продолжал существовать.

— Они думали, что это я тебя убил, — сказал я.

Дженни улыбнулась.

— Естественно, думали. Я ведь шла повидаться с тобой, в конце-то концов. А убийцей частенько оказывается сердечный дружок, верно?

— Верно.

Прошло примерно с полчаса, прежде чем моя мать вернулась домой и сразу настояла на том, что сама отвезет меня в отдел полиции для допроса. Помню, в каком оцепенении сидел рядом с ней в машине и как полицейские заставили нас остановиться перед игровой площадкой, чтобы я мог полюбоваться на то, что якобы сотворил. Помню, с какой яростью моя мать меня защищала. Она знала меня. Даже без всяких моих объяснений она прекрасно понимала, что я этого не делал.

Все это время другие полицейские перерывали наш дом в поисках чего-то, способного уличить меня. Орудия убийства, наверное. Окровавленной одежды. Искать им там было нечего, естественно, и было это совсем незадолго до того, как Билли вошел в поселок в пропитанной кровью одежде, едва переставляя ноги и держа в руках свой дневник сновидений и нож, которым они с Чарли убивали Дженни.

Теперь Дженни грустно улыбнулась мне.

— Ты никогда раньше не показывал мне свой поселок, — произнесла она. — В тот день мне так не терпелось поскорее увидеть тебя, что я приехала на полчаса раньше. Так что решила немножко прогуляться по окрестностям.

— Зачем?

— Мне хотелось посмотреть, где ты чувствуешь себя в своей тарелке.

Тут я невольно закрыл глаза — услышав любимое выражение своей матери из уст образа Дженни, порожденного моим спящим разумом, — но вообще-то нельзя закрывать глаза в осознанном сновидении. Вам нужны ощущения, чтобы мир вокруг вас оставался цельным. Так что я открыл их опять, вцепился в грубый край скамейки и прислушался к далекому стуку теннисного мяча, пытаясь опять «заякориться».

— Когда я дошла до игровой площадки, — продолжала Дженни, — Джеймса там уже не было. Он явно воспринял твое предостережение всерьез. Но там были Чарли и Билли. Они чего-то ждали, и у них был план. Они явно злились.

— Мне ни к чему про это знать, — произнес я.

— Нет, к чему. Они подозвали меня. Сама не знаю, зачем я подошла. Наверное, стало любопытно, что им надо — после всего, что ты мне про них рассказывал. Когда я увидела нож, было уже слишком поздно.

И вновь мне захотелось закрыть глаза.

— Они повалили меня на землю и стали по очереди тыкать в меня ножом, — сказала Дженни. — Поначалу было почти не больно, потому что я не верила в то, что происходит. По-моему, я была в шоке. Но потом стало. Когда один из них передавал нож другому, то прикладывал вымазанные в моей крови ладони к земле. Я изо всех сил отбивалась, потому что сознавала, что вот-вот умру и как мне этого не хочется. Мне так хотелось жить... — Она печально посмотрела на меня. — Но я не выжила.

«На теле насчитали в общей сложности пятьдесят семь ножевых ранений», — припомнил я.

«Голова жертвы была практически отделена от тела».

— Они затолкали мое тело под какой-то куст, когда закончили, — сказала Дженни. — А потом пошли в лес и приняли снотворные таблетки, воображая, будто сейчас сбегут из этого мира навсегда. Что полная чушь, конечно же.

— Не считая того, что Чарли действительно бесследно исчез.

— Никто не может бесследно исчезнуть, Пол. Никто не может пропасть навсегда.

Немного подумав над этими словами, я кивнул. А потом медленно произнес:

— Хотя полиция была права. На самом-то деле это я тебя убил.

Дженни покачала головой.

— Пол, ты не знал, что произойдет. Это первая вещь, которую я хочу тебе дать. Ты сделал все возможное — то, что сделал бы на твоем месте любой из нас. Ты помогал другу. И ты был всего лишь мальчишкой. Ты ни в чем не виноват. Абсолютно ни в чем.

Прозвучало это так искренне, что какая-то часть меня почти поверила ей.

— Я всю жизнь не мог себя простить...

— Простить за что?

— Что поперся гулять в тот день. Что не обратился ни к кому из взрослых, как подумывал. Потому что это несправедливо. Это Джеймса должны были убить, а не тебя. И так бы и вышло, если б не я.

Горький смысл того, что я только что сказал, не сразу дошел до меня. Годами я винил себя за то, что сделал. Жалел, что заговорил с Джеймсом в тот день... До чего же мне хотелось, чтобы все сложилось совсем по-другому!

Каким же вздором все это представлялось сейчас... Почему я никогда не желал, чтобы Чарли и Билли вообще никого не убили в тот день? Наверное, просто потому, что они уже это сделали, и сам акт убийства стал восприниматься как нечто неотвратимое — я всего лишь мысленно пытался смягчить для себя его последствия, сдвинуть их в пользу других людей, других жизней. Но правда заключалась в том, что все равно была бы смерть на моей совести, что бы я тогда ни сделал.

— Ты ни в чем не виноват, — повторила Дженни. — А теперь вторая вещь.

Наклонившись, она порылась в сумке, после чего вытащила из нее знакомый журнал и передала мне.

«Литературная жизнь».

Я припомнил, как был тронут, получив его — ведь это означало, что она думала обо мне. Но тут текст на обложке стал расплываться, и я понял, что теряю контроль над сновидением.

— Они все одинаковые, — сказала Дженни. — Вот почему он его никогда не найдет.

Опять слова моей матери. Я потер страницы между пальцами, отчаянно желая продержаться еще немного.

— Это ты о чем?

Но, несмотря на все мои усилия, все вокруг уже начинало быстро тускнеть. Более реальным становилось ощущение, что я лежу на кровати в гостиничном номере, а не сижу на той скамейке, и я вот-вот мог проснуться. И пусть даже Дженни и не могла знать ответа на мой вопрос, мне все равно срочно требовалось хоть что-то от нее услышать.

— Что одинаковое? — выкрикнул я. — Чего он не найдет?

Пока я пристально всматривался в то, что осталось от нее, в голове у меня вдруг молнией промелькнуло некое озарение, и на миг показалось, будто я понял, что она могла иметь в виду. И хотя сновидение безнадежно ускользало от меня, а комната в реальном мире на глазах приобретала четкие очертания, я все-таки успел в самый последний раз увидеть ее улыбку — прямо перед тем, как окончательно проснуться. На ее тающих перед моими глазами губах возникли слова, которые я скорее почувствовал, чем услышал.

«Прощай, Пол».

33

К дому матери я ехал словно в отключке — просто стремился поскорее попасть туда, — так что подробности поездки едва ли отложились в памяти.

И причина была не только в некоторой сонливости, которую неизбежно ощущаешь после осознанного сновидения. Теперь, когда некое предположение пришло мне в голову, требовалось как можно быстрей оказаться в доме и проверить, насколько оно соответствует действительности. На первый взгляд то, о чем я думал, было полным безумием, и все же что-то со щелчком стало на место, и теперь мне нужно было во всем окончательно убедиться. И пока сам я мчался по шоссе, мой разум будто обогнал меня и уже дожидался в доме, взывая побыстрей присоединиться к нему.

«Они все одинаковые».

«Вот почему он его никогда не найдет».

Когда я остановил машину и выбрался из нее, на улице было пусто. Может, это была лишь игра моего воображения, но атмосфера вокруг показалась столь же странноватой, как и в день убийства.

Войдя в дом, я остановился в прихожей. Над верхней площадкой лестницы медленно закручивалась пыль, поднятая резко распахнутой дверью. В доме стояла обычная гнетущая тишина, но ощущалась она теперь как-то по-другому. Казалась она печальной и пустой, словно дом уже откуда-то знал, что человеческого существа, так долго прожившего в нем, теперь больше нет, и тихо горевал о своей утрате.

Я все еще нервничал из-за истории с куклой, но стремление наконец все выяснить оказалось сильнее. Поднявшись в свою старую комнату, я разложил содержимое коробки на столе.

Журнал.

Книжка с именем Дженни на обложке.

Тетради.

Теперь я смотрел на них. Всего их было восемь, и до сих пор я практически не уделял им внимания. Мой дневник сновидений оказался на самом верху стопки — его я в тот раз открыл и быстро просмотрел, а остальные не стал даже трогать, ничуть не расположенный перечитывать свои жалкие литературные опыты юных лет, тем более что это занятие я давно забросил.

Но теперь я взял одну из этих тетрадей и раскрыл ее.

Ничего.

Еще одну.

Ничего.

А раскрыв третью, вдруг увидел перед собой не свой собственный почерк, а плотную паутинную вязь Чарли.

Я машинально захлопнул тетрадь, сердце забилось чаще.

Мыслями я вернулся в тот день, когда мы вчетвером впервые сравнили результаты своих опытов — когда во время большой перемены Чарли ошарашил нас совершенно невероятным на первый взгляд фокусом: наглядно продемонстрировал, что видел с Джеймсом один и тот же сон на двоих. Именно в тот день я и заметил, что тетради у нас с Чарли абсолютно одинаковые.

«Это прямо в доме, Пол!»

«Они все одинаковые».

«Вот почему он никогда его не найдет».

Но ведь дневник сновидений Чарли якобы исчез вместе с ним! У них с Билли у обоих были с собой дневники в день убийства — предположительно как часть ритуала, разработанного Чарли. А значит, сейчас я держал в руках нечто тоже исчезнувшее из этого мира. И этот фокус я тоже никак не мог объяснить.

Фокус.

Я пробежал глазами несколько записей ближе к концу тетради. Все они оказались вариациями на одну и ту же тему: Красные Руки, лес, Билли и Джеймс. Большинство описаний были довольно расплывчатыми, но две записи выделялись, будучи гораздо более конкретными, чем остальные. Первым на глаза мне попался длинный пассаж с описанием сна, в котором Чарли убивает собаку Гудболда, а потом, ближе к началу, — столь же насыщенная подробностями запись о том, как он ночью стучится в дверь дома Джеймса. В обоих случаях, естественно, Чарли прекрасно знал, что он делал в реальной жизни, и мог быть более точным.

Я продолжал отлистывать к началу, пока не нашел запись, которая заинтересовала меня больше всего.

Я сижу вместе с ним в лесу.

Тут очень темно, но сквозь деревья тускло просвечивает луна, и мне понятно, что на нем старая армейская курт-

ка — та, что с потрепанной тканью на плечах, похожей на перья, словно он ангел, который срезал свои крылья под корень.

Это было в точности то, что, как я помню, Чарли зачитывал тогда на большой перемене. Он велел Джеймсу передать мне свой дневник сновидений, чтобы я сам мог убедиться: все это правда. Тогда я смотрел на этот плотный черный почерк и на дату, указанную вверху, и сон был настолько близок к тому, что уже описал Джеймс, что это никак не могло быть простым совпадением. И все же тогда я не смог объяснить, как у Чарли это вышло. Как он провернул подобный фокус.

Я перевернул еще одну страницу и начал читать.

Я сижу вместе с ним в лесу.

Потом еще одну.

Я сижу вместе с ним в лесу.

Я продолжал отлистывать к началу. Записи за всю неделю оказались абсолютно идентичными. Пусть Чарли и изменил некоторые слова, основное содержание совершенно не менялось. В каждой из записей мальчик и монстр выходят из леса и видят Джеймса на его заднем дворе, смотрящего на них в ответ.

И после всех этих лет я наконец понял.

Инкубация.

Чарли неделями засеивал наши мозги историями про то, что этот лес заколдован. Каждые выходные вел нас туда, всякий раз настаивая на том, чтобы мы проникали в лес через задний двор Джеймса. Так что практически неизбежно всем из нас, в том числе и Джеймсу, нечто подобное и должно было наконец присниться.

Я подумал про Дженни — как она тогда дала мне журнал. В то время я счел простым совпадением, что она захватила его с собой именно в тот самый день, когда я решил разыскать ее и поговорить с ней. Но все было не так, конечно же: я все неправильно понял, начал не с того конца. Дженни таскала его с собой каждый день и дала мне его просто потому, что я заговорил с ней. Подойди я к ней в любой другой день, и это показалось бы точно таким же совпадением.

И Чарли делал нечто подобное. Он каждое утро заносил в дневник запись с одним и тем же сюжетом, и всегда имел таковую наготове, когда бы Джеймс наконец ни описал нечто близкое, чтобы ей соответствовать.

«Это произошло гораздо раньше, чем я ожидал».

На меня накатила волна тоскливого раздражения. Как легко я мог бы тогда все остановить, если б вовремя догадался! В ту большую перемену все трое наблюдали за мной, ожидая моей реакции на запись в дневнике, и помню беспомощность, которую при этом чувствовал. А все-то, что от меня требовалось, — это просто перевернуть единственную страницу!

И если б я так и поступил, ничего из остального никогда бы не произошло.

Я закрыл дневник.

— Откуда он у тебя, ма? — негромко произнес я. Дом, естественно, хранил молчание.

Я прошел в материнскую спальню. Раздернул занавески и выглянул на улицу. Солнце жарило с такой силой, что над крышей моей машины трепетало мутное марево. Никого по-прежнему не было видно — поселок оставался мертвым и молчаливым.

Дневник тяжко повис в руке.

«Откуда он у тебя?»

Этот вопрос вызвал у меня дурноту. Поскольку существовало множество возможных объяснений его появления в доме, и все они в конечном итоге сводились к одному и тому же.

Моя мать знала про исчезновение Чарли гораздо больше, чем успела мне рассказать.

Я поднял взгляд к потолку, представляя себе красные руки на потолке и коробки с газетами, которые она много лет собирала. Когда я впервые обнаружил их, то вообразил, будто мать прятала их все эти годы, пытаясь защитить меня от этого знания и чувства вины.

Но теперь я гадал, не было ли это чувство вины на самом деле ее собственным. Если она знала, что в действительности произошло с Чарли, тогда хотя бы часть вины за убийства, совершенные имитаторами, лежала на ней. Она могла бы сделать что-то, чтобы остановить их.

Опустив взгляд, я опять посмотрел за окно.

И улица уже больше не была пуста.

Сразу за моим автомобилем маячила какая-то фигура — скорее некий темный силуэт на фоне солнечного света. Черты лица поглощали клубы нагретого воздуха над крышей машины, но я мог сказать, что человек этот смотрит прямо на меня. Я сразу узнал его, и за какой-то миг — сердце успело стукнуть всего лишь раз — двадцати пяти лет как ни бывало.

Фигура нерешительно подняла руку.

После секундного колебания я сделал то же самое.

Оставив дневник сновидений на кровати, спустился вниз. Сразу за дверью на меня резко навалились тепло и яркий солнечный свет. Фигура теперь удалялась, неспешно уходя от меня по улице. Но у меня не было нужды догонять ее. Я и так знал, куда она направляется.

Отвернувшись от нее, я запер дверь.

А потом, тоже особо не спеша, двинулся следом.

34

Уже второе утро подряд Аманда торчала в кафетерии отдела полиции Гриттена, сгорбившись над лэптопом. Как это ни печально, но, похоже, в последнее время это место стало ее рабочим кабинетом. Она отпила кофе. Тот ничуть не улучшился.

Равно как и вся ситуация в целом.

На данный момент у них было уже три убийства, и в каждом жертвы были каким-то образом связаны с тем старым «делом Красных Рук». И хотя Аманда пока не понимала, что происходит, было ясно: вряд ли на этом все и закончится.

Им нужно срочно найти Пола Адамса.

Первым делом полицейские обнаружили его имя в системе бронирования одной из гостиниц в Гриттене. Вот же ирония ситуации: вчера вечером ей не удалось его найти как раз потому, что Пол воспользовался ее советом и съехал из дома. Но, если верить сотрудникам отеля, в номере его не было, равно как и его машины на стоянке. Аманда решила, что он, вероятнее всего, опять в доме своей матери, и после обсуждения ситуации со все еще сопротивляющимся детективом Грэмом Двайером в Гриттен-Вуд направили Холдера — проверить, нет ли там Пола.

Теперь она бросила взгляд на свой телефон, лежащий на столе рядом с лэптопом.

Молчит.

Пытаясь отвлечься, Аманда переключила внимание на экран лэптопа. Место преступления в Бренфилде все еще обрабатывалось, но в материалах дела уже имелась история семьи.

Карл и Айлин Доусоны переехали в Бренфилд чуть больше десяти лет назад. Судя во всему, сменили они место жительства, чтобы оказаться поближе к своему сыну, Джеймсу Доусону, но между строк читалось, что Джеймс очень тяжело воспринял последствия того убийства в Гриттене. Сразу после тех печальных событий он уехал из родного поселка и поступил в университет, но бросил учебу после двух семестров и бóльшую часть жизни с тех пор болтался неизвестно где. В его полицейском досье значилось несколько мелких судимостей за наркотики, а также приводов за антиобщественное поведение. Имелся в нем и длинный перечень адресов с датами, пробелы между которыми наводили на мысль, что временами он оказывался бездомным.

В общем и целом это очень напоминало Аманде ту жизнь, которую вел после освобождения из тюрьмы Билли Робертс. Вот разве что у Джеймса Доусона было кому о нем позаботиться. Когда десять лет назад Карл Доусон унаследовал после смерти своей матери некоторую сумму, они с Айлин купили дом в Бренфилде, в котором в то время практически бомжевал их сын, и с тех пор Джеймс стал жить с ними.

Ради своих детей родители готовы на любые жертвы.

И все же, если верить вычитанному на экране лэптопа, имелись свидетельства того, что обстановка в воссоединившейся семье была далеко не безоблачной. «Озабоченные соседи», как принято выражаться в протоколах, несколько раз вызывали по этому адресу полицию, а однажды Айлин Доусон действительно задержали и увезли в отдел. Впрочем, никаких обвинений не выдвинули, так что вскоре женщина вернулась. С гендерной точки зрения Аманда больше привыкла к совершенно противоположному сценарию, хотя от этого творящееся в семье не выглядело хоть сколько-нибудь менее тоскливо. Не в последнюю очередь потому, что это была одна из причин, по которым эти самые «озабоченные соседи» немедленно не вызвали полицию, когда вчера под утро услышали крики и вопли, доносящиеся из дома Доусонов.

Занавески были все еще задернуты, естественно. А вскоре после рассвета одна из соседок услышала, как входная дверь Доусонов открылась, после чего из дома вышел какой-то мужчина, одетый во все черное. Соседка предположила, что это мог быть Карл Доусон, но было еще довольно темно, поэтому как следует описать его затруднилась. В любом случае во всем этом было что-то достаточно тревожное, чтобы все-таки взяться за телефон. Прибывшие полицейские обнаружили в гостиной два тела. Хотя криминалисты еще не закончили работу на месте преступления, похоже, что с Айлин Доусон покончили быстро. А потом убийца не спеша занялся Джеймсом.

При этой мысли сердце у Аманды слегка сжалось.

После всего, что она узнала про ту давнюю историю, ей было трудно представить Джеймса Доусона кем-то помимо того ранимого и доверчивого мальчишки, каким он некогда был, а то, что стало с его жизнью за прошедшие с тех пор годы, лишь усиливало это впечатление. Он по-прежнему оставался ребенком, который так до конца и не оправился оттого, что с ним произошло. Те, кого он искренне считал друзьями, манипулировали им, намеревались убить его, и, став взрослым, он так и не сумел найти себе место в окружающем его мире. Словно застрял на ранней стадии развития, ничуть не вырос и не расцвел — просто навсегда остался замороженным в том же виде, в каком получил ту душевную травму, что обусловила все его дальнейшее существование.

Если очень постараться, подумала Аманда, то, наверное, случившееся с Биллом Робертсом можно представить и как нечто вроде торжества правосудия. Но только не в случае с Джеймсом Доусоном. Каких бы дров он ни наломал в жизни, но подобного конца явно не заслуживал.

Был ли он тем, кто скрывался за ником «ЧК666»?

Такая вероятность отнюдь не исключалась — компьютер, изъятый из дома, сейчас анализировали. Но даже если так, то Аманда никак не могла понять, зачем ему это понадобилось.

Впрочем, как бы там ни было, на данный момент самым важным вопросом был совершенно другой: где сейчас его отчим, Карл Доусон?

Дверь кафетерия открылась. Обернувшись, Аманда увидела входящего Двайера, который принес с собой запах чего-то съестного, так и витающий вокруг него. Он подошел к ее столику и уселся напротив, так тяжело опустившись на стул, что она лишь подивилась, как он его только не раздавил, а потом положил на стол промасленный пакет и принялся вытаскивать из него сэндвич.

— Холдер только что отчитался, — сообщил Двайер. — Сказал, что никаких признаков Адамса в доме не заметил. Хотя его машина там.

— А машина — это разве не признак?

— Холдер у нас не семи пядей во лбу.

— А внутрь он заходил?

— Дом заперт. Правда, он заглянул в несколько окон и не заметил ничего из ряда вон выходящего. Никаких оснований, чтобы взламывать дверь. Может, Адамс просто пошел по магазинам…

— Нужно срочно разыскать его.

— Думаете?

На несколько секунд наступило молчание, пока Двайер жевал и деликатно вытирал губы салфеткой, которую она сразу не заметила. А потом его манера вести себя слегка переменилась.

— Знаете, а я там был, — произнес он.

— В смысле?

— Как я и сказал. Я в тот день был на дежурстве. Я был на детской площадке, когда нашли тело девочки. А потом мы вдвоем с одним из наших поехали домой к Адамсу. У меня было время осмотреться, пока мы дожидались возвращения его матери. В тот момент мы с напарником оба думали, что это его рук дело.

— Самое очевидное, верно? — сказал Аманда.

— Вот именно.

Двайер откусил еще от своего сэндвича. Она дождалась, когда он прожует и проглотит.

— Теперь-то, задним числом, понимаю, что малость обмишурился. — Он пожал плечами. — На самое очевидное обычно и ставишь, так ведь? Было и впрямь что-то мутное в этом Адамсе — да и во всей этой компашке, раз уж на то пошло, — но чуйка в тот день меня подвела. Может, и насчет того, что я думаю сейчас, — тоже. Так вы считаете, что этот мужик — Карл Доусон — может быть во все это замешан?

Аманда откинулась на стуле.

— В какой-то степени... — задумчиво произнесла она. — Наверняка. В смысле, его жена и пасынок мертвы, а сам он пропал. В подобной ситуации — вполне естественное заключение.

— Как я только что сказал, ставишь на самое очевидное.

— Да. Но вот он ли их убил, совершенно не представляю. И пока мы никак не можем вписать его в общую картину с Билли Робертсом.

— Даже не факт, что мы имеем дело с одним и тем же убийцей...

Но если Двайер все еще и цеплялся за свою первоначальную версию, то явно не был столь же убежден в ней, как вчера. Это было уж слишком для простого совпадения. Сразу два человека, которые были замешаны в совершенное здесь двадцать пять лет назад убийство — Билли Робертс и Джеймс Доусон, — подверглись пыткам и были убиты. Двайеру явно не хотелось ворошить прошлое, но Аманда хорошо видела, что он так же озадачен, как и она сама.

— Доусон знал всех трех жертв, — заметил Двайер. — Так что ставлю все-таки на него.

Она уже собралась что-то ответить, но тут зазвонил ее телефон. На экране высветился номер Тео.

— Погодите...

Ответив на звонок, Аманда покрепче прижала телефон к уху. Как обычно, где-то на заднем плане тихонько гудели компьютеры с обитающими в них призраками.

— Привет, Тео, — сказала она. — Это Аманда.

— Привет-привет! Тебе ведь требовался мобильный номер Пола Адамса, верно?

— Верно.

— Вообще-то он на пополняемом тарифе, но я вытащил его из его банковской выписки. Не спрашивай как, но записывай.

Аманда записала номер, который он ей продиктовал.

— Спасибо, Тео.

— И кое-что еще. Я собираюсь передать это ответственным по делу, но решил сказать тебе первой. У меня есть и номер Карла Доусона.

Ее сердце скакнуло. И пока она записывала и этот номер, в голову ей пришло кое-что еще.

— Не можешь сказать, где сейчас Доусон? — спросила она.

— А луну на палочке не хочешь, Аманда?.. Но да, скорей всего могу. Просто дай мне секундочку. Чем больше башен он цепляет, тем проще.

Она услышала, как Тео стучит по клавишам.

— Есть — вот оно!

— Вычислил его? Где он?

— Примерно в двух милях от тебя. В Гриттен-Вуде.

35

После убийства все аттракционы на старой детской площадке снесли, а саму ее вымостили плиткой. Когда я уезжал из Гриттена, на пустом каменном пятачке так ничего и не появилось, словно никто не знал, что с ним делать, и на тот момент это страшное место достаточно было просто хоть чем-нибудь прикрыть. Но сейчас здесь стояли скамейки, окружающие дерево в самом центре.

И все же, подходя, я по-прежнему мог легко представить, как она выглядела тогда. И фигура, поджидающая меня на одной из скамеек, настолько напомнила мне Джеймса в тот день — такая же хрупкая и испуганно сгорбленная, — что на миг показалось, будто я переместился назад во времени.

Я остановился перед ней.

— Мистер Доусон?

Отчим Джеймса уставился вниз на свои руки. Я охватил взглядом крапчатую кожу на его лысом черепе, его шишковатые, давно огрубевшие руки. Когда он наконец поднял голову, его лицо было тонким и вытянутым, глаза глубоко провалились в глазницы. Невероятная печаль была написана на нем. Я буквально кожей чувствовал исходящие от него волны горя, и это казалось чем-то куда более глубоким, чем просто боль от потери, — словно теперь, на закате своей жизни, он сожалел абсолютно обо всем, что успел и не успел в ней сделать.

«Насколько же все постарели», — подумал я.

Было по-прежнему трудно свыкнуться с мыслью, что то поколение, которое я помнил сильным, крепким и надежным, теперь понемногу исчезает под натиском возраста.

— Пол. — Он махнул рукой на скамейку. — Сядь, пожалуйста.

Я сел на дальнем ее конце, оставив между нами не напрягающее пространство. Какой-либо исходящей от него физической угрозы я не уловил — если что, возраст лишь усилил то впечатление мягкости и полной безобидности, которое он всегда производил на меня. Но я подозревал, что отчим Джеймса каким-то образом стоял за событиями последних нескольких дней, и теперь, когда он наконец решил показаться мне, я решил соблюдать некоторую дистанцию, пока не пойму, зачем ему эта встреча понадобилась.

— Сочувствую, — произнес Карл. — Сочувствую насчет Дафны.

— Спасибо.

Вид у него при этом был окончательно сломленный. Но тут я припомнил, что человек, сидящий сейчас рядом со мной, дружил с моей матерью с самого детства — что он знал ее гораздо дольше, чем я. А еще припомнил ту старую фотографию, на которой оба выглядят совсем юными — где Карл что-то шепчет моей матери на ухо, а та заливается недоверчивым смехом.

— Тоже сожалею о вашей потере, — сказал я.

Он коротко кивнул.

— Вам удалось повидать ее? — спросил я.

— Только не после того происшествия.

Налетел едва заметный ветерок. Я повернул лицо к солнцу и на миг прикрыл глаза.

— Полагаю, это вам я должен сказать спасибо за куклу?

— Да, — отозвался Карл. — Прости.

— Как вы ее раздобыли?

— Это была кукла Джеймса.

Я открыл глаза. Выходит, не моя. Интересно, подумал я, что с моей-то сталось. Наверное, я так этого и не узнаю. В коробке в доме обнаружилось много чего, оставшегося с того года, но кое-что могли и просто выбросить.

— Джеймс так и хранил ее все это время?

— Он жил не слишком-то стабильной жизнью, — сказал Карл. — Но да. Всегда держал при себе, по какой-то причине.

— Мы вообще многое все так и носим с собой, верно?

— Да, — сказал он. — Верно.

Я никогда особо не задумывался о том, на что была похожа жизнь Джеймса после нашего отъезда из Гриттена, но почему-то всегда казалось, что он должен быть счастлив. И мне стало грустно оттого, что это оказалось не так. Что чувство вины, терзающее его, потащилось вслед за ним и в иные края, а он оказался не способен сбросить его с себя и оставить позади.

— Ну, а стук в дверь? — спросил я. — Это тоже были вы?

— Да.

— И это вас я видел в лесу в тот день?

Карл кивнул.

— Зачем? — спросил я.

— Я пытался отпугнуть тебя.

Что почти получилось. Но, естественно, Карл ведь был там, когда все это произошло. Он знал, на какие кнопки нажимать.

— Прости, — повторил он. — Я не знал, что еще сделать. Честно говоря, я никогда не думал, что ты вернешься сюда. Дафна всегда говорила мне, что ты уехал с концами. Но тут ты появился в доме, и я понял, что это лишь вопрос времени, когда ты его найдешь.

«Это прямо в доме, Пол!»

— Дневник сновидений Чарли, — произнес я.

— Выходит, ты его нашел?

— Да. Но почему он оказался у моей матери?

Тут наступило долгое молчание. Я уставился на дальнюю сторону бывшей детской площадки, глядя, как кусты там едва заметно колышутся под легким ветерком.

Ожидание затянулось.

— А ты точно хочешь знать? — спросил он.

Долго копившийся во мне гнев наконец-то прорвался наружу.

— А вы знаете, — язвительно произнес я, — люди постоянно задают мне этот вопрос! И очень долгое время ответ, пожалуй, был бы «нет». Я вообще ничего не хотел знать. Но сейчас-то я здесь, несмотря на все предсказания относительно меня. Так что да, черт возьми, еще как хочу!

Карл поднял глаза к небу.

— Я просто хотел, чтобы никто больше не пострадал, — произнес он. — Но теперь, когда Дафны больше нет, наверное, это уже неважно. Может, абсолютно все уже неважно... Господи, как же я от всего этого устал! Так что я расскажу, если тебе так уж этого хочется. Тогда тебе тоже придется взвалить на себя эту ношу. И самому решать, что со всем этим делать.

— Расскажите мне, как у моей матери оказался тот дневник.

Секунду Карл продолжал смотреть в небо, затерявшись в воспоминаниях, а потом опустил взгляд и потер ладони.

— Для начала мне нужно рассказать тебе, что произошло в тот день.

■ ■ ■

В тот день, когда Чарли и Билли убили Дженни, Карл и Айлин оба были дома. Карл работал у себя наверху и, как всегда, с тяжелым сердцем прислушивался к тому, как Джеймс выходит за порог. В тот год он вообще часто испытывал подобное чувство: наблюдая за тем, как Чарли ведет нас через сад на заднем дворе в лес, и сознавая, что не в силах вмешаться. Карл хорошо знал, кто такой Чарли — незаконнорожденный сын бывшего мужа Айлин, — а к тому, что тот начал все активнее влезать в жизнь Джеймса, относился крайне неодобрительно. Но всегда казалось, что сам он не в таком положении, чтобы отпускать замечания по этому поводу.

Стоило ему про это упомянуть, как я сразу припомнил тот последний раз, когда пошел в лес вместе с остальными. То, как Карл нерешительно поднял руку к стеклу, когда я ему помахал.

— Конечно, к тому моменту тебя уже с ними не было, — добавил Карл. — Но в тот день ты все-таки поговорил с Джеймсом. Выложил ему всю правду. И вместо того, чтобы дожидаться Чарли и Билли, он пошел домой.

Выйдя из своей комнаты, Карл услышал, как начался спор, и некоторое время тихо стоял на верхней площадке у лестницы, прислушиваясь к словам, которыми яростно обменивались Джеймс и его мать. Последствия моего поступка оказались скверными. Айлин то всхлипывала, то начинала орать. Джеймс, тем не менее, оставался непоколебим. Был решительно настроен узнать правду про своего отца.

— Я всегда считал, что надо было рассказать ему раньше, — сказал Карл. — Но Айлин была кремень. Она не желала вспоминать, что тогда произошло, — просто хотела забыть. На тот момент я не знал, как Джеймс это выяснил, но что-то во мне порадовалось этому. Хотя это было их внутреннее дело, соваться в которое мне было не с руки, так что я вернулся к работе.

Спор внизу продолжался еще некоторое время, а потом худо-бедно наступила тишина. Карл продолжал работать, думая, что сможет уладить эту ситуацию позже. Такова уж была его роль в этом доме — именно он тушил тут конфликты и следил за тем, чтобы все катилось по накатанной колее. Он всегда был миротворцем.

Карл сделал глубокий вдох.

— Но тут я опять услышал громкие крики.

Он до сих пор точно не знал, как все это произошло, но, похоже, в какой-то момент в заднюю дверь ворвался Чарли.

— Парень был ненормальный. Ты ведь и сам знаешь?

Я кивнул, припоминая.

— Угу, знаю.

— Он и вправду верил в этот мир снов, который сам себе выдумал. Думал, что найдет своего отца, сделав то, что сделал. Но, естественно, все это оказалось полной чушью. По-моему, когда он проснулся в лесу, то настолько расстроился и разозлился, что явился к нам в дом, чтобы выместить злобу на Айлин.

Сам Карл не видел, как это произошло, но из того, что ему удалось по крупицам выяснить после, Чарли стал осыпать Айлин оскорблениями, а потом напал на нее — повалил на пол и стал избивать. Джеймс немного постоял, наблюдая, как парнишка, которого он считал своим другом, пытается убить его мать. Уже зная, что его предали. Понимая, что сегодня за какие-то несколько минут из-под него вышибли ту опору, на которой до сих пор держалась вся его жизнь. И пока Чарли продолжал избивать Айлин, Джеймс подобрал нож.

■ ■ ■

Когда Карл закончил, я немного посидел молча.

— Джеймс убил Чарли?

Карл кивнул.

— Ты мог бы справедливо заметить, что он действовал в пределах необходимой самообороны — или, по крайней, защищая свою мать. Но все зашло гораздо дальше. Джеймс совершенно потерял контроль над собой. По-моему, все, что произошло — все, что он узнал в тот день, — все это излилось из него в тот момент. Джеймс все еще исступленно бил ножом Чарли, когда я сбежал вниз. Мне пришлось силой отнимать у него нож.

Он сморгнул это воспоминание.

— Почему вы не вызвали полицию? — спросил я.

— Я думал об этом. Но потом... в общем, принял решение. Стоя там, прямо тогда я понял, что все наши жизни только что навсегда и бесповоротно изменились, и хотел уменьшить тяжесть последствий. — Карл вдруг посмотрел на меня. — Я люблю Джеймса, ты же знаешь.

Я кивнул, припоминая.

Как своего собственного сына.

— И я понимал, что его ждут серьезные неприятности. Я совершенно не представлял, что делать, но кому-то нужно было взять решение проблемы на себя. Джеймс всхлипывал, Айлин была в истерике. Кто-то должен был присмотреть за ними обоими. Так что все это свалилось на меня. Как и всегда.

Карл помотал головой и погрузился в молчание.

Я выжидал.

Через какое-то время он опять глубоко вздохнул.

— Мы завернули тело Чарли в упаковочную пленку, крепко увязали и засунули на чердак, завалив коробками и коврами. Прибрались. А потом стали ждать. На тот момент мы не знали, что он натворил, и когда вечером арестовали Билли, было уже поздно что-то менять. Мы спрятали тело, замыли кровь на месте преступления. Мы были кругом виноваты. На следующий день поговорить с нами пришла полиция, но у них не было причин нас в чем-то подозревать. Они не стали обыскивать дом или делать чего-то в этом духе. Я все ждал, когда же все пойдет не так, но так ничего и не произошло. То, что осталось от Чарли, было спрятано прямо у нас над головами, но в конце концов стало проще делать вид, будто всего этого... просто нет.

Карл беспомощно раскинул руки, словно и сам не мог в это поверить. Хотя он ошибался. Пусть им троим и удалось выйти сухими из воды, но отголоски исчезновения Чарли все равно давали о себе знать, даже сейчас. Из-за этой тайны продолжали гибнуть люди. То, что произошло в тот день, даже после двадцати пяти лет продолжало протягивать свои скрюченные пальцы из прошлого, запуская их в окружающий мир.

— Джеймс так никогда по-настоящему и не оправился, — сказал Карл. — У него была трудная жизнь. Алкоголь. Наркотики. У нас с Айлин появились кое-какие деньги, и мы переехали поближе к нему. Ему всегда был нужен кто-то, чтобы присматривать за ним.

— Да. — Я кивнул.

— И я делал все возможное, чтобы ему помочь. Пытался убедить его, что все это был лишь дурной сон. — Карл безрадостно рассмеялся над горькой иронией своих слов. — Со временем, по-моему, он действительно поверил, что это так. Он искренне верит, что Чарли действительно бесследно исчез в тот день. Только об этом и говорит. Укрепляет в себе эту мысль. Ему это нужно, чтобы не пришлось вспоминать.

Я подумал о том, что сказала мне Аманда.

— А в интернете он такими мыслями не делится?

— Что ты имеешь в виду?

— Не знаю.

Аманда считала, что тех, кто совершил подобное убийство в ее родном городке, подстрекал к нему пользователь некоего форума, название которого я уже забыл. И теперь я гадал: может, она просто неправильно интерпретировала посты, попавшиеся ей на глаза? Может, писались они не в подстрекательских целях, а просто для поддержания веры, за которую этому пользователю требовалось изо всех сил цепляться? Веры в то, что Чарли не погиб от его руки и что все, о чем мне только что поведал Карл, никогда не происходило.

Но ничего из этого не отвечало на мой самый первый вопрос.

— Как во все это была замешана моя мать?

— Никак. — Карл посмотрел на меня. — Пол, ты должен мне в этом поверить. Она не имела никакого отношения к тому, что тогда произошло.

— Но?..

Он отвернулся.

— Но это было тяжело. Чувство вины. Весь этот гнет... А Дафна была моим лучшим другом. Мы и в самом деле... В общем, мы заботились друг о друге.

Я опять подумал про фотографию с ними, а еще про тот разговор, случайно подслушанный в детстве.

«Знаешь, твоя жизнь могла бы быть намного лучше».

Про то молчание, что последовало перед его ответом.

«Вообще-то не думаю».

Но тогда, конечно, мои отец с матерью были уже много лет женаты, а Карл уже взял на себя ответственность воспитывать Джеймса. В то время этот обмен репликами не показался мне полным глубокого смысла, но сейчас я был уже достаточно взрослым, чтобы ощутить всю весомость этих слов и то, что крылось за ними. Правила, которым приходилось следовать. Упущенные возможности. Все то, что так и осталось невысказанным и непознанным.

— Вы признались ей, что сделали?

— Через несколько лет.

— И что она сказала?

— Что я поступил правильно. Что когда говоришь правду, ничего хорошего из этого не выходит. Она понимала, что я сделал это только ради

Джеймса и что лучше про все это прочно забыть. Так что все эти годы крепко хранила тайну.

Да. Как раз то, что и должна была сделать моя мать. Из чувства долга, дружбы и, может, даже любви. Но эта ноша оказалась для нее непосильной. Я подумал о красных отпечатках рук на чердаке и газетных статьях, которые она собирала. Мать понимала, к каким последствиям приводило ее молчание, и это терзало ее. Но все равно несла эту ношу.

Одному поколению пришлось принести так много жертв, чтобы защитить следующее...

— Но где-то примерно год назад, — продолжал Карл, — она стала все чаще звонить мне. Из того, что твоя мать мне говорила, было ясно, что она... немного теряет связь с действительностью. Она постоянно заводила разговор о том, что тогда произошло. Я волновался, что Дафна может проговориться другим людям, так что пару недель назад вернулся в Гриттен.

— И пошли повидаться с ней?

— Я пытался поговорить с ней, но у меня ничего не вышло.

— И вы столкнули ее с лестницы?

— Нет!

Внезапное потрясение в его голосе и выражение его лица были совершенно неподдельными.

— Тогда расскажите, что произошло.

— Я решил, что лучше всего убрать тело из нашего старого дома. В таком случае, если б Дафна и впрямь кому-нибудь что-то сказала, не осталось бы никаких доказательств. Так что той ночью я вынес останки в лес и разбросал их. Прикрыл их слегка. Постарался, чтобы все выглядело так, будто они уже давно там лежат.

«Он в лесу, Пол!»

«Мельком среди деревьев».

— Может, Дафна заметила свет моего фонарика… Но в любом случае она поняла, что я там делаю. Хотя главная проблема была в дневнике сновидений Чарли, понимаешь? Джеймс тогда забрал его, а я в тот раз привез его с собой. Хотя понимал, что нельзя оставлять его в лесу вместе с ним. От Чарли остались лишь кости, но дневник не подвергался воздействию природной среды — выглядел просто как новенький. Так что я собирался сжечь его. И перед уходом в лес оставил его на кухонной стойке. А когда вернулся… его там больше не было.

— Моя мать приходила и взяла его?

— Должно быть. Но к тому моменту было уже поздно что-либо по этому поводу предпринимать. Когда я подошел к вашему дому, там уже стояла «Скорая».

«Они все одинаковые».

Теперь я окончательно понял, что тогда произошло. Моя мать забрала дневник и спрятала его среди точно таких же моих тетрадей. На второй этаж она кое-как поднялась, но на обратном пути тело подвело ее.

— Выходит, она все-таки спускалась, — тихо произнес я.

— Что?

— Неважно.

Между нами повисло молчание.

Потом Карл вздохнул.

— Я устал, Пол. Теперь ты все знаешь. И как я уже говорил, теперь твое дело, как поступить со всем, о чем я тебе рассказал. — Он махнул рукой себе за спину. — Теперь Чарли где-то там в лесу, и рано или поздно его найдут. Все будет кончено. А пока тебе нужно решить, что делать. Ты можешь разрушить то, что осталось от трех человеческих жизней. Ты можешь навредить памяти своей матери. Или ты можешь просто…

— Забыть?

— Да. Думаю, что да.

Я отвернулся, мысленно взвешивая все, что он сказал. Размышляя о цепи событий, хитросплетении причин и следствий. Если то, о чем мне только что рассказал Карл, — правда, то стал бы я винить того, кто в подобной ситуации поступил именно так? Вряд ли. Все пытались сделать как лучше. Защитить людей, которых любили. Уберечь их от гибельных последствий. Безропотно нести ту ношу, что легла на их плечи. Свою долю, которую, похоже, настало время возложить на себя и мне.

В голове сами собой прозвучали слова моей матери, и я произнес их вслух:

— Знаете, ваша жизнь могла бы быть намного лучше.

То, что у Карла она всегда была полна скорби и сожаления, ясно читалось у него на лице. Подумалось, что эти мои слова во многом применимы ко всем из нас, и, может, лишь оказавшись в конце своего жизненного пути, можно по-настоящему оценить всю их силу.

— Да, — сказал он. — Я знаю.

«Тебе тоже придется взвалить на себя эту ношу».

«И самому решать, что со всем этим делать».

Я уже собрался сказать что-то еще, но тут поднял взгляд и увидел подъезжающие полицейские машины.

36

Двайер гнал слишком быстро, и когда ударил по тормозам перед тем, что некогда было детской площадкой в Гриттен-Вуде, машина пошла юзом. Позади сразу же остановился второй автомобиль, едва не врезавшись в них.

Аманда увидела за боковым стеклом машины двоих мужчин, сидящих на одной из скамеек. Пола она узнала сразу, а по данным отслеживания телефона в реальном времени предположила, что второй — это Карл Доусон.

У Двайера явно не было никаких сомнений: он уже выскочил из-за руля, двигаясь гораздо быстрее, чем она могла от него ожидать. Аманда еще отстегивала ремень безопасности, когда он уже перешагнул через низенькую ограду, выставив перед собой свое полицейское удостоверение.

— Мистер Доусон? — услышала она его крик. — Мистер Карл Доусон?

Аманда помчалась за ним вдогонку, слыша за спиной хлопанье автомобильных дверей. Обе машины остановились на одной и той же стороне каменного пятачка: не слишком-то дальновидно с точки зрения тактики задержания, но противоположную сторону бывшей детской площадки подковой огибали густые кусты, а Карл Доусон был явно слишком ошарашен их появлением, чтобы пускаться в бегство. Хотя он уже встал и двинулся от скамейки в центр площадки. Пол остался сидеть, явно не понимая, что происходит, но на лице у Карла была написана такая паника, словно он даже отдаленно не удивился, увидев здесь полицию.

Как будто все-таки попытался бы сбежать, если б смог.

Но Двайер уже настиг его. Рука с удостоверением нырнула в карман, а вторая уже лежала на плече Доусона — Аманда даже не успела заметить, как он это проделал.

— Карл Доусон, верно? Остыньте, приятель. Мы просто хотим поговорить, лады?

Тот застыл на месте. Аманда прошла мимо них и направилась на противоположную сторону площадки, где на скамейке все еще сидел Пол. Когда она подошла к нему, он встал.

— Что вообще происходит?

— Ничего. — Аманда остановила его поднятыми ладонями и быстро оглядела с ног до головы. Вид потрясенный, но вроде цел и невредим.

Однако Пол лишь таращился мимо нее. Ей было слышно, как под отрывистое шипение раций на бывшей детской площадке у нее за спиной к ним присоединяются остальные оперативники.

— Успокойтесь, Пол, — сказала она.

— Что вообще творится?

— Нам просто нужно поговорить с мистером Доусоном.

— О чем?

— В данный момент не могу вам сказать.

В этот момент его взгляд переместился на нее, и Аманда увидела выражение отчаяния у него на лице. Его опущенные руки были прижаты к бокам, кулаки сжимались и разжимались. Она обернулась. Двайер вел Доусона к машине, одной рукой крепко обхватив пожилого мужчину за плечи. Со спины это выглядело так, будто они старые друзья и один помогает другому добраться до дому после бурно проведенного вечера.

А потом Аманда увидела, как Доусон вдруг сбился с шага и слегка обмяк, словно из него выкачали воздух, и поняла, что Двайер только что объяснил ему, по какой причине тот задержан. По подозрению в убийстве собственной жены и пасынка, а также Билли Робертса.

На секунду Карл Доусон обернулся туда, где стояли они с Полом. Аманда никогда раньше не видела на лице человека такой потери. Казалось, будто все, чего он с таким трудом достиг за долгие годы, сейчас у него отобрали. Словно в этот единственный миг Карл Доусон оглядывался на всю свою жизнь и сознавал, что каждая секунда в ней была прожита зря.

И тут Двайер повел его дальше к машине.

— Что он сделал? — спросил Пол.

Аманда опять повернулась к нему.

— Он не обязательно что-нибудь сделал. Нам просто нужно с ним поговорить. — Положив руку ему на плечо, она тихо произнесла: — Вы точно в порядке?

— В полном.

— Почему вы вместе с ним?

— Мы просто разговаривали.

Аманда услышала, как за спиной у нее захлопнулась автомобильная дверца.

— О чем разговаривали? — спросила она.

Пол все неотрывно смотрел поверх ее плеча, а когда перевел на нее взгляд, Аманда поняла, что абсолютно ничего не может прочесть на его лице. Это напомнило ей тот момент в пабе, когда она спросила его, если ли в Гриттене еще кто-нибудь, с кем ей стоит поговорить. Словно он боролся с чем-то внутри себя, точно не зная, сколько ей можно рассказать.

— О моей матери, — ответил он наконец.

— А что с ней?

— Она умерла.

— Знаю, — сказала Аманда. — Примите мои соболезнования.

— А Карл был ее другом.

Она обернулась на машину, где ее ожидал Двайер. Карл Доусон сгорбился на заднем сиденье. У них на руках имелись три жестоких убийства, а этот человек был так или иначе связан со всеми жертвами. «Так что ставлю все-таки на него», — сказал ей Двайер тогда в отделе, и он наверняка был прав. В конце концов, кандидатура и вправду самая очевидная. Если не он, то кто? Но сейчас, опять посмотрев на Пола, Аманда подумала, что что-то все-таки упускает из виду — что здесь происходило нечто большее, чем им представлялось.

— Пол? — произнесла она.

«Да черт возьми — помоги же мне хоть чем-нибудь!»

Но его лицо оставалось пустым. Какое бы решение Пол только что мучительно ни принимал, он уже явно сделал свой выбор. А когда заговорил, казалось, что он больше обращается к самому себе.

— Карл был ее другом, — произнес Пол еще раз. А потом опустил взгляд и отвернулся.

— Вот и все.

37

Мой отец частенько что-нибудь жег.

Это было одно из немногих воспоминаний, оставшихся у меня о нем с детства. В своей взрослой жизни я никогда не ощущал нужды разводить любого рода огонь, но тогда это происходило довольно регулярно. Когда я был еще достаточно мал, чтобы отец не успел возненавидеть меня, я мог стоять вместе с ним в саду на заднем дворе и наблюдать, как он колет растопку, превращая сухие сучья в некое подобие птичьих лап с растопыренными пальцами, а после помогать ему сметать шуршащие кучи листьев в обложенную кирпичом яму для костра, которую он там соорудил. Газеты, мусор, обломки веток, колючие прутья ежевики... Все, от чего он хотел избавиться, безжалостно сжигалось, а потом на следующий день пепел разравнивался граблями, готовый для очередного костра. Наверное, просто таким уж человеком был мой отец. Когда что-то уже не представляло для него практической ценности, он считал своей священной обязанностью стереть это с лица земли.

Наверное, мыслил он верно.

И теперь я стоял на заднем крыльце, держа в руках первую из коробок.

Дело было к вечеру, и куда бы я ни посмотрел, везде сгущались тени. На Гриттен-Вуд быстро опускалась ночь, и вскоре должно было окончательно стемнеть. Но даже сейчас стена леса в конце сада нависала над головой бесформенной серо-черной массой, затянутой поднимающимся из переплетений подлеска туманом. Легкий прохладный ветерок нес ко мне запах земли и листьев.

Весь день я пребывал в некоем оцепенении, потрясенный и растерянный тем, что произошло днем: сначала всем, что рассказал мне Карл, а потом прибытием полиции. Аманда отказалась объяснить, о чем они хотят поговорить с Карлом, и с тех пор у меня не было от нее никаких известий. Естественно, и у нее от меня тоже. Я не стал ни делиться с ней тем, о чем мне рассказал Карл, прямо на месте, ни звонить и добровольно давать какие-то объяснения после. Там, на бывшей детской площадке, для этого было еще попросту слишком рано. Тогда казалось, что решение, с которым меня оставил Карл, мне просто навязали, и то, что мне на самом деле требуется, — так это возможность хорошенько подумать и определиться, как лучше всего поступить.

Если б я выложил все от и до, были бы разрушены три человеческие жизни, а участие моей матери во всей этой истории стало бы общеизвестным фактом. И что в итоге? Так что весь день я промотался туда-сюда, пытаясь отвлечься от этих тягостных дум решением чисто бытовых практических вопросов. Забрал вещи матери из хосписа. Оформил свидетельство о смерти. Прикинул, что понадобится для похорон.

Но, как ни крути, требовалось наконец принять решение.

И, по-моему, сейчас я уже его принял.

Я отнес коробку в сад. Кострище слегка заросло, но кирпичи по краям еще держались, и выглядело это место более или менее таким, каким я его помнил: бледной язвой на зеленой плоти двора. Перевернув коробку, я вывалил газеты в яму, а потом ногами собрал их в кучу в центре, поднимая клубы застарелого пепла и кислый, грязный запашок давно прогоревших костров.

Потом опять вернулся в дом.

Почему-то казалось, что это дело следует проделать в темноте, так что я пока не стал включать свет в доме. Последних проблесков заката еще хватало, чтобы пробраться через сад к входной двери, где я собрал все приготовленное к сожжению.

Я подхватил вторую коробку и отнес ее к кострищу.

Опорожнил ее.

Правильно ли я поступал?

Я поднял взгляд. Небо над головой было уже темно-синим и усыпанным тусклыми колючками звезд. Никакого ответа оттуда не последовало.

Опять вернувшись в дом, я подобрал третью коробку, которую тоже перевернул над кострищем — куча газет в ней была тускло-серой, как старые кости.

Оставалось сходить еще за одной.

Ну, вот и последняя коробка. В доме стало уже гораздо темнее, чем когда я приступил к делу, и воздух казался каким-то тяжелым, словно мои действия каким-то образом что-то добавляли к дому, а не изымали из него. Когда я вынес эту коробку к кострищу, поддул ветерок, и трава вокруг меня беспорядочно взъерошилась. Я вывалил содержимое коробки в яму. Свои старые толстые тетради. Свой дневник сновидений. Литературный журнал. Куклу, которую Чарли дал Джеймсу. Тонкую книжку в твердом переплете, с рассказом Дженни про Красные Руки.

Дневника сновидений Чарли среди них не было.

Я нахмурился.

Где же он?

Мне понадобилась секунда, чтобы сообразить, что, должно быть, я оставил его наверху, в комнате матери. Увидев на улице Карла, я положил тетрадку на кровать, прежде чем последовать за ним на детскую площадку. Я опять вернулся в дом и медленно поднялся по лестнице. На верхней площадке стояла практически полная темень, словно дом каким-то образом вбирал в себя ночь, и когда я вошел в комнату матери, та была полна призрачных силуэтов и сумрачных теней. Но дневник был хорошо виден: четкий черный прямоугольник на полосатом матрасе.

Я подобрал его.

«Я правильно поступаю, ма?»

Чего моя мать хотела бы от меня, каких моих действий ждала? — вот что больше всего занимало мои мысли весь день. Дневник у Карла она умыкнула не без причины. После стольких лет, в течение которых в ней копилось чувство вины, наверное, какая-то часть ее хотела, чтобы правда вышла наружу. Но на этом этапе ее разум уже ускользал от нее. Она свято хранила секрет Карла все эти годы. Потому что они были друзьями, если не чем-то бóльшим.

«Правильно ли я поступаю?»

Я не был уверен, что она сказала бы, если б оказалась здесь сейчас, и темный дом предлагал не больше ответов, чем ночное небо за окнами. Может, никаких ответов и нет вообще, подумал я. Наверное, жизнь — это когда поступаешь так, как считаешь на тот момент нужным, а потом в меру сил пытаешься ужиться с последствиями своих поступков. Что бы сказала моя мать, если б была сейчас здесь? Наверняка то, что я уже взрослый человек. Что она воспитала меня и защищала меня, как только могла. И что раз теперь ее нет, значит, мне самому решать, что делать.

Какой-то шумок внизу.

Я на миг неподвижно застыл.

Прислушался.

Опять тишина. Наверное, это просто дом съеживался после дневной жары, собираясь ко сну. Может, в какой-то степени он даже знал, что я собираюсь сделать, и готовился к тому, что скоро его запрут и забудут о нем на какое-то время.

Я вынес дневник на площадку.

Потом помедлил, опустив взгляд на лестницу.

Теперь внизу стало совсем темно, и дом казался даже еще более заполненным чем-то, чем несколько минут назад. В затылке стало покалывать. С момента возвращения в Гриттен я никогда не чувствовал, что я здесь совсем один, —

но лишь потому, что в каждом углу и на каждой его поверхности таились воспоминания. Прямо же сейчас я ощущал какое-то совершенно иное присутствие.

«Внизу кто-то есть».

Эта мысль пришла совершенно ниоткуда.

Не было никаких причин считать, что это и в самом деле так. Все, что недавно произошло здесь, подстроил Карл, который хотел припугнуть меня. И все же теперь тишина буквально звенела в ушах, а какая-то первобытная часть меня была уже на взводе.

Я посмотрел вниз на входную дверь. Едва войдя в дом, я сразу накинул цепочку. Впрочем, задняя дверь оставалась незапертой.

Может, как раз от нее и донесся тот негромкий шумок, когда ее кто-то открыл?

«Выйди из дома и проверь».

Едва успела возникнуть эта мысль, как любое промедление показалось чуть ли не гибельным.

Я быстро, но как можно тише спустился по лестнице, морщась при малейшем скрипе ступенек. В самом низу оглянулся на темный тоннель прихожей. В кухне было темно, задняя дверь закрыта. Никого там не было.

Но как только я отвернулся и потянулся к цепочке, чтобы отпереть переднюю дверь, как из сумрака гостиной рядом со мной выступил призрак мужчины. Он двигался так быстро, что я едва успел отметить его появление, прежде чем жуткая боль бомбой взорвалась у меня в легких.

Мир вихрем закружился вокруг меня, и тьма в прихожей наполнилась яркими звездочками.

38

— Что-то он явно недоговаривает, — сказал Двайер.

Аманда, не сводя глаз с монитора на столе, кивнула. Экран показывал картинку с камеры в допросной. Карл Доусон сидел там за столом, упершись локтями в столешницу и закрыв лицо руками. То, что оставалось от его волос, вздыбилось вверх и клочками торчало между пальцев. С тех пор, как они устроили перерыв и оставили его одного, прошло уже десять минут, но, насколько могла судить Аманда, глядя на монитор, он так ни разу и не пошевелился.

«Что-то он явно недоговаривает».

Для начала, Доусон уверял, что провел в Гриттене уже несколько дней. В некоторой степени это соответствовало банковской выписке по его кредитной карте, которую они уже получили, но в остальном же не имело ни малейшего смысла. Что он тут делал? Судя по всему, Карл Доусон приезжал навестить Дафну Адамс, но тут что-то явно не сходилось. По его словам, он прибыл в Гриттен за день до происшествия с ней, и все же, когда они навели справки в хосписе, там не нашлось никаких записей, что он хоть раз появился там после ее поступления. Так чем же он тут, черт возьми, столько времени занимался?

— У него не находится ответа, когда речь заходит про Дафну, — заметила Аманда.

— Угу, он сразу замыкается. Потому что врет.

— Врет ли?

— Естественно, врет! — уверенно сказал Двайер. — Если он приехал, только чтобы повидаться с ней, то что же — все никак не мог ее застать? Давайте посмотрим правде в глаза: не похоже, чтобы она много моталась туда-сюда.

— Это да.

Двайер был прав, и все же в голове у Аманды оставалась некая толика сомнения. По какой-то причине Доусон рассказал им далеко не все, но, по ее мнению, в его словах все же имелась крупица правды. Словно у них была одна картина, а у него — другая, причем некоторые их части совпадали, а некоторые — нет. Наверное, Карл Доусон все-таки и впрямь приезжал к Дафне Адамс, но здесь явно крылось нечто большее, и несмотря на то, что они уже несколько часов кряду давили на него, он не стал объяснять, что именно.

Что-то они упускали из виду...

Двайер опять нарушил молчание.

— Ну так как — ставите на него как на убийцу?

— Пока не знаю. — Аманда посмотрела на него. — В отличие от вас, насколько я могу судить.

Он пожал плечами.

— Мы можем привязать его ко всем трем жертвам. Мы знаем, что он был здесь, в Гриттене, как раз в то время, когда убили Билли Робертса. А до дому ему на машине — рукой подать. Так что да, я по-прежнему ставлю на него.

— А мотив?

— В бумагах местного отдела — сплошь вызовы на семейные скандалы с рукоприкладством. Это буквально годами длилось. Наверное, он в конце концов сорвался.

Аманда посмотрела на экран.

Доусон по-прежнему не двигался.

— Не исключено, — задумчиво произнесла она.

— Вот как я мыслю, — начал объяснять Двайер. — Доусон по какой-то причине возвращается сюда — скажем, вполне возможно, что и впрямь навестить Дафну Адамс. Она умирает, он расстроен. Его собственная жизнь давно пошла псу под хвост, он зол и обижен на весь белый свет. Плюс здесь, в Гриттене, кругом плохие воспоминания. Так что какое-то время он томится на медленном огне, а потом в итоге выслеживает Билли Робертса, и все это выплескивается наружу. После этого он возвращается домой, видит своих дражайших родственничков, и у него окончательно сносит крышу.

— А потом опять приезжает сюда поболтать с Полом Адамсом?

Двайер опять пожал плечами.

— Если только вы верите, что и впрямь просто поболтать.

У Аманды не нашлось на это ответа. Там, на бывшей детской площадке, Пола явно раздирали какие-то противоречивые стремления. Когда они только познакомились, она сразу поняла, что он говорит ей правду, отчего было гораздо проще заметить, когда это было не так. Но еще казалось, что какие-то его недомолвки не имеют к тем трем убийствам абсолютно никакого отношения. Если бы Пол хоть что-то про них знал, то обязательно рассказал бы — Аманда была в этом совершенно уверена. Внешность порой обманчива, конечно же, но Пол произвел на нее впечатление слишком уж порядочного человека, чтобы подозревать его в подобном двуличии.

— Я пока не вижу, что их может объединять в этом деле, — сказала она.

— Но что-то их все-таки объединяет.

— У Пола не было причин причинять вред Айлин и Джеймсу.

— Ну, а Билли Робертсу?

— Тут да. Но когда я разговаривала с ним, то, похоже, он даже не знал, что Билли вышел из тюрьмы. Я неплохо читаю людей, а Пол был искренне поражен, когда я ему это сказала. По-моему, он изо всех сил старается забыть то, что произошло тогда в Гриттене. — Она показала на монитор: — И, конечно, вот это.

— Что?

— Лицо Карла Доусона, когда вы сказали ему.

Тот момент на детской площадке по-прежнему занозой засел у нее в голове. С того самого момента, как они начали допрос, Доусон казался ей окончательно сломленным человеком. Никаких внезапных рыданий, возмущенных восклицаний и театральных падений в обморок. В нем была пустота, но и какого-то странного рода решимость. Словно он взвалил на себя еще более тяжелую ношу, чем прежде, и вознамерился столь же безропотно нести ее.

Двайер посмотрел на экран.

— И все-таки по-прежнему ставлю на него, — сказал он.

Аманда вздохнула про себя. При всех ее сомнениях существовала высокая вероятность того, что Двайер прав. И в любом случае Доусон был единственным, чем они сейчас располагали, особенно когда Пол отказывался говорить.

— Ну что, третий раунд? — произнесла она.

— Да, приступим.

Кабинет, в который они удалились на перерыв, располагался всего через дверь от допросной. Когда они подошли к ней, у Аманды зазвонил телефон. Она вытащила его из кармана, подумав, что это может быть Пол. Но его номер уже имелся в памяти ее мобильника, в то время как тот, что высветился сейчас, был ей совершенно незнаком.

— Начинайте без меня, — сказала она Двайеру. — Я через секундочку присоединюсь.

— Годится.

Когда Двайер вошел, Карл Доусон поднял взгляд — его лицо было по-прежнему пустым и потерянным, но тут дверь закрылась, перекрыв обзор. Ответив на звонок, Аманда прислонилась к стене.

— Детектив Аманда Бек, — сказала она.

— Детектив Бек?

Голос был женский. Аманда с ходу не узнала его, но даже в этих двух словах отметила безотлагательность и панику.

Она отлепилась от стены.

— Да. А кто это?

— Это Мэри.

— Мэри?

— Мэри Прайс. Вы несколько дней назад приходили к нам домой поговорить про убийство нашего сына. Мне действительно очень нужно поговорить с вами. Я так боюсь…

Мать Майкла Прайса. Аманда припомнила, как, отчаянно желая оказаться в каком-нибудь другом месте, сидела у нее в гостиной, по которой по-прежнему были разбросаны вещи мальчишки, а воздух буквально пропитался горем.

— Мэри, — произнесла она. — Ну конечно. Пожалуйста, постарайтесь успокоиться.

— Простите. Простите, пожалуйста...

— Вам нет нужды извиняться.

— Я должна была позвонить вам раньше. Я просто не... О господи!

«Я так боюсь...»

— Просто скажите, что стряслось, Мэри.

— Мой муж.

Дин Прайс. Аманда сразу припомнила, как мужчина вдруг вышел из комнаты, неспособный смириться с фактом, что его сын погиб из-за истории, которую она им обоим рассказала. «Вы хотите сказать, что моего сына убили из-за какого-то призрака?» Припомнила угрозу, так и исходящую от него. Едва скрываемую жестокую ярость, которая, как она чувствовала, пузырилась где-то глубоко внутри.

— А что с ним? — спросила Аманда.

Мэри теперь уже рыдала навзрыд.

— По-моему, он может сделать что-то плохое!

39

В прихожей щелкнул выключатель, и я понял, что смотрю на пару высоких армейских ботинок.

Они постоянно расплывались, регулярно оказываясь не в фокусе. Я лежал, свернувшись в клубок на натертом полу и отчаянно пытаясь вдохнуть сквозь боль в груди, какой никогда еще не испытывал. Вроде этот человек едва двигался, но все же как-то сумел ударить меня в живот с такой силой, что выбил из меня весь воздух, и мне никак не удавалось опять втянуть его в легкие.

— Не напрягайся, дыши понемногу, — сказал он мне. — От этого не умирают.

Его голос был пуст и лишен эмоций — просто констатировал факт без всякой заботы о последствиях. Но оказалось, что он прав. Эффект от удара понемногу слабел, и я все-таки ухитрялся заглатывать крошечные порции воздуха, а боль, вспыхивающая при каждом вдохе, стала притупляться.

Все это время неизвестный все так же совершенно неподвижно стоял надо мной, дожидаясь, пока я окончательно приду в себя. Несмотря на туман в голове, я все-таки сообразил, что не стоит делать попыток встать — этот тип хочет, чтобы я оставался на полу, а если я буду сопротивляться, он опять меня вырубит, — но через несколько секунд я рискнул поднять на него взгляд. Он стоял на пороге гостиной, одетый в черные армейские штаны и черный свитер. Тело поджарое и жилистое, словно просто-таки созданное для насилия. Короткий ежик волос. Лицо я не узнал, но его выражение было таким же безжалостным, как и голос.

В затянутой в перчатку руке он держал охотничий нож.

Ужас стал собираться у меня в груди.

— Что вам надо? — ухитрился произнести я. Каждое слово вызывало новую боль в моих горящих огнем легких.

Мужчина проигнорировал меня, стряхнув с плеч рюкзак, который я до сих пор не заметил. Свободной рукой залез в него, а потом что-то бросил в мою сторону. Я вздрогнул, когда это с лязгом упало на пол рядом со мной.

Наручники.

— Надевай, — приказал он.

Каждый инстинкт моего тела подсказывал мне, что нельзя. Но я понимал: даже если б у него не было ножа и я не валялся беспомощно на полу, физически мне с ним не потягаться. Он просто сам наденет их на меня, и это будет гораздо больнее.

Неизвестный подступил на шаг ближе, крутя в руке нож.

— Повторять не буду.

— Хорошо-хорошо!

Я подобрал наручники. Они были крепкие и явно профессиональные, с небольшим расстоянием между браслетами. Полицейского образца, подумал я — или, может, военного. И было в этом человеке что-то властное, словно помыкать людьми и причинять им боль было для него вполне привычным делом.

Я надел один браслет на левое запястье и защелкнул его.

— Чуток потуже, — сказал он.

Я сделал, что велено.

— Теперь другой.

Я повторил то же самое со вторым запястьем. Это действие привело меня в состояние полной беспомощности, но я и без того практически не мог пошевелиться. Может, было даже что-то успокаивающее в том, что он чувствовал необходимость сковать меня. Если б этот человек хотел меня убить, то я был бы уже давно мертв.

— Что вам надо? — спросил я еще раз.

И вновь ответа не последовало.

Вместо этого он присел на корточки и бесстрастно оглядел меня. Нож был теперь гораздо ближе, и я видел, что с одной стороны клинок зазубрен, а с другой — острый и блестящий. Этот человек смотрел на меня, словно изучал тушу, которую ему предстояло разделать, и по спине у меня пробежал холодок, когда я понял, что могли быть и другие причины обездвижить меня и что бывает участь похуже смерти.

Вдруг какое-то жужжание у бедра.

Звонил мой телефон.

Мужчина тоже его услышал и залез рукой мне в карман. Секунду он смотрел на экран, а потом небрежно положил мобильник на пол и волчком запустил его в темную гостиную.

Поднял нож.

— Видишь это? — спросил он.

— Да.

— Это означает, что у нас с тобой сейчас будет серьезный разговор.

— Про что?

— Потише! Разговор будет продолжаться столько, сколько потребуется. Если ты не дашь мне ответы, какие я хочу, я буду делать тебе очень больно, пока ты этого не сделаешь. Понял?

— Да.

— Потому что я знаю, что у тебя есть эти ответы. Я знаю: тебе известно, что случилось с Чарли Крабтри и куда он девался.

Я заморгал.

До сих пор я все никак не мог понять, что это все значит — может, ограбление? Но теперь припомнил Билли Робертса, и какой потрясенной выглядела Аманда, приехав с места его убийства.

«Разговор будет продолжаться столько, сколько потребуется».

Мужчина уперся коленом мне в бок, наклонился и прижал меня к полу, а потом провел кончиком ножа мне по плечу.

— Я понятия не имею, что произошло с Чарли, — простонал я.

— Да ну? Зачем же ты тогда собирался спалить улики?

Я напряг все свои мысли.

— Я просто хотел со всем этим покончить! Это все, чего мне всегда хотелось!

Похоже, это его лишь разозлило. Давление колена на мой бок усилилось, и он передвинул нож к моей щеке. Я почувствовал, как острый кончик клинка прокалывает кожу, буквально на волосок от моего правого глаза.

— Ты знаешь, что с ним произошло, — утвердительно произнес он.

Я мог бы сказать ему правду, но не хотел, тем более что по выражению его лица было ясно: он намерен причинять мне боль, что бы я ни сказал. Несмотря ни на что, во мне стал разгораться гнев. Бесило, что даже после всех этих лет Чарли по-прежнему способен добраться до меня, и я был решительно настроен положить этому конец.

— Говори, где Чарли!

Кончик ножа внезапно вонзился глубже, и я зажмурился, когда мужчина повернул руку, ввинчивая клинок мне в скуловую кость. Боль не была такой уж ужасной — пока еще нет, но поблескивающий металл полностью перекрыл обзор перед моим правым глазом, а ожидание дальнейшего было еще хуже.

«Нужно прогнать ему какую-нибудь правдоподобную историю».

— Хейг, — произнес я.

Это имя появилось буквально ниоткуда, возникнув у меня в голове столь же внезапно и неистово, как тот фургон, что забрал жизнь Хейга.

Так, начало есть.

Теперь надо всего лишь придумать продолжение.

Тем не менее клинок прекратил крутиться — мужчина обдумывал мой ответ. Ему понадобилась пара секунд, чтобы припомнить названное мной имя, но я сразу понял, что оно ему хорошо знакомо. Он, должно быть, читал те же самые интернет-форумы, что и я.

Через секунду нож отодвинулся от моего лица.

— Парень, который погиб в ДТП, — произнес он.

— Нет, — сказал я. — Не он. Его старший брат. Роб Хейг — вот как его звали.

Я и понятия не имел, так ли это.

— И что он?

— Он сидел в тюрьме, но в тот год вышел. До него дошли слухи про то, что Чарли тогда сказал на поле для регби. Некоторые считали, что Чарли действительно подстроил это происшествие, в том числе и Роб Хейг. Он обвинял Чарли в том, что тот убил его брата.

Это была полнейшая туфта, конечно же, но теперь, начав все это излагать, я осознал, что буквально вижу, как вся эта история разворачивается у меня в голове — так, как это иногда случалось, когда я подростком садился за письменный стол и обдумывал сюжеты своих рассказов.

Роб Хейг и его дружки раскатывали по окрестностям на машине. Искали подходящий случай поквитаться с Чарли и вдруг случайно наткнулись на него, когда тот брел совсем один где-то неподалеку от Гриттен-Вуда — после того, как проснулся и бросил Билли среди деревьев.

Они затащили его в машину.

Избиение вышло из-под контроля.

— Их было трое, — сказал я. — Как звали других, не помню. Когда они поняли, что Чарли мертв, то запаниковали. Завернули его труп в ковер, засунули в багажник, какое-то время держали там. Потом избавились от него где-то в лесу, а машину сожгли.

— Где конкретно в лесу?

— Там есть старый колодец.

— Все колодцы были осмотрены.

— Осмотрены еще до этого. Так что это было идеальное место, чтобы спрятать тело.

Я затаил дыхание, пока мой мучитель размышлял над этими словами. Если он достаточно поверит в мою историю, это позволит мне выиграть время. Я и понятия не имел, как этим временем распорядиться, но точно знал одно: я не хочу, чтобы он опять начал пытать меня. И понимал, что моя дальнейшая судьба зависит только от меня самого.

Через какое-то время он опять поднес ко мне нож.

— Откуда ты про все это знаешь?

— Хейг мне сам показал.

— С какой это стати ему было это делать?

Хороший вопрос.

— Это произошло пару месяцев спустя, — сказал я. — Он знал, что я просто ненавидел Чарли, и подумал, что, может, мне будет интересно узнать, что тот наконец получил по заслугам. Наверное, решил, что мне можно доверять — что я никому ничего не скажу. И не ошибся.

Мужчина посмотрел на меня.

Окончательно он мне вроде не поверил. Но почти.

— Хейг кое-что дал мне, — добавил я.

Я мотнул головой на дневник сновидений Чарли, который выронил у двери, получив удар. Мужчина некоторое время смотрел на него, а потом протянул руку и подобрал его, перевернул несколько страниц. Кем бы этот тип ни был, он явно хорошо изучил то старое дело, чтобы понять, что именно перед собой видит.

— И я рад, — сказал я. — Я просто *охрененно* рад, что он мне тогда все рассказал!

Пусть даже все остальное я полностью выдумал, яд в моем голосе в тот момент отнюдь не был притворством. Если б так все и было — если бы брат Хейга действительно тогда явился ко мне, — я пошел бы с ним в лес, ни секунды не задумываясь. И когда мужчина посмотрел на меня, то, видно, убедился, что я говорю правду.

Через несколько секунд он забросил дневник в гостиную и приказал:

— Отведешь меня туда.

40

Я остановился на заднем крыльце, перед густо-синим морем убегающей к лесу высокой перепутанной травы. Угольно-черные деревья за дальним концом сада могли с равным успехом обозначать границу вселенной. Мужчина у меня за спиной включил фонарик. Его луч превратил растительность у земли в бесцветный колючий ковер из света и тени.

— Пойдем этой дорогой?

— Так меньше вероятность, что нас увидят.

— Это далеко?

Я задумался.

— Неблизко. С милю или около того.

— Лучше бы тебе мне не врать. — Он уткнул нож мне в крестец. — Сам знаешь, что тогда будет.

— Я не вру.

Я вдохнул ночной воздух, теперь уже прохладный, ощущая какое-то странное спокойствие — тем более когда совершенно не представлял, что меня ждет в ближайшие минуты. Судя по всему, этот человек собирался убить меня, и на самом-то деле сейчас я лишь оттягивал неизбежное. Но все, что меня окружало, словно балансировало на какой-то невидимой грани, а тишина казалась совершенно нереальной. Словно мы с этим человеком вдруг шагнули за пределы времени — туда, где прошлое и настоящее плотно сплелись воедино так, как этого никогда не бывает в нормальном мире.

Туда, где может произойти что угодно.

Я поднял скованные наручниками руки, зажал нос и попытался вдохнуть.

— Ты чего? — подозрительно спросил он.

Я опустил руки.

— Ничего. Пошли.

А потом двинулся через сад, едва сознавая, что он идет за мной, если не считать подергивающегося пятна света впереди. Добравшись до границы участка, я сдернул со столбиков ограды старую стальную сетку и притоптал ее ногами. Мужчина посветил фонариком в лес, открыв узкий проход, настолько заросший по бокам и сверху, что тот больше походил на тоннель, чем на тропу.

Я обернулся. Своего спутника против ослепительно-яркого света разглядеть не сумел, но у меня создалось впечатление, что ему так же не по себе, как и мне — или как бы полагалось мне сейчас себя чувствовать. А потом я отвернулся от него, перешагнул через остатки изгороди и стал проталкиваться сквозь ветки и листву, сразу же успев расцарапать руки.

В последний раз в своей жизни направляясь в Сумраки.

■ ■ ■

Оказалось достаточно легко найти одну из немногих колдобистых тропинок, змеящихся между деревьями. Как только мне это удалось, я некоторое время вел мужчину по ней.

Он держался чуть позади меня, но светил прямо перед собой, и в свете фонарика лес казался каким-то сверхъестественным и неземным. Деревья прямо по бокам от меня были ярко освещены, демонстрируя каждую трещинку своей пористой коры, и я мог кое-как разглядеть ковер из перепутанной травы прямо у себя под ногами. Но свет проникал совсем недалеко. Стоило поднять взгляд от земли, как передо мной оказывался огромный черный зрачок — или дыра, в которую я вел нас обоих.

Пока мы шли, я начал терять представление о направлении, в котором мы двигались, — хотя сейчас это вряд ли имело какое-то значение. Через несколько минут я заметил слева подходящий просвет между деревьями — не тропу, но пробраться можно, — и вот тут-то и решил окончательно увести своего конвоира подальше от более-менее нахоженных маршрутов.

— Нам сюда.

— Ты уверен?

Из ближайшего древесного ствола на высоте пояса торчал толстый сук, с которого свисал пучок веток потоньше, словно занесенные над роялем пальцы скелета. Я мотнул на них головой, как на знакомый ориентир.

— Уверен.

Я решительно шагнул туда, надеясь, что этот просвет не заведет нас в тупик. Удача оказалась на моей стороне. Чуть дальше возник еще один похожий просвет, на сей раз справа, и я свернул туда, заводя нас еще глубже в чащу.

Оказавшаяся на пути ветка упруго соскользнула у меня с плеча. Остальные я неуклюже пытался раздвигать скованными руками на ходу. Чем дальше мы углублялись в лес, тем меньше толку было от фонарика. Из-за теней, которые деревья отбрасывали друг на друга, все вокруг казалось какимто изломанным. В гробовом безмолвии слышались лишь хруст и пощелкивание сухих веток у нас под ногами, пока мы все дальше и дальше уходили от всего остального мира.

«Неблизко, — сказал я ему. — С милю или около того».

Естественно, никакой конечной точки у меня в голове не имелось. Никакой реальной мысли относительно того, куда я веду этого человека или что произойдет, когда мы туда доберемся.

Вдруг — провал в земле.

Я пошатнулся и едва не упал. Буквально в шаге от нас зиял глубокий овраг с осыпающимися краями, другая сторона которого скрывалась где-то во тьме.

«Сохраняй спокойствие!»

Пути дальше не было, так что я отвернул влево, осторожно поднимая ноги над путаницей растительности у самой земли.

— Тут смотрите под ноги, — посоветовал я.

Мне оставалось лишь надеяться. Я хорошо помнил, что представлял собой этот лес — как часто казалось, что это не ты идешь сквозь него, а он сам перемещается вокруг тебя, — и молча молил его поставить недостающую деталь на место, что очень помогло бы мне сейчас.

Удача опять мне сопутствовала. Чуть дальше края оврага сомкнулись, и я опять смог вести нас вправо. Казалось, что теперь поселок остался где-то очень далеко позади.

— Сколько еще? — спросил мужчина.

— Еще порядком.

Но я мог судить по молчанию, которое последовало за моим ответом, что его терпение уже на исходе. Мне нужно было отвлечь его, пока я заводил нас еще глубже.

— Зачем вы это делаете? — спросил я.

Нет ответа.

— Кто вы? Вроде военный, насколько я понимаю?

И вновь он ничего не сказал. Но на сей раз мне показалось, что мужчина по крайней мере обдумывает вопрос.

— Когда-то был военным, — произнес он в конце концов. — Довольно долго. И мне приходилось делать очень плохие вещи. Вещи, которых я сейчас стыжусь. А потом я был отцом, и все начинало опять казаться нормальным.

Его голос звучал так бесцветно, так пусто, так что вроде теперь я все наконец понял. Очевидно, это был отец того парнишки в Фезербэнке, про которого мне рассказывала Аманда. Из-за того, что Чарли так и не нашли, погиб его сын, и это сломало его. Вот почему он здесь и делает то, что делает. Убитый горем отец пытается хоть что-то исправить.

— Сочувствую, — сказал я.

— Помалкивай.

— Я был всего лишь подростком. И хотел как лучше. Я и представить не мог, к чему это приведет — что другие подростки будут копировать то, что сделал Чарли. Я искренне думал, что все это уже давно забыто!

И тут мое время вышло.

Выступив из-за деревьев, я понял, что уперся в тупик. Здесь в земле открылось еще одно огромное углубление, по краям которого топорщились древесные корни — словно черные вены, вылезшие из взрезанной плоти земли. Дальше пути не было. Территория слева сплошь заросла и была непроходима. Справа оставался лишь крошечный кусочек земли, который заканчивался густой стеной деревьев — трава и заросли ежевики между ними выглядели столь же неприступно, как мотки колючей проволоки.

Ну вот и пришли…

— Здесь, — сказал я.

Мужчина шагнул вперед, встав рядом со мной почти вплотную. С сильно бьющимся сердцем я указал на какой-то участок земли чуть правее преградившего нам путь оврага. Он повел туда лучом фонарика, двигая им туда-сюда и пытаясь отыскать старый колодец, которого там, естественно, не было.

— Где?

«Обычно ты был более решительным…»

Я быстро выбросил вперед руки, так что фонарик ударил его по лицу, а потом как можно сильнее оттолкнул его от себя плечом — с такой же силой, как, помню, тогда проходил через того парня на регбийном поле. Он отлетел назад, завалившись на спину — не через край, как я хотел, но по крайней мере достаточно далеко, чтобы я успел отпрянуть назад в ту сторону, с которой мы пришли.

И тут же со всех ног броситься в темноту.

41

«Вы хотите сказать, что моего сына убили из-за какого-то призрака?»

Этот вопрос задал ей Дин Прайс. Но когда Аманда пулей неслась в машине по темной автомагистрали в сторону поселка Гриттен-Вуд, в голове постоянно звучало то, что говорила ей в тот день Мэри Прайс.

«Дин служил в армии, воевал».

«Только после того, как Дин уволился из армии, они оба начали понемногу сближаться».

«Дин всегда был практическим человеком. Решальщиком проблем».

В тот момент Аманда заметила, что это не та проблема, которую вообще кто-то может решить, но теперь гадала, так ли это. Юного Майкла Прайса убили из-за того, что Чарли Крабтри так и не нашли. Загадка его исчезновения по-прежнему отбрасывала на все свою черную тень, заставляя страдать ни в чем не повинных людей. А это проблема, которую все-таки *можно* решить, разве не так?

Если у тебя есть соответствующая подготовка и железная воля.

Если тебе незачем больше жить.

В отделе полиции, в котором они встретились, Мэри сообщила ей, что Дин три дня назад ушел из дому, и с тех пор от него нет никаких известий. Его телефон выключен. И совершенно непонятно, что у него на уме.

«Все будет хорошо», — твердила себе Аманда.

Она уже проверила: Пола в его гостиничном номере не было. Но это лишь означало, что он наверняка в доме своей матери. А на ее телефонные звонки не отвечает, скорее всего, потому, что после недавних событий просто не хочет с ней общаться.

Так что беспокоиться не о чем.

Но это был голос логики, а прямо сейчас Аманда слышала совсем другие, более громкие голоса. Темный ландшафт за окнами машины сразу напомнил про тот кошмарный сон, который так часто ей снился, и она уже начинала испытывать панический страх опоздать, который этот сон всегда после себя оставлял. Человек попал в беду, и не факт, что она успеет добраться до него вовремя.

Потянувшись к телефону, укрепленному на приборной панели, Аманда набрала Двайера.

— Куда вы, черт возьми, пропали? — воинственно поинтересовался тот.

— Еду в Гриттен-Вуд.

Аманда вкратце рассказала, что узнала от Мэри Прайс.

— Господи Иисусе! — опешил Двайер. — А нельзя было дождаться меня?

— Нет времени. Я уверена, что все в порядке, но хотела как можно быстрее попасть туда. Оставайтесь на линии — я дам вам знать, если вы мне понадобитесь.

— Я все равно сейчас кого-нибудь пошлю.

Она ненадолго задумалась.

— Я не против.

Какой-то автомобиль перед ней ехал слишком медленно. Аманда обошла его по обочине, втопив педаль в пол и не обращая внимания на возмущенный рев сигнала позади, — но тут слева вдруг показался поворот на Гриттен-Вуд, и она резко свернула с двухполоски, практически не замедлив ход. Дорога впереди сузилась. Автомобиль трясся и подскакивал вокруг нее, молотя шинами по ухабам и выбоинам. Впереди понемногу проступал силуэт поселка, столь же погруженного во тьму и безлюдного, как и в прошлый раз.

А за ним — еще более темная масса леса.

Сердце забилось чаще.

Через минуту Аманда уже была возле дома, рядом с которым стояла машина Пола Адамса. Подкатила к ней, затянула ручник и сдернула мобильник с передней панели.

— Я на месте.

— Есть что?

— Тут его машина. — Выбравшись из-за руля, она присмотрелась к дому. — В прихожей горит свет.

— Все равно пока не отключайтесь.

— Будет сделано.

— И не наделайте каких-нибудь глупостей.

Аманда вдруг вспомнила, с какой жестокостью обошлись с Билли Робертсом, и тот ужас, который испытала, едва не столкнувшись лицом к лицу с сотворившим все это чудовищем.

— Не волнуйтесь, не наделаю.

Продолжая прижимать телефон к уху, она направилась по дорожке к входной двери. Постучала, но не стала ждать ответа — просто повернула ручку и обнаружила, что дверь не заперта. Ярко освещенная прихожая была пуста.

— Пол? — позвала она.

Ответа не последовало.

— Что там происходит? — послышался из телефона встревоженный голос Двайера.

— Минутку...

Аманда присмотрелась через прихожую к открытому дверному проему кухни. Света там не было, но она ощутила, как с той стороны тянет сквозняк. Прошла туда. За распахнутой задней дверью расстилалось угольно-черное море заросшего сада.

— Задняя дверь открыта!

Аманда шагнула за порог. Было трудно различить подробности, но черная стена леса по-прежнему смутно вырисовывалась на фоне почти черного неба. Тьма была почти полной.

— Опергруппа уже в пути, — сообщил ей Двайер.

Отлично, подумала Аманда. Поскольку поняла, что ей явно понадобится помощь — самой тут никак не справиться. Абсолютно исключено, чтобы она сунулась в этот лес в одиночку. Но в то же самое время совсем другая мысль неотвязно грызла где-то в глубине головы, и хотя она никак не могла знать этого точно, но почему-то все равно знала.

Подкрепление не успеет прибыть вовремя.

Аманда поймала себя на том, что уже несколько секунд недвижимо стоит на заднем крыльце, не в силах шагнуть в траву и двинуться к неумолимой черноте за ней. Она поежилась. И хотя мозг приказывал сделать шаг, тело не откликалось.

«Успокойся!» — приказала она себе.

Этот голос ожег, как пощечина. На миг показалось, что это голос отца, — но нет.

Это был просто ее собственный голос.

«Кто-то нуждается в тебе».

Да, осознала Аманда, вот к чему все сводится. Она больше не была маленькой девочкой, лежащей в постели посреди ночи, боясь темноты и ожидая кого-то, кто спасет ее. Она сама была тем, кто приходит на чей-то зов.

— Вы еще тут? — спросил Двайер.

— Здесь я, — отозвалась Аманда.

А потом убрала телефон от уха и быстро направилась через сад к лесу.

42

Я присел на корточки между двух деревьев, задыхаясь и пытаясь перебороть овладевшую мной панику. Путаница кустов и травы невидимого подлеска плотно охватывала меня со всех сторон. Я практически ничего не видел.

Вдобавок я заблудился.

Когда я только побежал оттого человека, то был уверен, что направляюсь тем же путем, каким мы пришли. Но, видимо, где-то не там свернул, поскольку совершенно не представлял, где сейчас нахожусь. Потерять ориентацию в этом лесу было легко даже при свете дня, не говоря уже о почти абсолютной темноте, в которой я сейчас оказался. Я даже не знал, продвинулся ли в сторону поселка, или еще больше углубился в лес.

Стараясь соблюдать полную неподвижность, я прислушался.

Ветки трещали где-то справа от меня — не слишком близко, но не так уж и далеко. Бросив взгляд в ту сторону, я увидел мелькающие между деревьями проблески света. Вон он где — осматривает лес в поисках меня... И этот тип походил на человека, который будет искать методично. Если я останусь на том же месте, он обязательно меня найдет.

Но если двинуться дальше, то куда?

Какая-то колючая ветка впилась мне в руку. Я слегка повернулся, пытаясь думать.

«Иди влево — подальше от света для начала».

Начал было медленно подниматься, но тут услышал голос:

— Ты совсем не умеешь прятаться...

...И рывком повернул голову на звук. Донеслись эти слова откуда-то слева. И свет фонарика теперь мигал среди деревьев как раз с той стороны, причем гораздо ближе, чем несколько секунд назад. Но он просто не мог так быстро покрыть такую площадь!

Это я повернулся или мир вокруг меня?

— Я когда-то зарабатывал на жизнь, охотясь на людей...

Отвернувшись от голоса и света, я начал медленно, на ощупь пробираться между деревьев, хватаясь руками за их шершавые стволы, стараясь производить как можно меньше шума и молясь, чтобы меня в итоге не загнали в угол.

Все на какое-то время умолкло, если не считать шуршания листвы у меня под руками и тихого потрескивания спутанной травы, рвущейся под ногами при каждом осторожном шажке.

И тут едва различимая обстановка передо мной вдруг резко проявилась. Дерево, в которое я на ходу уперся согнутой в локте рукой, словно в один миг провернулось под ней. И почему-то яркий глаз фонарика светил теперь прямо на меня, прорезая своим лучом пространство между черными стволами.

— Вот ты где...

Фонарик со щелчком выключился, и лес нырнул во тьму.

И тут, едва только мой преследователь двинулся ко мне, вдруг послышался какой-то жуткий звук — то ли хруст, то ли щелчок. Я развернулся и побежал куда-то вбок, теперь слепо ломясь через лес, то врезаясь плечом в деревья, то уворачиваясь от них, и устремляясь в любую сторону, в которой мне чудился просвет среди кустов и деревьев. Того, кто гнался за мной, я не видел, и все же всякий раз казалось, что на самом деле я двигаюсь к нему — что лес по спирали загоняет нас обоих все ближе друг к другу. Шум, казалось, доносился абсолютно отовсюду.

Куда бы я ни бросил взгляд, повсюду маячили едва различимые серые силуэты, и стоило мне куда-нибудь свернуть, как едва различимая тропа перед глазами оказывалась совершенно идентична предыдущей. И со всех сторон меня окружали треск и хруст валежника под ногами человека, охотящегося за мной.

Самому мне в жизни отсюда не выбраться!

Мне нужно...

— Пол!

Этот голос заставил меня резко остановиться. Он донесся откуда-то позади меня, но настолько издалека, что первым делом промелькнула мысль, что мне это просто почудилось. Однако почему-то он пригвоздил меня к месту, как тяжеленный якорь. Голос был женский. На миг подумалось, что это Дженни, — но, естественно, это было совершенно исключено.

— Пол, вы тут?

Я немного помедлил, а потом двинулся обратно тем же путем, каким только что бежал. Но мой преследователь тоже услышал этот женский голос. Я ощущал его присутствие невдалеке между деревьями, где-то справа от себя. Слышал его хриплое прерывистое дыхание.

И стоило мне двинуться, как показалось, что оно приближается.

— Пол?

Я стал продираться сквозь заросли на голос, следуя за ним, как за ниткой в лабиринте. Ветки под ногами моего преследователя трещали где-то сбоку, но теперь по крайней мере только с одной стороны. Потом деревья впереди стали реже, и я ощутил под ногами натоптанную тропу. Прибавил шагу, постоянно оглядываясь назад и все еще в любой момент ожидая появления преследующего меня мужчины.

И вдруг услышал его голос — не слова на сей раз, а лишь какой-то жуткий первобытный вопль, полный боли и тоски, — и припустил во весь дух.

— Пол!

Вопли позади понемногу стали стихать. По какой-то причине этот тип прекратил гнаться за мной. А женский голос, чей бы он ни был, звучал все громче, выводя меня из чащи. Я бежал все быстрее и быстрее, бежал из последних сил — обратно к поселку, к ее голосу и возникшему в той же стороне завыванию полицейских сирен — прочь из Сумраков.

43

После

Раннее утро.

Было еще довольно прохладно, когда Аманда вышла из дома, села в машину и отправилась в Роузвуд-гарденз. Небо было ясным, на дорогах тихо. Радио она включать не стала и ехала медленно, наслаждаясь тишиной.

Как обычно, в этот час Аманда оказалась на кладбище единственным посетителем. Подъехав, она оставила машину на гравийной площадке, а сама направилась привычной дорогой между могил.

Может, это ей лишь чудилось, но сегодня все здесь ощущалось совсем по-другому. Семейные участки, мимо которых она проходила, были ей вроде бы давно знакомы: и тот, что всегда украшали свежие цветы, и другой, с бутылкой из-под бренди, и могила с плюшевыми игрушками, покоящимися на камне... На первый взгляд точно такие же, как всегда, но этим утром все тут смотрелось по-новому. Пустая посудина валялась здесь уже очень явно, и тот, кто ее оставил — наверное, старый собутыльник, — так с тех пор сюда и не заглядывал. Яркие живые цветы казались скорее символом благодарности и любви, а не безутешного горя. И как бы печально ни выглядели на могиле детские игрушки, их присутствие здесь по крайней мере было неким признанием свершившегося факта. Лучше уж им лежать здесь, конечно, чем пылиться в какой-нибудь маленькой опустевшей спаленке, сохраняемой в полной неприкосновенности и превращенной в музей.

И все это открыло ей простую истину. Раньше Аманда рассматривала свои приезды на кладбище так, как будто и впрямь навещала отца — едва ли не заглядывала к нему в гости, — но теперь поняла, что дело совсем не в этом. Пусть под землей здесь и лежат мертвые, но то, что над ними, предназначено для живых — люди приходят сюда, чтобы навести мосты между той жизнью, которой они некогда жили, и той, которой живут сейчас. Так что, появляясь на кладбище, на самом деле она всякий раз приходила к самой себе и к своим отношениям с прошлым.

А как себя при этом вести — это ее личное дело.

Аманда подошла к могиле отца. К этому незыблемому, надежному гранитному квадрату, абсолютно чуждому любых эмоций.

— Привет, па, — произнесла она. — Я знаю: ты говорил, что не хочешь, чтобы я разговаривала тут с тобой или занималась всякой подобной чепухой, но, боюсь, это трудно. Потому что мне очень не хватает тебя.

Никакого ответа от камня не последовало, конечно же, и кладбище вокруг нее тоже хранило молчание. Но почему-то Аманда испытала от этого такое чувство облегчения, что даже невольно рассмеялась. Вскоре смех превратился в слезы, и она поднесла руку к носу.

— Ох, блин... Но это и вправду так, сам знаешь. Мне действительно тебя очень не хватает. И прости, что я не стала такой, как ты, но, думаю, это тоже трудно. Хотя, по-моему, ты все равно бы мной гордился.

Она примолкла.

— Да, я и вправду думаю, что ты бы мной гордился.

Пока этого было достаточно. Аманда постояла какое-то время, дав волю слезам. Она никогда раньше этого себе не позволяла, следуя еще одному из наставлений отца. Но, как и со всем остальным, он понял бы, решила она. Может, даже одобрительно кивнул бы. Потому что он воспитал свою дочь сильной, так ведь? Научил крепко стоять на ногах и в первую очередь принимать свои собственные решения, а не выполнять чьи-то приказы. Если ей хочется поплакать, то и черт с ней — пусть плачет на здоровье.

Это ее дело.

И точно так же, пытаясь оценить, какой сотрудник полиции из нее вышел, нельзя основываться на том, каким полицейским был ее отец. Она такая, какая есть. И если иногда воспринимает все слишком близко к сердцу, излишне терзается из-за неудач и никак не может держать «коробку ужасов» в голове плотно закрытой, если ей так и не удается воспринимать работу отдельно от собственной повседневной жизни — пусть будет так.

Но казалось, что даже тут что-то изменилось — по крайней мере, хотя бы немного. После событий в Гриттене прошла почти неделя, и тот кошмар приснился ей лишь однажды — через два дня после того, как она помогла Полу выбраться из леса. Сон был на первый взгляд тот же самый, но тоже воспринимался совсем по-другому. Аманда стояла в темноте, зная, что кто-то там попал в беду, но на сей раз поняла, что спит и видит сон, и осознание этого факта потушило пожар в ее сердце.

Как известно, в осознанном сновидении ты можешь делать все, что твоей душе угодно. Но вместо того чтобы создавать что-то замысловатое, Аманда попросту пошла во тьму. Она никогда не делала этого раньше. И хотя понятия не имела, в правильную ли сторону идет, но по крайней мере не стояла на месте.

С тех пор этот кошмар больше не возвращался.

Аманда опустила взгляд на могилу отца.

— Я сделаю это всего один раз, — произнесла она. — Честное слово.

Она пристроила около могильного камня цветы, которые принесла с собой, а потом развернулась и отправилась заниматься своими делами.

■ ■ ■

Но не в Фезербэнк.

Уже ближе к полудню, оставив позади идиллические сельские пейзажи, окружающие Гриттен, она въехала в серое, потасканное сердце городского центра. Миновав гостиницу, в которой останавливалась на прошлой неделе, Аманда зарулила на стоянку паба, который Пол показал ей в тот день, когда они только познакомились. Она обнаружила его сидящим за тем же столиком, что и в тот раз. Хотя сам он выглядел по-другому. Волосы аккуратно пострижены, приличный черный костюм. Аманда взяла себе вина и присоединилась к нему, демонстративно поглядывая на часы.

— Не рановато ли с учетом предстоящего? — Она показала на стоящую перед ним почти пустую бутылку пива.

— Нисколько. Я не большой любитель публичных выступлений.

— Господи, но вы же преподаватель, лекции читаете!

— Знаю. Пока что, по крайней мере. — Пол помахал бутылкой. — И вы даже не предлагаете угостить бедного преподавателя выпивкой...

Аманда улыбнулась. Странно, насколько спокойно и непринужденно чувствовала она себя в его компании, хоть и знакомы они всего ничего. Наверное, дело было в связывающих обоих событиях, но он ей и просто нравился. Или по крайней мере достаточно нравился, чтобы не хотелось давить на него насчет всего, что тогда действительно произошло в Гриттене.

С одной стороны, все выглядело достаточно просто — хоть и по-своему запутанно, но в целом сравнительно незамысловато. Криминалистическая экспертиза привязала Дина Прайса к убийствам как Билла Робертса, так и Айлин и Джеймса Доусон. Скорбя после убийства сына, Прайс, похоже, задался целью раскрыть правду об исчезновении Чарли Крабтри. Решить проблему своим собственным способом. Теперь Аманда знала немного больше об истории Прайса в армии: о том, что он там натворил; о позорном увольнении с лишением всех прав и привилегий; о том, как он пытался найти какую-то цель в жизни, вернувшись на гражданку. Его сын Майкл очень помог ему в этом. Когда Прайс потерял его, что-то внутри его надорвалось.

Тело Прайса обнаружили в глубине леса наутро после того, как он захватил Пола. Преследуя того среди деревьев, Прайс подвернул лодыжку. Как выяснилось, после этого он пытался продолжать преследование, а потом и скрыться, прежде чем надежда окончательно оставила его. Аманда уже видела на фотографиях, что именно обнаружили полицейские после восхода солнца. Такой человек, как Прайс, никогда не позволил бы себе быть захваченным в плен. Нашли его сидящим на земле, спиной к стволу дерева. Запястья его были порезаны, а трава вокруг него пропиталась кровью.

Дело закрыто.

Но оставалось и достаточно много вопросов. Аманда до сих пор не знала, почему Карл Доусон вернулся в Гриттен или о чем они с Полом на самом деле разговаривали на бывшей детской площадке в тот день. И методы Дина Прайса определенно не соотносились ни с отметинами, оставленными на двери дома матери Пола, ни с куклой, подброшенной в дом. И хотя аккаунт «ЧК666» проследили до компьютера Джеймса Доусона, она не понимала, зачем он размещал те провокационные посты на форуме или как заполучил фото дневника сновидений Чарли Крабтри.

В итоге Аманда была практически уверена, что в поле ее зрения попали отнюдь не все произошедшие здесь события. Но ни Карл, ни Пол не были готовы разговаривать на эту тему. Продолжали хранить молчание, оставив ее с детальками головоломки, которые ей никак не удавалось пристроить на место.

Но, решила Аманда, теперь это вряд ли имело какое-то значение. В конце концов, у нее имелись ответы на все вопросы, которые ее интересовали. И поскольку она так и не стала такой, каким был ее отец, у нее было чувство, что лучше всего — для всеобщего блага — просто закрыть эту тему, что бы там от нее ни скрывали.

— Почему вам захотелось сегодня со мной встретиться? — спросил Пол.

— Решила морально поддержать вас, — ответила она. — Разве вы не знаете? Стоит спасти кому-то жизнь — и все: отныне вы навек в ответе за спасенного.

Он лишь скептически поднял бровь.

— Ладно, — произнесла Аманда. — Согласна, это уже тот уровень ответственности, который мне наверняка не по зубам. Вообще-то у меня есть и другая причина.

Покопавшись в свой сумке, она достала из нее тоненькую папку.

— История, которую вы рассказали Дину Прайсу той ночью. Про то, что за убийство Чарли Крабтри ответствен брат Хейга.

— Я ее выдумал.

— Да, вы уже говорили. И, честно говоря, не хочу вас обидеть, но мы на всякий случай проверили. Его брата звали Лиам, и на тот момент он все еще сидел в тюрьме.

— Я просто нес все, что пришло мне в голову.

— Верю.

Аманда положила папку на стол и подвинула к нему.

— Что это? — спросил Пол.

— Только вчера получила. Открывайте, не стесняйтесь.

Он секунду смотрел на нее, а потом перевел взгляд на папку и, немного поколебавшись, открыл ее. Там лежала единственная фотография. Аманде она была видна в перевернутом виде, но та уже достаточно насмотрелась на нее, чтобы узнать изображенное на ней с любого ракурса. Истлевшая одежда; россыпь старых костей, наполовину прикрытых травой; голый череп, откатившийся в сторону.

Фотография была сделана в то самое утро, когда нашли тело Дина Прайса, совсем недалеко оттого места, где он покончил с собой. Официальное заключение об идентификации останков было получено еще вчера, и Двайер послал ей это фото в порядке любезности. Аманда, в свою очередь, отправила эсэмэску Полу, чтобы организовать сегодняшнюю встречу — в точности по той же самой причине.

Он все еще смотрел на фото.

— И это...

— Чарли Крабтри, — подтвердила она. — Да.

Пол все не сводил взгляд с фотографии, и Аманда подумала: интересно, чем сейчас заняты его мысли? Каково это — увидеть все это после стольких лет? Понять, что кошмар, который длился четверть века, наконец закончился? Было трудно представить, что в тот момент творилось у него в голове.

— Кстати, мне нельзя это вам показывать, — заметила Аманда. — Но я решила, что вам следует знать. Что вы этого заслуживаете.

Наконец Пол поднял на нее взгляд, и она увидела у него на лице такую гамму чувств, что разобраться в ней было практически невозможно.

Если не считать одного.

Облегчение, которое он явно испытал, напомнило ей, как она сама чувствовала себя утром на кладбище.

— Спасибо, — произнес Пол.

44

В итоге на вокзал меня отвезла мать.

Вообще-то по пути туда за рулем сидел отец, но к тому времени он более чем отдалился от моей жизни, и эта последняя поездка ради меня была предпринята им крайне неохотно. Он предпочел остаться в машине. Якобы для того, чтобы присматривать за служителями, наводящими порядок на привокзальной парковке, но мы оба знали, что настоящая причина не в этом. Нам было просто нечего сказать друг другу и было проще забыть прощание в машине, чем на станционной платформе. Одна только мать проводила меня туда и ждала поезда вместе со мной, так что я всегда считал, что это она привезла меня туда в тот день.

У меня были туго набитый рюкзак и тяжелый чемодан на колесиках, которые громко постукивали на стыках пола, пока мы пробирались сквозь толпу приезжающих и отъезжающих. Помню, как шелестели и моргали механические табло, меняя цифры и буквы у нас над головами, а из громкоговорителей гулко разносились бессвязные объявления. В зале отправления стоял несмолкаемый гомон множества голосов, отражающийся от выложенных плиткой стен. На этом этапе своей жизни я еще никогда не ездил поездом, и чувства захлестывали меня с головой. Помню, как нервничал. Даже боялся.

Но признаваться в этом не стал.

Мы с матерью не заговаривали, пока не оказались на платформе. Поезд ожидался через несколько минут, и мы нашли себе местечко в теньке.

— Билет с собой? — спросила она.

Мне хотелось взглядом показать ей, что мне уже восемнадцать лет и что я не идиот. Но в тот момент я поймал себя на том, что вспоминаю другую поездку, в которой она меня сопровождала — когда мы с Джеймсом ездили посмотреть на мою новую школу и она задала нам примерно такой же вопрос. Адресован он был тогда скорее не нам, и что-то мне подсказывало, что и сейчас тоже — мать спросила про билет, просто чтобы ободрить себя.

— Да, — сказал я.

— Ну конечно же, — произнесла она. — Прости.

Голос ее звучал искренне виновато, но я мог сказать, что она тоже не может собраться с мыслями и полна нервной энергии. Люди ведут себя так, когда переживают из-за чего-то важного, на что они уже не в силах как-то повлиять.

«Тебе не за что просить прощения», — подумал я.

Но промолчал.

Помню, что да, боялся — хотя, если честно, ощущал и некий щекочущий душу подъем. Последние два года оказались для меня очень трудными. Не буду, конечно, перегибать палку: в те нечастые моменты, когда на протяжении всех этих лет я все-таки вспоминал о Гриттене — когда на миг забывал, что все уже забыто, — то всякий раз позволял себе это лишь при одном важном условии: то, что произошло, произошло *не со мной*. Поскольку я хорошо понимал тогда, и даже еще лучше понимаю сейчас, что другие люди пострадали гораздо сильнее меня — больше всех, конечно же, Дженни Чамберс, — и это в первую очередь их трагедия, а не моя.

Тем не менее, подобно многим из нас, я был неотъемлемой частью всей этой истории, и меня угнетала роль, которую, пусть даже и невольно, я сыграл в произошедших тогда событиях. Знание того, что я сделал и не сделал, с тех давних пор тенью легло на мою жизнь. Стоя на платформе в тот день, я совершенно не представлял, что припасено для меня в будущем — только лишь что я оставляю позади нечто большее, чем собственно Гриттен.

— Не успеешь оглянуться, вот уже и Рождество, — сказала моя мать.

— Знаю.

За эти два года мне удалось скопить кое-какие деньги. Я работал в книжном магазине, брался за любую разовую работенку, которую удавалось совмещать с учебой. Я едва ли признался бы в этом даже самому себе, но цель у меня была только одна, и я сфокусировался на ней, словно лазер. И хотя Рождество и впрямь было уже на носу, возвращаться по этому поводу домой не входило в мои планы.

О чем я тоже тогда не сказал.

Подняв взгляд, я увидел прибывающий поезд: мимо нас медленно прокатили два расшатанных вагона с синими крышами, заляпанные понизу черной грязью, словно всю дорогу сюда проделали не по рельсам, а тащились прямо по раскисшим полям. Люди на платформе уже вскидывали на плечо свои сумки. Я двинулся к ним, чувствуя себя так, словно если немедленно не сяду в вагон, то упущу свой шанс и поезд уедет без меня. Но тут мать тронула меня за руку. Когда я обернулся на нее, то сразу понял по выражению ее лица, что она уже знает то, что я так и не высказал вслух. Что теперь она очень долго меня не увидит. И что она уже с этим смирилась.

— Я люблю тебя, Пол, — тихонько произнесла моя мать. — Следи за собой.

— Обязательно.

— И ради бога, обними свою маму!

Я снял с плеч рюкзак. Не знаю, сколько лет до этого я не обнимал свою мать, но помню, какой удивительно маленькой и хрупкой она мне показалась. Когда мы опять отодвинулись друг от друга, она взяла меня за обе руки и оценивающе оглядела меня.

— Ты так вырос...

Я не знал, что на это сказать, так что опять промолчал. Но тут поезд у меня за спиной вдруг шумно выдохнул, и мать, похлопав меня по рукам, отпустила меня.

— Просто пообещай, что будешь осторожен, — произнесла она.

— Все будет в порядке, ма.

Мать улыбнулась.

— Не сомневаюсь.

Оказавшись в вагоне, я отыскал свободное место, а она ждала на платформе, чтобы помахать мне на прощание. В то время я не понимал, что происходит у нее в голове, и наверняка точно не знаю этого и сейчас, но по крайней мере у меня есть об этом хотя бы смутное представление.

Она думала, что я стану писателем.

Из-за того рассказа, который я никогда ей не показывал, но который мать все равно нашла и прочитала. И хотя ей было грустно, что я уезжаю, по-моему, она еще и радовалась тому, что я наконец направляюсь в большой мир, избавляясь от прошлого и двигаясь вперед в совсем другое настоящее, даже ни разу ни оглянувшись назад. Поскольку, как это ни болезненно, именно так и поступают в итоге все хорошие родители. Просто, по-моему, те памятные события опустили между нами завесу молчания, не давая произнести определенные вещи вслух.

Сейчас мне удобнее думать, что и не было никакой нужды их произносить.

«Я горжусь тобой, — не сказала она. — И я все понимаю».

«Спасибо тебе, — не ответил я. — И я люблю тебя».

■ ■ ■

Сделав паузу, я поднял взгляд от своих заметок.

В течение пары дней после смерти матери, с помощью Салли мне удалось пообщаться со многими ее друзьями, и выяснилось, что в последние годы она стала глубоко верующим человеком, хотя на моей памяти к религии относилась не всерьез. Так что решение о месте проведения прощальной церемонии уже приняли за меня. Пространство церкви передо мной было обширным, но люди плечом к плечу стояли даже в проходах, как будто и за пределами Гриттен-Вуда люди сочли своим долгом прийти сюда, чтоб попрощаться с моей матерью.

Когда я сидел здесь несколько минут назад, ожидая начала службы, каждый шорох и кашель за спиной эхом отдавался между высоких стен. Слова, которые я только что произнес, сделали то же самое.

«Спасибо тебе. И я люблю тебя».

Я огляделся по сторонам. В церкви было темновато; на собравшихся передо мной падал лишь тусклый дневной свет, струящийся сквозь высокие витражные окна. Но среди множества совершенно посторонних мне людей я сразу ухватил взглядом два знакомых лица. В одном из передних рядов сидела Салли, вместе с какими-то своими друзьями, с которыми я впоследствии познакомился. Карл тоже был здесь. Он пристроился возле прохода неподалеку от них и, несмотря на недавние события, одет был строго и официально. Боль оттого, что ему недавно довелось пережить, ненадолго отошла на задний план, и теперь он пытался справиться с той бедой, которая навалилась на него прямо сейчас. С необходимостью сказать «вечное прости» той, кого, как я теперь знал, он по-настоящему любил.

Аманда держалась где-то в задних рядах.

Я перевел взгляд с нее обратно на Карла, размышляя о том, что она сказала мне час назад. Чарли наконец-то нашли, так что эта часть истории окончательно закрыта. Оставались ли еще вопросы, требовавшие ответа на этот счет, я пока не знал. С этим можно разобраться потом, если до этого дойдет дело. Но два дня назад я все-таки развел костер на заднем дворе, и знал: теперь не осталось ничего, что привязывало бы мою мать ко всем этим печальным событиям. И видел на лице Карла ту же убежденность, какую и сам чувствовал прямо сейчас в своем сердце. Нет нужды ворошить прошлое. Все мы и так уже достаточно много потеряли.

И наконец я увидел Мари.

Она устроилась где-то в средних рядах, с краю, и улыбнулась, когда увидела, что я заметил ее. Вчера я заходил в ее книжный магазин, прихватив с собой ту старую книгу — «Люди кошмара». Та заняла почетное место на полке прямо напротив прилавка, но без цены, которую обычно пишут карандашом внутри. Я предложил Мари: если эта книга кому-то приглянется, то пусть ее просто забирают за так, и она согласилась со мной.

Потом я помог ей разобрать новые поступления, прямо как встарь, и она сказала мне еще кое-что, довольно многозначительным тоном.

«Знаешь... Силы у меня уже не те, Пол, чтоб и дальше всем этим заниматься».

Я все еще размышлял над этими ее словами. Когда Аманда сегодня напомнила мне, что я преподаватель, я сразу же уточнил: лишь на данный момент. Поскольку, пусть даже неделю назад я и вообразить себе этого не мог, какая-то часть меня уже представляла несколько другую вывеску над магазином. По-прежнему «Джонсон и Росс», конечно же — всегда важно помнить про собственные корни, — но мысль о том, что к этим именам может добавиться и еще одно, не виделась такой уж невероятной. В конце концов, я всегда чувствовал себя там как дома.

Это было то, о чем стоило подумать.

Но в настоящий момент я опять обратился к своим заметкам.

— Рассказ, который я написал, — произнес я. — Тот, который прочла моя мать. Совершенно дурацкий. Он был про одного человека, который в последний раз пытается вернуться домой. Все застопорилось, поскольку я не знал, как его закончить. И до сих пор не знаю. Знаю лишь то, что из этого вышло, когда я и сам так поступил.

А потом я вкратце рассказал о том, что узнал про свою мать после возвращения в Гриттен. Немного, но по крайней мере хоть что-то. Упомянул про друзей, о существовании которых не знал до настоящего момента. Про любовь к чтению, вновь открывшуюся в ее жизни. Про людей, о которых она заботилась и которые в свою очередь заботились о ней.

Закончив, я посмотрел на стоящий рядом гроб, припоминая фотографии, на которых ее видел. Те, на которых она была совсем юной, незащищенной и смеющейся от радости, а жизнь перед ней была полна упоительных возможностей. И пусть даже человек я не особо верующий, но все равно поймал себя на том, что гадаю, может ли ей сейчас что-нибудь сниться.

— Спокойных снов, — произнес я.

Благодарности

Как и при написании любого романа, я глубоко обязан множеству людей — в данном случае в первую очередь моим редакторам Джоэл Ричардсон и Райану Доэрти, без которых это была бы совершенно другая книга. Их знание дела и терпение заслуживают самой глубокой признательности. Не могу не поблагодарить также Сесили ван Бурен-Фридман, Эмму Хендерсон, Грейс Лонг, Элли Хьюз, группу авторских прав импринта «Майкл Джозеф» и буквально всех сотрудников издательства, с которыми мне довелось познакомиться и работать над этой и предыдущей книгами. Немногим писателям так везет — я чувствую себя редкостным счастливчиком.

Огромное спасибо моему агенту Сандре Савика, а также Лие Миддлтон, Гаю Херберту и всем остальным сотрудникам литературного агентства «Марджак».

Спасибо всем рецензентам, блогерам и читателям, которые выбрали мою работу и потратили время, чтобы высказать в ее адрес теплые слова, — я это очень ценю. Чудесному персоналу пабов

«Паркхорз», «Бриггейт» и «Боуэрс тап» в Лидсе, безропотно терпевшим мое присутствие, когда я стучал по клавиатуре в углу. Моим друзьям и родственникам. И всему сообществу писателей-детективщиков, особенно Колину Скотту — за то, что поддерживал меня в здравом уме и был обалденным другом.

И наконец огромное спасибо Линн и Заку. Без вас у меня ничего бы не вышло, так что эта книга опять посвящается вам, с большой любовью.

Оглавление

Литературно-художественное издание

Алекс Норт

ТЕНИ ТЕНЕЙ

Ответственный редактор *В. Хорос*
Редактор *В. Лебедев*
Художественный редактор *Р. Фахрутдинов*
Технический редактор *И. Гришина*
Компьютерная верстка *Д. Фирстов*
Корректор *М. Мазалова*

Страна происхождения: Российская Федерация
Шығарылған елі: Ресей Федерациясы

ООО «Издательство «Эксмо»
123308, Россия, город Москва, улица Зорге, дом 1, строение 1, этаж 20, каб. 2013.
Тел.: 8 (495) 411-68-86.
Home page: www.eksmo.ru E-mail: info@eksmo.ru
Өндіруші: «ЭКСМО» АҚБ Баспасы,
123308, Ресей, қала Мәскеу, Зорге көшесі, 1 үй, 1 ғимарат, 20 қабат, офис 2013 ж.
Тел.: 8 (495) 411-68-86.
Home page: www.eksmo.ru E-mail: info@eksmo.ru.
Тауар белгісі: «Эксмо»
Интернет-магазин : www.book24.ru

16+

Интернет-магазин : www.book24.kz
Интернет-дүкен : www.book24.kz
Импортёр в Республику Казахстан ТОО «РДЦ-Алматы».
Қазақстан Республикасындағы импорттаушы «РДЦ-Алматы» ЖШС.
Дистрибьютор и представитель по приему претензий на продукцию,
в Республике Казахстан: ТОО «РДЦ-Алматы»
Қазақстан Республикасында дистрибьютор және өнім бойынша арыз-талаптарды
қабылдаушының өкілі «РДЦ-Алматы» ЖШС,
Алматы қ., Домбровский көш., 3«а», литер Б, офис 1.
Тел.: 8 (727) 251-59-90/91/92; E-mail: RDC-Almaty@eksmo.kz
Өнімнің жарамдылық мерзімі шектелмеген.
Сертификация туралы ақпарат сайтта: www.eksmo.ru/certification
Сведения о подтверждении соответствия издания согласно законодательству РФ
о техническом регулировании можно получить на сайте Издательства «Эксмо»
www.eksmo.ru/certification
Өндірген мемлекет: Ресей. Сертификация қарастырылмаған

Дата изготовления / Подписано в печать 29.09.2021. Формат 84x108 1/32.
Гарнитура «GaramondBookITC». Печать офсетная. Усл. печ. л. 21,84.
Тираж 12000 экз. Заказ 6419/21.

Отпечатано в соответствии с предоставленными материалами
в ООО «ИПК Парето-Принт», 170546, Тверская область,
Промышленная зона Боровлево-1, комплекс №3А,
www.pareto-print.ru

Москва. ООО «Торговый Дом «Эксмо»
Адрес: 123308, г. Москва, ул. Зорге, д.1, строение 1.
Телефон: +7 (495) 411-50-74. **E-mail:** reception@eksmo-sale.ru

По вопросам приобретения книг «Эксмо» зарубежными оптовыми покупателями обращаться в отдел зарубежных продаж ТД «Эксмо»
E-mail: **international@eksmo-sale.ru**

International Sales: International wholesale customers should contact Foreign Sales Department of Trading House «Eksmo» for their orders.
international@eksmo-sale.ru

По вопросам заказа книг корпоративным клиентам, в том числе в специальном оформлении, обращаться по тел.: +7 (495) 411-68-59, доб. 2261.
E-mail: **ivanova.ey@eksmo.ru**

Оптовая торговля бумажно-беловыми и канцелярскими товарами для школы и офиса «Канц-Эксмо»:
Компания «Канц-Эксмо»: 142702, Московская обл., Ленинский р-н, г. Видное-2, Белокаменное ш., д. 1, а/я 5. Тел./факс: +7 (495) 745-28-87 (многоканальный).
e-mail: **kanc@eksmo-sale.ru**, сайт: www.**kanc-eksmo.ru**

Филиал «Торгового Дома «Эксмо» в Нижнем Новгороде
Адрес: 603094, г. Нижний Новгород, улица Карпинского, д. 29, бизнес-парк «Грин Плаза»
Телефон: +7 (831) 216-15-91 (92, 93, 94). **E-mail**: reception@eksmonn.ru

Филиал ООО «Издательство «Эксмо» в г. Санкт-Петербурге
Адрес: 192029, г. Санкт-Петербург, пр. Обуховской обороны, д. 84, лит. «Е»
Телефон: +7 (812) 365-46-03 / 04. **E-mail**: server@szko.ru

Филиал ООО «Издательство «Эксмо» в г. Екатеринбурге
Адрес: 620024, г. Екатеринбург, ул. Новинская, д. 2щ
Телефон: +7 (343) 272-72-01 (02/03/04/05/06/08)

Филиал ООО «Издательство «Эксмо» в г. Самаре
Адрес: 443052, г. Самара, пр-т Кирова, д. 75/1, лит. «Е»
Телефон: +7 (846) 207-55-50. **E-mail**: RDC-samara@mail.ru

Филиал ООО «Издательство «Эксмо» в г. Ростове-на-Дону
Адрес: 344023, г. Ростов-на-Дону, ул. Страны Советов, 44А
Телефон: +7(863) 303-62-10. **E-mail**: info@rnd.eksmo.ru

Филиал ООО «Издательство «Эксмо» в г. Новосибирске
Адрес: 630015, г. Новосибирск, Комбинатский пер., д. 3
Телефон: +7(383) 289-91-42. E-mail: eksmo-nsk@yandex.ru

Обособленное подразделение в г. Хабаровске
Фактический адрес: 680000, г. Хабаровск, ул. Фрунзе, 22, оф. 703
Почтовый адрес: 680020, г. Хабаровск, А/Я 1006
Телефон: (4212) 910-120, 910-211. **E-mail**: eksmo-khv@mail.ru

Филиал ООО «Издательство «Эксмо» в г. Тюмени
Центр оптово-розничных продаж Cash&Carry в г. Тюмени
Адрес: 625022, г. Тюмень, ул. Пермякова, 1а, 2 этаж. ТЦ «Перестрой-ка»
Ежедневно с 9.00 до 20.00. Телефон: 8 (3452) 21-53-96

Республика Беларусь: ООО «ЭКСМО АСТ Си энд Си»
Центр оптово-розничных продаж Cash&Carry в г. Минске
Адрес: 220014, Республика Беларусь, г. Минск, проспект Жукова, 44, пом. 1-17, ТЦ «Outleto»
Телефон: +375 17 251-40-23; +375 44 581-81-92
Режим работы: с 10.00 до 22.00. **E-mail:** exmoast@yandex.by

Казахстан: «РДЦ Алматы»
Адрес: 050039, г. Алматы, ул. Домбровского, 3А
Телефон: +7 (727) 251-58-12, 251-59-90 (91,92,99). E-mail: RDC-Almaty@eksmo.kz

Украина: ООО «Форс Украина»
Адрес: 04073, г. Киев, ул. Вербовая, 17а
Телефон: +38 (044) 290-99-44, (067) 536-33-22. **E-mail**: sales@forsukraine.com

Полный ассортимент продукции ООО «Издательство «Эксмо» можно приобрести в книжных магазинах «Читай-город» и заказать в интернет-магазине: www.chitai-gorod.ru.
Телефон единой справочной службы: 8 (800) 444-8-444. Звонок по России бесплатный.

Интернет-магазин ООО «Издательство «Эксмо»
www.book24.ru
Розничная продажа книг с доставкой по всему миру.
Тел.: +7 (495) 745-89-14. E-mail: **imarket@eksmo-sale.ru**

ISBN 978-5-04-122346-5
9 785041 223465 >